枞

著

舍小品

修订 本

江苏人民出版社

图书在版编目（CIP）数据

雅舍小品 / 梁实秋著 . — 修订本 . — 南京：江苏
人民出版社 , 2020.6（2023.9 重印）
ISBN 978-7-214-23668-5

Ⅰ. ①雅… Ⅱ. ①梁… Ⅲ. ①散文集—中国—现代
Ⅳ. ①I266

中国版本图书馆 CIP 数据核字 (2020) 第 046820 号

书　　　名	雅舍小品　修订本
著　　　者	梁实秋
责 任 编 辑	卞清波
出 版 发 行	江苏人民出版社
地　　　址	南京市湖南路 1 号 A 楼，邮编：210009
印　　　刷	天津丰富彩艺印刷有限公司
开　　　本	880 mm × 1 230 mm　1/32
印　　　张	10.5
字　　　数	239 000
版　　　次	2020 年 6 月第 1 版
印　　　次	2023 年 9 月第 2 次印刷
标 准 书 号	ISBN 978-7-214-23668-5
定　　　价	38.00 元

（江苏人民出版社图书凡印装错误可向承印厂调换）

编者序

　　梁实秋先生是现代著名散文家、学者、翻译家，自1920年发表第一篇小说以来，六十余年笔耕不辍，留下两千多万字的作品，称得上是著作等身。"雅舍"是抗战期间梁实秋寓居北碚时与社会学家吴景超同住的一套平房，虽然简陋，却是"谈笑有鸿儒，往来无白丁"，文人学者时常相聚于此，在纷飞的战火中守护知识与思想。

　　苦中作乐的雅舍生活赋予了梁实秋旷达宽和的心态，他的文艺观从实际出发，一方面肯定了天分在文艺创作和理解中的重要性，另一方面，他也看到了不同类型的读者有不同的文艺需求；一再强调给予适合不同读者趣味的文艺作品。题材上梁实秋"百无禁忌"，他认为"文学的国土是最广泛的，在根本和在理论上没有国界，更没有阶级的限制"，衣食住行、舞乐书术，一切题材皆可入文，成就了雅俗共赏的梁氏特色。不论是译作还是创作，每一位读者都能在梁实秋的作品中找到契合自己的部分。

　　雅舍系列精心辑录了梁实秋先生的代表性作品，一共编为六册：《雅舍随笔》整理了梁实秋多年的读书札记、书信和诗歌作品，这些文字直抒胸臆、不事雕琢，真实地呈现出作者的个人生活、思想观念和人格精神；《雅舍杂文》精选了梁实秋的杂文作品，内容共分"闲说世事""清谈文艺"和"趣聊人性"三辑。这些文章或论事说理，或剖析人生，读来都生动有趣、简洁酣畅；《雅舍谈吃》则全面收录了梁实秋关于美食的文章，这些文章不仅描绘了老北京和其他各地的特色美食，也呈现了中国数千年的文化底蕴，更融入了作者对故土和亲人的浓浓情意；《雅舍忆旧》既有对童年和学生时代的温馨记忆，也有对亲朋和师友的深切缅怀，是梁实秋晚年极为重要的作品。在最后一辑《槐园梦忆》中，作者叙述了其与夫人程季淑女士相伴一生的点点滴滴，感人至深；《雅舍遗珠》则汇编了梁实秋以诸多笔名发表的其他作品，这些作品的题材广泛，有他处美景，也有此间雅事，融学问和智慧于一炉，篇篇趣味盎然、清新隽永。

梁实秋先生的雅舍系列，或是回忆，或是思索，或是闲谈，读来仿佛面对的不是站在文坛高处的一位大师，而是一位可以亲切地谈心的朋友。亚里士多德说过，人生最终的价值在于觉醒和思考的能力而不止在于生存，我们希望各界读者都能在雅舍系列中找到共鸣，拥有更为精彩丰富的精神世界。

目录

第二辑　心窥世相

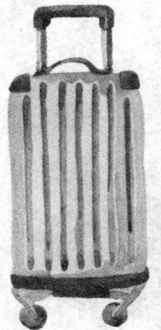

第三辑 情系北平

雅舍小品

第一辑

眼观人间

雅舍

到四川来，觉得此地人建造房屋最是经济。火烧过的砖，常常用来做柱子，孤零零地砌起四根砖柱，上面盖上一个木头架子，看上去瘦骨嶙峋，单薄得可怜；但是顶上铺了瓦，四面编了竹篦墙，墙上敷了泥灰，远远地看过去，没有人能说不像是座房子。我现在住的"雅舍"正是这样一座典型的房子。不消说，这房子有砖柱，有竹篦墙，一切特点都应有尽有。讲到住房，我的经验不算少，什么"上支下摘""前廊后厦""一楼一底""三上三下""亭子间""茅草棚""琼楼玉宇"和"摩天大厦"，各式各样，我都尝试过。我不论住在哪里，只要住得稍久，对那房子便发生感情，非不得已我还舍不得搬。这"雅舍"，我初来时仅求其能蔽风雨，并不敢存奢望，现在住了两个多月，我的好感油然而生。虽然我已渐渐感觉它并不能蔽风雨，因为有窗而无玻璃，风来则洞若凉亭，有瓦而空隙不少，雨来则渗如滴漏。纵然不能蔽风雨，"雅舍"还是自有它的个性。有个性就可爱。

"雅舍"的位置在半山腰，下距马路有七八十层的土阶，前面是阡陌螺旋的稻田。再远望过去是几抹葱翠的远山，旁边有高粱地，有竹林，有水池，有粪坑，后面是荒僻的榛莽未除的土山坡。若说地点荒凉，则月明之夕，或风雨之日，亦常有客到，大抵好友不嫌路远，路远乃见情谊。客来则先爬几十级的土阶，进得屋来仍须上坡，因为屋内地板乃依山势而铺，一面高，一面低，坡度甚大，客来无不惊叹，我则久而安之，每日由书房走到饭厅是上坡，饭后鼓腹而出是下坡，亦不觉有大不便处。

"雅舍"共是六间，我居其二。篦墙不固，门窗不严，故我与邻人彼此均可互通声息。邻人轰饮作乐，咿唔诗章，喁喁细语，以及鼾声、喷嚏声、吮汤声、撕纸声、脱皮鞋声，均随时由门窗户壁的隙处荡漾而来，破我岑寂。入夜则鼠子瞰灯，才一合眼，鼠子便自由行动，或搬核桃在地板上顺坡而下，或吸灯油而推翻烛台，或攀缘而上帐顶，或在门框桌脚上磨牙，使人不得安枕。但是对于鼠子，我很惭愧地承认，我"没有法子"。"没有法子"一语是被外国人常常引用着的，以为这话最足代表中国人的懒惰隐忍的态度。其实我对付鼠子并不懒惰。窗上糊纸，纸一戳就破；门户关紧，而相鼠有牙，一阵咬便是一个洞洞。试问还有什么法子？洋鬼子住到"雅舍"里，不也是"没有法子"？比鼠子更骚扰的是蚊子。"雅舍"的蚊风之盛，是我前所未见的。"聚蚊成雷"真有其事！每当黄昏时候，满屋里磕头碰脑的全是蚊子，又黑又大，骨骼都像是硬的。在别处蚊子早已肃清的时候，在"雅舍"则格外猖獗，来客偶不留心，则两腿伤处累累隆起如玉蜀黍，但是我仍安之。冬天一到，蚊子自然绝迹，明年夏天——谁知道我还是住在"雅舍"！

"雅舍"最宜月夜——地势较高，得月较先。看山头吐月，红盘乍涌，一霎间，清光四射，天空皎洁，四野无声，微闻犬吠，坐客无不悄然！舍前有两株梨树，等到月升中天，清光从树间筛洒而下，地上阴影斑斓，此时尤为幽绝。直到兴阑人散，归房就寝，月光仍然逼进窗来，助我凄凉。细雨濛濛之际，"雅舍"亦复有趣。推窗展望，俨然米氏章法，若云若雾，一片弥漫。但若大雨滂沱，我就又惶悚不安了，屋顶湿印到处都有，起初如碗大，俄而扩大如盆，继则滴水乃不绝，终乃屋顶灰泥突然崩裂，如奇葩初绽，砉然一声而泥水下注，此刻满室狼藉，抢救无及。此种经验，已数见不鲜。

"雅舍"之陈设，只当得简朴二字，但洒扫拂拭，不使有纤尘。我非显要，故名公巨卿之照片不得入我室；我非牙医，故无博士文凭张挂壁间；我不业理发，故丝织西湖十景以及电影明星之照片亦均不能张我四壁。我有一几一椅一榻，酣睡写读，均已有着，我亦不复他求。但是陈设虽简，我却喜欢翻新布置。西人常常讥笑妇人喜欢变更桌椅位置，以为这是妇人天性喜变之一证。诬否且不论，我是喜欢改变的。中国旧式家庭，陈设千篇一律，正厅上是一条案，前面一张八仙桌，一边一把靠椅，两旁是两把靠椅夹一只茶几。我以为陈设宜求疏落参差之致，最忌排偶。"雅舍"所有，毫无新奇，但一物一事之安排布置俱不从俗。人入我室，即知此是我室。笠翁《闲情偶寄》之所论，正合我意。

"雅舍"非我所有，我仅是房客之一。但思"天地者万物之逆旅"，人生本来如寄，我住"雅舍"一日，"雅舍"即一日为我所有。即使此一日亦不能算是我有，至少此一日"雅舍"所能给予之苦辣酸甜，我实躬受亲尝。刘克庄词："客里似家家似寄。"我此时此刻卜居"雅舍"，"雅舍"即似我家。其实似家似寄，我亦分辨不清。

长日无俚，写作自遣，随想随写，不拘篇章，冠以"雅舍小品"四字，以示写作所在，且志因缘。

书房

　　书房，多么典雅的一个名词！很容易令人联想到一个书香人家。书香是与铜臭相对的。其实书未必香，铜亦未必臭。周彝商鼎，古色斑斓，终日摩挲亦不觉其臭，铸成钱币才沾染市侩味，可是不复流通的布泉刀错又常为高人赏玩之资。书之所以为香，大概是指松烟油墨印上了毛边连史，从不大通风的书房里散发出来的那一股怪味，不是桂馥兰薰，也不是霉烂馊臭，是一股混合的难以形容的怪味。这种怪味只有书房里才有，而只有士大夫家才有书房。书香人家之得名大概是以此。

　　寒窗之下苦读的学子多半是没有书房，囊萤凿壁的就更不用说。所以对于寒苦的读书人，书房是可望而不可即的豪华神仙世界。伊士珍《琅嬛记》："张华游于洞宫，遇一人引至一处，别是天地，每室各有奇书，华历观诸室书，皆汉以前事，多所未闻者，问其地，曰：'琅嬛福地也。'"这是一位读书人希求冥想一个理想的读书之所，乃托之于神仙梦境。其实除了赤贫的人饔飧不继谈不到书房外，一般的读书人，如果肯要一个书房，还是可以好好布置出一个来的。有人分出一间房子来养鸡，也有人分出一间房子养狗，就是匀不出一间做书房。我还见过一位富有的知识分子，他不但没有书房，也没有书桌，我亲见他的公子趴在地板上读书，他的女公子用块木板在沙发上写字。

　　一个正常的良好的人家，每个孩子应该拥有一个书桌，主人应该拥有一间书房。书房的用途是庋藏图书并可读书写作于其间，不是用以公开展览借以骄人的。"丈夫拥书万卷，何暇南面百城！"这种话好像是很潇洒而狂傲，其实是心尚未安无可奈何的解嘲语，徒见其不丈夫。书房不在大，亦不在设备佳，适合自己的需要便是，局促在几尺宽的走廊一角，只要放得下一张书桌，依然可以作为一个读书写作的工厂，大量出货。光线要好，空气要流通，红袖添香是不必要的，既没有香，"素腕举，红袖长"反倒会令人心有别注。书房的大小好坏，和一个读书写作的成绩之多少高低，往往不成正比例。有好多著名作品是在监狱里写的。

我看见过的考究的书房当推宋春舫先生的褐木庐为第一，在青岛的一个小小的山头上，这书房并不与其寓邸相连，是单独的一栋。环境清幽，只有鸟语花香，没有尘嚣市扰。《太平清话》："李德茂环积坟籍，名曰书城。"我想那书城未必能和褐木庐相比。在这里，所有的图书都是放在玻璃柜里，柜比人高，但不及栋。我记得藏书是以法文戏剧为主。所有的书都精装，不全是buckram（胶硬粗布），有些是真的小牛皮装订（half calf, ooze calf, etc.），烫金的字在书脊上排着队闪闪发亮。也许这已经超过了书房的标准，微近于藏书楼的性质，因为他还有一册精印的书目，普通的读书人谁也不会把他书房里的图书编目。

周作人先生在北平八道湾的书房，原名苦雨斋，后改为苦茶庵，不离苦的味道。小小的一幅横额是沈尹默写的，是北平式的平房，书房占据了里院上房三间，两明一暗。里面一间是知堂老人读书写作之处，偶然也延客品茗，几净窗明，一尘不染。书桌上文房四宝井然有致。外面两间像是书库，有十个八个书架立在中间，图书中西兼备，日文书数量很大。真不明白苦茶庵的老和尚怎么会掉进了泥淖一辈子洗不清！

闻一多的书房，和"闻一多先生的书桌"一样，充实、有趣而乱。他的书全是中文书，而且几乎全是线装书。在青岛的时候，他仿效青岛大学图书馆庋藏中文图书的办法，给成套的中文书装制蓝布面，用白粉写上宋体字的书名，直立在书架上。这样的装备应该是很整齐可观，但是主人要做考证，东一部西一部的图书便要从书架上取下来参加獭祭的行列了，其结果是短榻上、地板上，唯一的一把木根雕制的太师椅上，全都是书。那把太师椅玲珑帮硬，可以入画，不宜坐人，其实亦不宜于堆书，却是他书斋中最惹眼的一个点缀。

潘光旦在清华南院的书房另有一种情趣。他是以优生学专家的素养来从事我国谱牒学研究的学者，他的书房收藏这类图书极富。他喜欢用书护，那就是用两块木板将一套书夹起来，立在书架上。他在每套书系上一根竹制的书签，签上写着书名。这种书签实在很别致，不知杜工部《将赴草堂途中有作》所谓"书签药裹封蛛网"的书签是否即系此物。光旦一直在北平，失去了学术研究的自由，晚年丧偶，又复失明，想来他书房中那些书签早已封蛛网了！

汗牛充栋，未必是福。丧乱之中，牛将安觅？多少爱书的人士都把他们苦心聚集的图书抛弃了，而且再也鼓不起勇气重建一个像样的书房。藏书而充栋，确有其必要，例如从前我家有一部小字本的图书集成，摆满上与梁齐的靠着整垛山墙的书架，取上层的书须用梯子，爬上爬下很不方便，可是充栋的书架有时仍是不可少。我来台湾后，一时兴起，兴建了一个连在墙上的大书架，邻居绸缎商来参观，叹曰："造这样大的木架有什么用，给我摆列绸缎尺头倒还合用。"他的话是不错的，书不能令人致富。书还给人带来麻烦，能像郝隆那样七月七日在太阳底下晒肚子就好，否则不堪衣鱼之扰，真不如尽量地把图书塞入腹笥，晒起来方便，运起来也方便。如果图书都能做成"显微胶片"纳入腹中，或者放映在脑子里，则书房就成为不必要的了。

文房四宝

　　文房四宝，谓笔墨纸砚。《明一统志》："四宝堂在徽州府治，以郡出文房四宝为义。"这所谓郡，是指歙县。其实歙县并不以笔名，世所称"湖笔徽墨"，湖是指浙江省旧湖州府，不过徽州的文具四远驰名，所以通常均以四宝之名归之。宋苏易简撰《文房四宝谱》五卷，是最早记叙文房四宝的专书。《牡丹亭·闺塾》："春香取文房四宝来模字。"《长生殿·制谱》："不免将文房四宝摆设起来。"是"文房四宝"一语沿用已久。

　　凡是读书人，无不有文房四宝，而且各有相当考究的文房四宝，因为这是他必需的工具。从启蒙到出而问世，离不开笔墨纸砚。现在的读书人，情形不同了，读书人不一定要整日价关在文房里，他可能大部分时间要走进实验室，或是跑进体育场，或是下田去培植什么品种，或是上山去挖掘古坟，纵然有随时书写的必要，"将文房四宝摆设起来"的那种排场是不可能出现的了。至少文房四宝的形态有了变化。我们现在谈文房四宝，多少带有一些思古之幽情。

笔

　　《史记》："蒙恬筑长城，取中山兔毛造笔。"所以我们一直以为我们现在使用的这种毛笔是蒙恬创造的，蒙恬以前没有毛笔。有人指出这个说法不对。毛笔的发明远在秦前。甲骨文里没有"笔"字，不能证明那个时代没有笔。殷墟发掘，内中有朱书的龟板（董作宾先生曾赠我一条幅，临摹一片龟板，就是用朱墨写的，记载着狩猎所得的兽物，龟脊以左的几行文字直行右行，其右的几行文字直行左行，甚为有趣）。看那笔迹，非毛笔不办。民国初年，长沙一座战国时代古墓中，发现了一支竹管毛笔，兔毛围在笔管一端的外面，用丝线缠起，然后再用漆涂牢，是战国时已有某种形式的毛笔了。蒙恬造笔，可能是指秦笔而言。晋崔豹《古今注》已有指陈，他说："自古有书契以来，便应有笔，世称蒙恬造笔，何也？答曰：'蒙恬造笔，即秦笔耳。'"所谓秦笔，是以四条木片做笔杆，而不是用竹，因为秦在西陲，其地不产竹。至于我们现代使用的毛笔究竟是始于何时，大概是无可考。韩愈的《毛颖传》不足为凭。

　　用兽毛制笔实在是一大发明。有了这样的笔，才有发展我们的书法画法的可能。《太平清话》："宋时有鸡毛笔、檀心笔、小儿胎发笔、猩猩毛笔、鼠尾笔、狼毫笔。"所谓小儿胎发笔，不知是否真有其事。我国人口虽多，收集小儿胎发却非易事。就是猩猩的毛恐怕亦不多见。我们常用的毛是羊毫，取其软，有时又嫌太软，遂有七紫三羊或三紫七羊或五紫五羊的发明。紫毫是深紫色的兔毫，比较硬。白居易有一首《紫毫笔乐府》："紫毫笔，尖如锥兮利如刀。江南石上有老兔，吃竹饮泉生紫毫，宣城工人采为笔，千万毛中拣一毫。"可见紫毫一向是很贵重的。我小时候常用的笔是"小毛锥"，写小字用，不知是什么毛做的，价钱便宜，用不了多久不是笔尖掉毛，就是笔头松脱。最可羡慕的是父亲书桌上笔架上插着的琉璃厂李鼎和"刚柔相济"，那就是七紫三羊，只有在父亲命我写"一炷香"式的红纸名帖的时候，才许我使用他的"刚柔相济"。这种七紫三羊，软中带硬，写的时候省力，写出来的字圆润。"刚柔相济"这个名字实在取得好。我的岳家开设的"程五峰斋"是北平一家著名老店，科举废后停业，肆中留下的笔墨不少，我享用了好多年，其中最使我快意的是毛笔"磨炼出精神"，原是写大卷用的笔，我拿来写信写稿，写白折子，真是一大享受。

常听人说：善书者不择笔。我的字写不好，从来不敢怨笔不好。可是有一次看到珂罗版影印的朱晦庵的墨迹，四五寸大的行草，酣畅淋漓，近似"笔势飞举而字画中空"的飞白。我忽有所悟。朱老夫子这一笔字，绝不是我们普通的毛笔所能写出来的。史书记载："蔡邕诣鸿都门，时方修饰，见役人以垩帚成字，因归作飞白书。"朱老夫子写的近似飞白的字，所用的纵然不是垩帚，也必定是一种近似刷子的大笔。英文译毛笔为brush（刷子），很难令人满意，其实毛笔也的确是个刷子，不过有个或长或短或软或硬溜尖的笔锋而已。画水彩画用的笔，也曾有人用以写字，而且写出来颇有奇趣。油漆匠用的排笔，也未尝不可借来大涂大抹一幅画的背景。毛笔是书画用的工具，不同的书画自然需要不同的笔。古代书家率多自己造笔，非如此不能满足他的需要。据说王右军用的是兔毫笔，都是经过他自己精选的赵国平原八九月间的兔子的毫，既长而锐。北方天气寒冷，其毫劲硬，所以右军的字才写得那样的挺秀多姿。大抵魏晋以至于唐，以兔毫为主，宋元以后书家偏重行书，乃以鼠毫羊毫为主。不过各家作风不同、用途不同，所用之笔亦异，不可一概而论。像沈石田的山水画，浓墨点苔非常出色，那著名的"梅花点"就不是一般画笔所能画得出来的，很可能是先用剪刀剪去了笔锋。

毛笔之妙，固不待言，我们中国的字画之所以能在世界上独树一帜，赖有毛笔为工具。不过毛笔实在不方便，用完了要洗，笔洗是不可少的，至少要有笔套，笔架笔筒也是少不了的。而且毛笔用不了多久必败，要换新的。僧怀素号称草圣，他用过的笔堆积如山，埋在地下，人称笔冢。那是何等的豪奢。欧阳修家贫，其母以荻画地教之学书。那又是何等的困苦。自从科举废，毛笔之普遍的重要性一落千丈，益以连年丧乱，士大夫流离颠沛，较简便的自来水笔、铅笔，以至于较近的球端笔（俗谓原子笔）、毡头笔（俗谓签字笔）乃代之而兴。制毛笔的技术也因之衰落。近来我曾收购七紫三羊，无论是来自何方，均不够标准，都是以紫毫为心，秀出外露，羊毫嫌短，不能与紫毫浑融为一体，无复刚柔相济之妙。这也是无可奈何之事。有穷亲戚某，略识之无，其子索钱买毛笔，云是教师严命，国文作文非用毛笔不可，某大怒曰："有铅笔即可写字，何毛笔为？"孩子大哭而去。画荻学书之事，已不可行于今日。此后毛笔之使用恐怕要限于临池的书法家和国画家了。

墨

古时无墨。最初是以竹梃点漆，后来用石墨磨汁，汉开始用松烟制墨，魏晋之际松烟制墨之法益精，遂无再用石墨者。魏韦诞的合墨法："以好醇烟捣讫，以细绢筛于缸内……醇烟一斤以上。以胶五两，浸梣皮汁中。其皮入水绿色，解胶，又益墨色，可下鸡子白去黄五枚。更以珍珠一两，麝香一两，皆别治细筛。都合调下铁臼中，宁刚不宜泽，捣三万杵，多益善。合墨不得过二月九月……重不得过二三两。"古人制墨，何等考究。唐李廷珪为墨官，尝谓合墨一料需配珍珠三两，玉屑一两，捣万杵。晚近需求日多，利之所在，粗制滥造，佳品遂少。历来文人雅士，每喜蓄墨，不一定用以临池，大多是以为把玩之资。细致的质地，沉着的色泽，高贵的形状，精美的雕镂题识，淡远的香气，使得墨成为艺术品。有些名家还自己制墨，苏东坡与贺方回都精研和胶之法。明清两代更是高手如云。而康熙乾隆都爱文墨，除了所谓御墨如"三希堂""墨妙轩"之外，江南督抚之类封疆大吏希意承旨还按时照例进呈所谓贡墨，虽然阿谀奉承的奴才相十足，墨本身的制作却是很精的，偶有流布在外，无不视为珍品。《红楼梦》作者的祖父、江宁织造曹寅也有镂着"兰台精英"四字的贡墨，为蓄墨者所乐道。至于谈论墨品的专书，则宋有晁季一之《墨经》、李孝美之《墨谱》，明有陆友之《墨史》等，清代则谈墨之书不可胜计。

墨究竟是为用的，不是为玩的。而且玩墨也玩不了多久。苏东坡诗："此墨足支三十年，但恐风霜侵发齿，非人磨墨墨磨人，瓶应未罄罍先耻。"《苕溪渔隐丛话》："东坡云：'石昌言蓄李廷珪墨，不许人磨。或戏之云：子不磨墨，墨将磨子。今昌言墓木拱矣，而墨固无恙。'……"墨之精品，舍不得磨用，此亦人之常情。民初北平兵变，当铺悉遭劫掠，肆中所藏旧墨散落在外，家君曾收得大小数十笏，皆锦盒装裹，精美豪华。其形状除了普通的长方形圆柱形等之外，还有仿钟、鼎、尊、磬，诸般彝器之作。质坚烟细，神采焕然。这样的墨，怎舍得磨？至于那些墨上镌刻的何人恭进，我当时认为无关紧要，现已不复记忆了。

书画养性，至堪怡悦，唯磨墨一事为苦。磨墨不能性急，要缓缓地、一匝匝地软磨，急也没用，而且还会墨汁四溅。昔人有云："磨墨如病儿，把笔如壮夫。"懒洋洋的磨墨是像病儿似的有气无力的样子。不过也有人说，磨墨的时候正好构想。《荆溪林下偶谈》："唐王勃属文，初不精思，先磨墨数升。"也许那磨墨正是精思的时刻。听人说：绍兴师爷动笔之前必先磨墨，那也许是在盘算他的刀笔如何在咽喉处着手吧？也有人说，作书画之前磨墨，舒展指腕的筋骨，有利于挥洒，不过那也要看各人的体力，弱不禁风的人磨墨数升，怕搦管都有问题，只能做颤笔了。

笔要新，墨要旧。如今旧墨难求，且价高昂。近有人贻我坊间仿制"十八学士"一匣，"睢阳五老"一匣，只看那镂刻粗糙，金屑浮溢之状，就可以知道墨质如何。能没有臭腥之气，就算不错。

纸

蔡伦造纸，见《后汉书·蔡伦传》："自古书契，多编以竹简，其用缣帛者，谓之为纸。缣贵而简重，并不便于人。伦乃造意，用树肤、麻头，及敝布、渔网以为纸。元兴元年（一〇五年）奏上之，帝善其能。自是莫不从用焉。故天下咸称蔡侯纸。"蔡伦是东汉和帝时的一名宦官，亏他想出以植物纤维造纸的方法。造纸的原料各地不同，据苏易简《纸谱》说："蜀人以麻，闽人以嫩竹，北人以桑皮，剡溪人以藤，海人以苔，浙人以麦面稻秆，吴人以茧，楚人以楮为纸。"多是植物性纤维，就地取材。我国的造纸术，于蔡伦后六百多年传到中亚，再经四百年传到欧洲，这一伟大发明使全世界蒙受其利，是值得大书特书的事。

文人最重视的纸是宣纸，产自安徽宣州，今宣城县，故名。《绩溪县志》："南唐李后主，留心翰墨，所用澄心堂纸，当时贵之。而南宋亦以入贡。是澄心堂纸之出绩溪，其著名久矣。"按近人考证澄心堂，在今安徽黟县艺林寺临溪小学附近，与李后主宫内之澄心堂根本不是一个地方，李后主用绩溪的澄心堂纸，但是他没有制作澄心堂纸。宫中燕乐之地，似不可能设厂造纸。《文房四谱》："黟歙间多良纸，有凝霜、澄心之号。复有长可五十尺为一幅。盖歙民数百理其楮，然后于长船中以浸之，数十夫举帘以抄之。旁一夫以鼓节之。于是以大熏笼周而焙之，不上于墙壁也。由是自首至尾匀整如一。""澄心堂"纸幅大者，特宜于大幅书画之用。不过真的"澄心堂"纸早已成为稀罕之物，北宋时即已不可多见。《六一诗话》："余家尝得南唐后主之澄心堂纸……"视为珍宝。宋刘颁（贡父）诗："当时百金售一幅，澄心堂中千万轴。后人闻名宁复得，就令得之当不识！"如今侈言"澄心堂"，几人见过真面目？

旧纸难得，黠者就制造赝品，熏之染之，也能古色古香地混充过去，用这种纸易于制作假字画蒙骗世人。这应该算是文人无行的一例。故宫曾流出一批大幅旧纸，被作伪的画家抢购一空。

　　宣纸有生熟之别，有单宣夹贡之分。互有利弊，各随所好而已。古人喜用熟纸，近人偏爱生纸。生纸易渗水墨，笔头水分要控制得宜，于湿干浓淡之间显出挥洒的韵味。尝见有人作画，急欲获致水墨渗渲的效果，不断地以口吮毫，一幅画成，舌面尽黑。工笔画，正楷书，皆宜熟纸。不过亦不尽然，我看见过徐青藤花卉册页的复制品，看那淋漓的水渲墨晕，不像是熟纸。

　　文人题诗或书简多喜自制笺纸，唐名妓薛涛利用一品质特佳的井水制成有名的"薛涛笺"，李商隐所云"浣花笺纸桃花色，好好题诗咏玉钩"，大概就是这种纸。明末盛行花笺，素宣之上加以藻绘，花卉、山水、人物，以及铜玉器之模型，穷工极妍，相习成风。饾版彩色的《十竹斋笺谱》《萝轩变古笺谱》可推为代表作。民初北京"荣宝斋"等南纸店发售之笺纸，间更有模印宋版书之断简零篇者，古色古香，甚有意趣。近有嗜杨小楼剧艺而集其多幅戏报为笺纸者，亦别开生面之作。

　　自毛笔衰歇之后，以宣纸制作之笺纸亦渐不流行，偶有文士收集，当作版画一般的艺术品看待。周作人的书信好像是一直维持用毛笔笺纸，徐志摩、杨今甫、余上沅诸氏也保持这种作风。至于稿纸之使用宣纸者，自梁任公先生之后我不知尚有何人。新月书店始制稿纸，采胡适之先生意见，单幅大格宽边，有宣纸、毛边、道林三种。其中宣纸一种，购者绝少，后遂不复制。

砚

砚居四宝之末，但是同等重要。广东高要县端溪所产之砚号称端砚，为世所称，其中以斧柯山的石头最为难得，虽然大不过三四指，但是只有冬天水涸的时候才可一人匍匐进入洞口采石，苏东坡所说"千夫挽绠，百夫运斤，篝火下缒，以出斯珍"，可以说明端砚之所以珍贵。

与端砚齐名的是歙砚，产地在今之江西婺源县（原属安徽）之歙溪。如今无论是端砚或歙砚，都因为历年来开采，罗掘俱穷，已不可多得，吾人只能于昔人著述中略知其一二，例如宋米芾之《砚史》，高似孙之《砚笺》，以及南宋无名氏之《砚谱》等。

历代文人及收藏家多视佳砚为拱璧。南唐官砚，现在日本，《广仓研录》以此砚为所著录名砚百数十方拓本之首，是现存古砚之最古老最珍贵者。宋人苏东坡的有邻堂遗砚及米芾的紫金砚等都是极为有名的。所谓良砚，第一是要发墨，因其石之质地坚细适度，磨墨不费时，轻磨三二十下，墨沉浓浓。而且墨愈坚则发墨愈速，佳砚佳墨乃相得而益彰。除了发墨之外还要不伤笔，笔尖软而砚石糙则笔易受损。并且磨起不可有沙沙的声响。磨成墨汁后要在相当久的时间内不渗不干。能有这几项优异的功能便是一方佳砚，初不必问其是端是歙。

我家有一旧砚，家君置在案头使用了几十年，长约尺许，厚几二寸，砚瓦微陷，砚池雕琢甚细，池上方有石眼，左右各雕一龙，做二龙戏珠状。这个石眼有瞳孔，有黄晕，算不算得是"活眼"我就不知道了。家君又藏有桂未谷摹写的蝇头隶书汉碑的拓本若干幅，都是刻在砚石上的，写得好，刻得精，拓得清晰，裱褙装裹均极考究，分四大函。张迁、曹全、白石神君、天发神谶、孔宙……无不具备。观此拓片，令人神往，原来的石砚不知流落何方了。

我初来台湾，求一可用之砚亦不易得。有人贻我塑胶砚一方，令人啼笑皆非。菁清雅好文玩，既示我以其所藏之《三希堂》法帖，又出其所藏旧砚多方，供我使用。尤其妙者，菁清尝得一新奇之砚滴，形如废电灯泡，顶端黄铜螺旋，扭开即可注水，中有小孔，可滴水于砚面或砚池，胜似昔之砚蟾。陆放翁有句："自烧熟火添香兽，旋把寒泉注砚蟾。"我之新型砚蟾，注水可长期滴用，方便多多。从此文房四宝，虽不求精，大致粗备。调墨弄笔，此其时矣。

下棋

有一种人我最不喜欢和他下棋，那便是太有涵养的人。杀死他一大块，或是抽了他一个车，他神色自若，不动火，不生气，好像是无关痛痒，使得你觉得索然寡味。君子无所争，下棋却是要争的。当你给对方一个严重威胁的时候，对方的头上青筋暴露，黄豆般的汗珠一颗颗地在额上陈列出来，或哭丧着脸做惨笑，或咕嘟着嘴做吃屎状，或抓耳挠腮，或大叫一声，或长吁短叹，或自怨自艾口中念念有词，或一串串的噎嗝打个不休，或红头涨脸如关公，种种现象，不一而足，这时节你"行有余力"便可以点起一支烟，或啜一碗茶，静静地欣赏对方的苦闷的象征。我想猎人困逐一只野兔的时候，其愉快大概略相仿佛。因此我悟出一点道理，和人下棋的时候，如果有机会使对方受窘，当然无所不用其极，如果被对方所窘，便努力做出不介意状，因为既不能积极地给对方以苦痛，只好消极地减少对方的乐趣。

自古博弈并称，全是属于赌的一类，而且只是比"饱食终日无所用心"略胜一筹而已。不过弈虽小术，亦可以观人，相传有慢性人，见对方走当头炮，便左思右想，不知是跳左边的马好，还是跳右边的马好，想了半个钟头而迟迟不决，急得对方拱手认输。是有这样的慢性人，每一着都要考虑，而且是加慢地考虑，我常想这种人如加入龟兔竞赛，也必定可以获胜。也有性急的人，下棋如赛跑，噼噼啪啪，草草了事，这仍旧是饱食终日无所用心的一贯作风。下棋不能无争，争的范围有大有小，有斤斤计较而因小失大者，有不拘小节而眼观全局者，有短兵相接做生死斗者，有各自为战而旗鼓相当者，有赶尽杀绝一步不让者，有好勇斗狠同归于尽者，有一面下棋一面诮骂者，但最不幸的是争的范围超出了棋盘，而拳足交加。有下象棋者，久而无声响，排闼视之，阒不见人，原来他们是在门后角里扭作一团，一个人骑在另一个人的身上，在他的口里挖车呢。被挖者不敢出声，出声则口张，口张则车被挖回，挖回则必悔棋，悔棋则不得胜，这种认真的态度憨得可爱。我曾见过二人手谈，起先是坐着，神情潇洒，望之如神仙中人，俄而棋势吃紧，两人都站起来了，剑拔弩张，如斗鹌鹑，最后到了生死关头，两个人跳到桌上去了！

笠翁《闲情偶寄》说弈棋不如观棋，因观者无得失心，观棋是有趣的事，如看斗牛、斗鸡、斗蟋蟀一般，但是观棋也有难过处，观棋不语是一种痛苦。喉间硬是痒得出奇，思一吐为快。看见一个人要入陷阱而不作声是几乎不可能的事，如果说得中肯，其中一个人要厌恨你，暗暗地骂一声："多嘴驴！"另一个人也不感激你，心想："难道我还不晓得这样走！"如果说得不中肯，两个人要一齐嗤之以鼻："无见识奴！"如果根本不说，憋在心里，受病。所以有人于挨了一个耳光之后还抚着热辣辣的嘴巴大呼："要抽车，要抽车！"

下棋只是为了消遣，其所以能使这样多人嗜此不疲者，是因为它颇合于人类好斗的本能，这是一种"斗智不斗力"的游戏。所以瓜棚豆架之下，与世无争的村夫野老不免一枰相对，消此永昼；闹市茶寮之中，常有有闲阶级的人士下棋消遣，"不为无益之事，何以遣此有涯之生？"宦海里翻过身最后退隐东山的大人先生们，髀肉复生，而英雄无用武之地，也只好闲来对弈，了此残生，下棋全是"剩余精力"的发泄。人总是要斗的，总是要钩心斗角地和人争逐的。与其和人争权夺利，还不如在棋盘上多占几个官，与其招摇撞骗，还不如在棋盘上抽上一车。宋人笔记曾载有一段故事："李讷仆射，性卞急，酷尚弈棋，每下子安详，极于宽缓。往往躁怒作，家人辈则密以弈具陈于前，讷睹，便忻然改容，以取其子布弄，都忘其恚矣。"（《南部新书》）下棋，有没有这样陶冶性情之功，我不敢说，不过有人下起棋来确实是把性命都可置之度外。我有两个朋友下棋，警报作，不动声色，俄而弹落，棋子被震得在盘上跳荡，屋瓦乱飞，其中一位棋瘾较小者变色而起，被对方一把拉住，"你走！那就算是你输了"。此公深得棋中之趣。

写字

　　在从前，写字是一件大事，在"念背打"教育体系当中占一个很重要的位置，从描红模子的横平竖直，到写墨卷的黑大圆光，中间不知有多大艰苦。记得小时候写字，老师冷不防地从你脑后把你的毛笔抽走，弄得你一手掌的墨，这证明你执笔不坚，是要受惩罚的。这样恶作剧还不够，有的在笔管上套大铜钱，一个，两个，乃至三四个，摇动笔管只觉头重脚轻，这原理是和国术家腿上绑沙袋差不多，一旦解开重负便会身轻似燕极尽飞檐走壁之能事，如果练字的时候笔管上驮着好几两重的金属，一旦握起不加附件的竹管，当然会龙飞蛇舞，得心应手了。写一寸径的大字，也有人主张用悬腕法，甚至悬肘法，写字如站桩，挺起腰板，咬紧牙关，正襟危坐，道貌岸然，在这种姿态中写出来的字，据说是能力透纸背。现代的人无须受这种折磨。"科举"已经废除了，只会写几个"行""阅""如拟""照办"，便可为官。自来水笔代替了毛笔，横行左行也可以应酬问世，写字一道，渐渐地要变成"国粹"了。

　　当作一种艺术看，中国书法是很独特的。因为字是艺术，所以什么"永字八法"之类的说教，其效用也就和"新诗作法""小说作法"相差不多。绳墨当然是可以教的，而巧妙各有不同，关键在于个人。写字最容易泄露一个人的个性，所谓"字如其人"大抵不诬。如果每个字都方方正正，其人大概拘谨；如果伸胳臂拉腿的都逸出格外，其人必定豪放；字瘦如柴，其人必如排骨；字如墨猪，其人必近于"五百斤油"。所以郑板桥的字，就应该是那样的倾斜古怪，才和他那吃狗肉傲公卿的气概相称，颜鲁公的字就应该是那样的端庄凝重，才和他的临难不苟的品格相合，其间无丝毫勉强。

在"文字国"里，需要写字的地方特别多。擘窠大字至蝇头小楷，都有用途。可惜的是，写字的人往往不能用其所长，且常用错了地方。譬如，凿石摹壁的大字，如果不能使山川生色，就不如给当铺酱园写写招牌，至不济也可以给煤栈写"南山高煤"。有些人的字不宜在壁上题诗，改写春联或"抬头见喜"就合适得多。有的人写字技术非常娴熟，在茶壶盖上写"一片冰心"是可以胜任的，却偏爱给人题跋字画。中堂条幅对联，其实是人人都可以写的，不过悬挂的地点应该有个分别，有的宜于挂在书斋客堂，有的宜于挂在饭铺理发馆，求其环境配合，气味相投，如是而已。

"善书者不择笔"，此说未必尽然，秃笔写铁线篆，未尝不可，临赵孟𫖯"心经"就有困难。字写得坚挺俊俏，所用大概是尖毫。

笔墨纸砚，对于字的影响是不可限量的。有时候写字的人除了工具之外还讲究一点特殊的技巧，最妙者无过于某公之一笔虎，八尺的宣纸，布满了一个虎字，气势磅礴，一气呵成，尤其是那一直竖，顶天立地的笔直一根杉木似的，煞是吓人。据说，这是有特别办法的，法用马弁一名，牵着纸端，在写到那一竖的时候把笔顿好，喊一声"拉"，马弁牵着纸就往后扯，笔直的一竖自然完成。

写字的人有瘾，瘾大了就非要替人写字不可，看着人家的白扇面，就觉得上面缺点什么，至少也应该有"精气神"三个字。相传有人爱写字，尤其是爱写扇子，后来腿坏，以至无扇可写；人问其故，原来是大家见了他就跑，他追赶不上了。如果字真写到好处，当然不需腿健，但写字的人究竟是腿健者居多。

画展

我参观画展，常常感觉悲哀。大抵一个人不到山穷水尽的时候，不肯把他所能得到的友谊一下子透支净尽，所以也就不会轻易开画展。门口横挂着一条白布，如果把上面的"画展"二字掩住，任何人都会疑心是追悼会。进得门去"一片缟素"，仔细一看，是一幅幅的画，三三两两的来宾在那里指指点点、叽叽喳喳，有的苦笑，有的撇嘴，有的愁眉苦脸，有的挤眉弄眼，大概总是面带戚容者居多。屋角里坐着一个蓬首垢面的人，手心上直冒冷汗，这一位大概就是精通六法的画家。好像这不是欣赏艺术的地方，而是仁人君子解囊救命的地方。这一幅像八大山人，那一幅像石涛，幅幅后面都隐现着一个面黄肌瘦嗷嗷待哺的人影，我觉得惨。

任凭你参观的时候是多么早，总有几十幅已经标上了红签，表示已被人赏鉴而订购了。可能是真的。因为现在世界上是有一种人，他有力量造起亭台楼阁，有力量设备天棚鱼缸石榴树肥狗胖丫头，偏偏白汪汪的墙上缺少几幅画。这种人很聪明，他的品位是相当高的，他不肯在大厅上挂起福禄寿三星，也不肯挂刘海戏金蟾，因为这是他心里早已有的，一闭眼就看得清清楚楚用不着再挂在面前，他要的是近似四王吴恽甚至元四大家之类的货色。这一类货色是任何画展里都不缺乏的，所以我说那些红签可能是真的，虽然是在开幕以前即已成交。不过也不一定全是真的，第一天三十个红签，如果生意兴隆，有些红签是要赶快取下的，免得耽误了真的顾主，所以第二天就许只剩二十个红签，千万不要以为有十个悬崖勒马的人又退了货。

一幅画如何标价，这虽不见于六法，确是一种艺术。估价要根据成本，此乃不易之论。纸张的质料与尺寸，一也；颜料的种类与分量，二也；裱褙的款式与工料，三也；绘制所用之时间与工力，四也；题识者之身份与官阶，五也——这是全要顾虑到的，至于画的本身之优劣，可不具论。于成本之外应再加多少赢利，这便要看各人心地之薄与脸皮之厚到如何程度了。但亦有两个学说：一个是高抬物价，一幅枯树牛山，硬标上惊人的高价，观者也许咋舌，但是谁也不愿对于风雅显着外行，他至少也要赞叹两声，认为是神来之笔，如果一时糊涂就许订购而去，一个是廉价多卖，在求人订购的时候比较地易于启齿而不太伤感情。

画展闭幕之后，画家的苦难并未终止。他把画一轴轴的毕恭毕敬地送到顾主府上，而货价的交割是遥遥无期的。他需要踵门乞讨。如果遇到"内有恶犬"的人家，逡巡不敢入，勉强叩门而入，门房的颜色更可怕，先要受盘查，通报之后主人也许正在午睡或是有事不能延见，或是推托改日再来，这时节他不能忘，他要隐忍，要有艺术家的修养。几曾看见过油盐店的伙计讨账敢于发急？

画展结束之后，检视行箧，卖出去的是哪些，剩下的是哪些，大概可得如下之结论：着色者易卖，山水中有人物者易卖，花卉中有翎毛者易卖，工细而繁复者易卖，霸悍粗犷吓人惊俗者易卖，章法奇特而狂态可掬者易卖，有大人先生品题者易卖。总而言之，有卖相者易于脱手，无卖相者便"只供自怡悦"了。绘画艺术的水准就在这买卖之间无形中被规定了。下次开画展的时候，多点石绿，多泼胭脂，山水里不要忘了画小人儿，"空亭不见人"是不行的，花卉里别忘了画只鸟儿，至少也要是一只螳螂了，要细皴细点，要回环曲折，要有层峦叠嶂，要有亭台楼阁，用大笔，用枯墨，一幅山水可以画得天地头不留余地，五尺捶宣也可以描上三朵梅花而尽是空白。在画法上是之谓画蠢，在画展里是之谓成功。

有人以为画展之事是附庸风雅，无补时艰。我倒不这样想。写字、刻印，以及辞章考证，哪一样又有补时艰？画展只是一种市场，有无相易，买卖自由，不愧于心，无伤大雅。我怕的是，《蜀山图》里画上一辆卡车，《寒林图》里画上一架飞机。

读画

《随园诗话》："画家有读画之说，余谓画无可读者，读其诗也。"随园老人这句话是有见地的。读是读诵之意，必有文章词句然后方可读诵，画如何可读？所以读画云者，应该是读诵画中之诗。

诗与画是两个类型，在对象、工具、手法各方面均不相同。但是类型的混淆，古已有之，在西洋。所谓Ut pictura poesis，"诗既如此，画亦同然"，早已成为艺术批评上的一句名言。我们中国也特别称道王摩诘的"画中有诗，诗中有画"。究竟诗与画是各有领域的。我们读一首诗，可以欣赏其中的景物的描写，所谓"历历如绘"。但诗之极致究竟别有所在，其着重点在于人的概念与情感。所谓诗意、诗趣、诗境，虽然多少有些抽象，究竟是以语言文字来表达最为适宜。我们看一幅画，可以欣赏其中所蕴藏的诗的情趣，但是并非所有的画都有诗的情趣，而且画的主要的功用是在描绘一个意象。我们说读画，实在是在画里寻诗。

"蒙娜丽莎"的微笑，即是微笑，笑得美，笑得甜，笑得有味道，但是我们无法追问她为什么笑，她笑的是什么。尽管有许多人在猜这个微笑的谜，其实都是多此一举。有人以为她是因为发现自己怀孕了而微笑，那微笑代表女性的骄傲与满足。有人说："怎见得她是因为发觉怀孕而微笑呢？也许她是因为发觉并未怀孕而微笑呢？"这样地读下去，是读不出所以然来的。会心的微笑，只能心领神会，非文章词句所能表达。像《蒙娜丽莎》这样的画，还有一些奥秘的意味可供揣测，此外像Watts的《希望》，画的是一个女人跨在地球上弹着一只断了弦的琴，也还有一点象征的意思可资领会，但是Sorolla的《二姊妹》，除了耀眼的阳光之外还有什么诗可读？再如Sully的《戴破帽子的孩子》，画的是一个孩子头上顶着一个破帽子，除了那天真无邪的脸上的光线掩映之外还有什么诗可读？至于Chase的一幅《静物》，可能只是两条死鱼翻着白肚子躺在盘上，更没有什么可说的了。

也许中国画里的诗意较多一点。画山水不是"春山烟雨"，就是"江皋烟树"，不是"云林行旅"，就是"春浦帆归"，只看画题，就会觉得诗意盎然。尤其是文人画家，一肚皮不合时宜，在山水画中寄托了隐逸超俗的思想，所以山水画的境界成了中国画家人格之最完美的反映。即使是小幅的花卉，像李复堂、徐青藤的作品，也有一股豪迈潇洒之气跃然纸上。

画中已经有诗，有些画家还怕诗意不够明显，在画面上更题上或多或少的诗词字句。自宋以后，这已成了大家所习惯接受的形式，有时候画上无字反倒觉得缺点什么。中国字本身有其艺术价值，若是题写得当，也不难看。西洋画无此便利，"拾穗人"上面若是用鹅翎管写上一首诗，那就不堪设想。在画上题诗，至少说明了一点，画里面的诗意有用文字表达的必要。一幅酣畅的泼墨画，画着有两棵大白菜，墨色浓淡之间充分表示了画家笔下控制水墨的技巧，但是画面的一角题了一行大字："不可无此味，不可有此色。"这张画的意味不同了，由纯粹的画变成了一幅具有道德价值的概念的插图。金冬心的一幅墨梅，篆籀纵横，密圈铁线，清癯高傲之气扑人眉宇，但是半幅之地题了这样的词句："晴窗呵冻，写寒梅数枝，胜似与猫儿狗儿盘桓也……"顿使我们的注意力由斜枝细蕊转移到那个清高的画士。画的本身应该能够表现画家所要表现的东西，不需另假文字为之说明，题画的办法有时使画不复成为纯粹的画。

我想画的最高境界不是可以读得懂的，一说到读便牵涉到文章词句，便要透过思想的程序，而画的美妙处在于透过视觉而直诉诸人的心灵，画给人的一种心灵上的享受，不可言说，说便不着。

看报

　　早晨起来，盥洗完毕，就想摊开报纸看看。或是斜靠在沙发上，跷起一条腿，仰着脖子，举着报纸看。或是铺在桌面上，摘下老花眼镜，一目十行或十目一行地看。或是携进厕所，细吹细打翻来覆去地看。各极其态，无往不利。假使没有报看，这一天的秩序就要大乱，浑身不自在，像是硬断毒瘾所谓"冷火鸡"。翻翻旧报纸看看，那不对劲，一定要热烘烘地刚从报馆出炉的当天的报纸看了才过瘾。报纸上有什么东西这样摄人魂魄令人倾倒？惊天动地的新闻、回肠荡气的韵事，不是天天有的。不过，大大小小的贪赃枉法的事件、形形色色的社会新闻，以及五花八门的副刊，多少都可以令人开胃醒脾，耳目一新。抛下报纸便可心安理得地去做一个人一天该做的事去了。有些人肝火旺，看了报上少不了的一些不公道的事、颠颠糊涂的事、泄气的事、腌臜的事，不免吹胡瞪眼，破口大骂。这也好，让他发泄一下免得积郁成疾。也有些人专门识小，何处失火、何人跳楼、何家遭窃、何人被绑，乃至于哪家的猪有五条腿、哪家的孩子有两个头，都觉得趣味横生，可资谈助。报纸的诱惑力实太大了，怎可一日无此君？

　　我看报也有瘾。每天四五份报纸，幸亏大部分雷同，独家报道并不多，只有副刊争奇竞秀各有千秋，然而浏览一过摘要细看，差不多也要个把钟头。有时候某一报纸缺席，心里辄为之不快，但是想想送报的人长年的栉风沐雨，也许有个头痛脑热，偶尔歇工，也就罢了。过阴历年最难堪，报馆休假好几天，一张半张地凑合，乏味之至。直到我自己也在报馆做一点事，才体会到报人也需要逢年轻松几天，这才能设身处地不忍深责。

报纸以每日三张为限，广告至少占去一半以上，这也有好处，记者先生省却不少编撰之劳，广告客户大收招徕生意之效，读者亦可节省一点宝贵时间。就是广告有时也很有趣。近年来结婚启事好像少了，大概是因为红色炸弹直接投寄收效较宏。可是讣闻还是相当多，尤其是死者若是身兼若干董监事，则一排讣闻分别并列，蔚为壮观。不知是谁曾经说过："你要知道谁是走方郎中江湖庸医嘛，打开报纸一索便得。"可是医师的广告渐渐少了，药物广告也不若以前之多了。密密麻麻的分类广告，其中藏龙卧虎，有时颇有妙文，常于无意中得之。

报纸以三张为限，也很好。看完报纸如何打发，是一个问题，沿街叫喊"酒干倘卖无"的人好像现已不常见。外国的报纸动辄一百多页，星期天的报纸多到五百页不算稀奇。报童送报无论是背负还是小车拉曳，都有不胜负荷之状。看完报纸之后通常是积有成数往垃圾桶里一丢，也有人不肯暴殄天物，一大批一大批地驾车送到指定地点做打纸浆之用。我们报纸张数少，也够麻烦，一个月积攒下来也够一大堆，小小几平方米的房间如何装得下？不知有人想到过没有，旧报纸可以拿去做纸浆，收物资循环之效。

从前老一辈的人，大概是敬惜字纸，也许是爱惜物资，看完报纸细心折叠，一天一沓，一月一捆，结果是拿去卖给小贩，小贩拿去卖给某些店铺，作为包装商品之用。旧报纸如何打发固是问题，我较更关心的是，看报似乎也有看报的道德，无论在什么场合，看完报纸应该想到还有别人要看，所以应该稍加整理、稍加折叠。我不期望任谁看过报纸还能折叠得见棱见角，如军事管理之叠床被要叠得像一块豆腐干，那是陈义过高近于奢望，但是我也看不得报纸凌乱地抛在桌上、椅上、地上，像才经过一场洗劫。

有一阵电视上映出两句标语：饭前洗手，饭后漱口。实在很好，功德无量。我发现看完报纸之后也要洗手。看完报纸之后十根手指像是刚搓完煤球。外国报纸好像污染得好一些，我不知道他们用的油墨是什么牌子的。

看报也常误事。我一年之内有过因为看报，而烧黑了三个煮菜锅的纪录。这是我对于报纸的功能之最高的称颂。报纸能令人忘记锅里煮着东西！

书

从前的人喜欢夸耀门第，纵不必家世贵显，至少也要是书香人家才能算是相当的门望。书而曰香，盖亦有说。从前的书，所用纸张不外毛边连史之类，加上松烟油墨，天长日久密不通风自然生出一股气味，似沉檀非沉檀，更不是桂馥兰薰，并不沁人脾胃，亦不特别触鼻，无以名之，名之曰书香。书斋门窗紧闭，乍一进去，书香特别浓，以后也就不大觉得。现代的西装书，纸墨不同，好像有股煤油味，不好说是书香了。

不管香不香，开卷总是有益。所以世界上有那么多有书癖的人，读书种子是不会断绝的。买书就是一乐，旧日北平琉璃厂、隆福寺街的书肆最是诱人，你迈进门去向柜台上的伙计点点头便直趋后堂，掌柜的出门迎客，分宾主落座，慢慢地谈生意。不要小觑那位书贾，关于目录版本之学他可能比你精。搜访图书的任务，他代你负担，只要他摸清楚了你的路数，一有所获立刻专人把样函送到府上，合意留下翻看，不合意他拿走，和和气气。书价嘛，过节再说。在这样情形之下，一个读书人很难不染上"书淫"的毛病，等到四面卷轴盈满，连坐的地方都不容易匀让出来，那时候便可以顾盼自雄，酸溜溜地自叹："丈夫拥书万卷，何暇南面百城？"现代我们买书比较方便，但是搜访的乐趣，搜访而偶有所获的快感，都相当地减少了。挤在书肆里浏览图书，本来应该是像牛吃嫩草，不慌不忙的，可是若有店伙眼睛紧盯着你，生怕你是一名雅贼，你也就不会怎样的从容，还是早些离开这是非之地好些。更有些书不裁毛边，干脆拒绝翻阅。

"郝隆七月七日，出日中仰卧，人问其故，曰：'我晒书。'"（见《世说新语》）郝先生满腹诗书，晒书和日光浴不妨同时举行。恐怕那时候的书在数量上也比较少，可以装进肚里去。司马温公也是很爱惜书的，他告诫儿子说："吾每岁以上伏及重阳间视天气晴明日，即设几案于当日所，侧群书其上以曝其脑。所以年月虽深，从不损动。"书脑即是书的装订之处，翻页之处则曰书口。司马温公看书也有考究，他说："至于启卷，必先视几案洁净，藉以茵褥，然后端坐看之。或欲行看，即承以方版，未尝敢空手捧之，非惟手汗渍及，亦虑触动其脑。每至看竟一版，即侧右手大指面衬其沿，而覆以次指面，捻而挟过，故得不至揉熟其纸。每见汝辈多以指爪撮起，甚非吾意。"（见《宋稗类钞》）我们如今的图书不这样名贵，并且装订技术进步，不像宋朝的"蝴蝶装"那样的娇嫩，但是读书人通常还是爱惜他的书，新书到手先裹上一个包皮，要晒，要揩，要保管。我也看见过名副其实的收藏家，爱书爱到根本不去读它的程度，中国书则锦函牙签，外国书则皮面金字，庋置柜橱，满室琳琅，真好像是琅嬛福地，书变成了陈设、古董。

有人说"借书一痴，还书一痴"。有人分得更细："借书一痴，惜书二痴，索书三痴，还书四痴。"大概都是有感于书之有借无还。书也应该深藏若虚，不可慢藏诲盗。最可恼的是全书一套借去一本，久假不归，全书成了残本。明人谢肇淛编《五杂俎》，记载一位："虞参政藏书数万卷，贮之一楼，在池中央，小木为彴，夜则去之。榜其门曰：'楼不延客，书不借人。'"这倒是好办法，可惜一般人难得有此设备。

读书乐，所以有人一卷在手往往废寝忘食。但是也有人一看见书就哈欠连连，以看书为最好的治疗失眠的方法。黄庭坚说："人不读书，则尘俗生其间，照镜则面目可憎，对人则语言无味。"这也要看所读的是些什么书。如果读的尽是一些猥屑的东西，其人如何能有书卷气之可言？宋真宗皇帝的《劝学文》，实在令人难以入耳："富家不用买良田，书中自有千钟粟；安居不用架高堂，书中自有黄金屋；出门莫愁无人随，书中车马多如簇；娶妻莫愁无良媒，书中自有颜如玉；男儿欲遂平生志，五经勤向窗前读。"不过是把书当作敲门砖以遂平生之志，勤读六经，考场求售而已。十载寒窗，其中只是苦，而且吃尽苦中苦，未必就能进入佳境。倒是英国十九世纪的罗斯金，在他的《芝麻与百合》第一讲里，劝人读书尚友古人，那一番道理不失雅人深致。古圣先贤，成群的名世的作家，一年四季地排起队来立在书架上面等候你来点唤，呼之即来挥之即去。行吟泽畔的屈大夫，一邀就到；饭颗山头的李白、杜甫也会联袂而来；想看外国戏，环球剧院的拿手好戏都随时承接堂会；亚里士多德可以把他逍遥廊下的讲词对你重述一遍。这真是读书乐。

我们国内某一处的人最好赌博，所以讳言书，因为书与输同音，读书曰读胜。基于同一理由，许多地方的赌桌旁边忌人在身后读书。人生如博弈，全副精神去应付，还未必能操胜算。如果沾染书癖，势必呆头呆脑，变成书呆子，这样的人在人生的战场之上怎能不大败亏输？所以我们要钻书窟，也还要从书窟钻出来。朱晦庵有句："书册埋头何日了，不如抛却去寻春。"是见道语，也是老实话。

我看电视

有人问我看不看电视。

我说我看。不过我在扭接电视之前，先提醒我自己几件事。第一，电视公司不是我开的，所以我不能指挥他们播出什么样的节目。电视节目就好像是餐馆里的"定食"（唯一的一组合菜），吃不吃由你，你不能点菜。当然，有几个频道可供选择。可是内容通常都差不多，实在也没有什么选择。

第二，看电视的不止我一个人。看各处屋顶上挓挲着的一排排鱼骨天线，即可知其观众如何的广大。其中有老有少，有男有女，有君子小人，有贤愚智不肖，他们的口味自然不大相同，而电视制作必须要在他们的不同口味之中找出"公分母"，播映出来的节目要老少咸宜雅俗共赏。其结果可能是里外不讨好，有人嫌太雅，又有人嫌太俗。所以做节目的人，不但左右为难，而且上下交责，自己良心也往往忐忑不安，他们这份差事不容易当。

第三，电视是一种买卖生意。在商言商，当然要牟利。观众是买主，可是观众并未买票。天下焉有看白戏的道理？可是观众又是非要不可的，天下焉有不要观众的戏？于是电视另有生财之道，招登广告。电视广告费是以秒计的，离日进斗金的目标也许不会太远。广告商舍得花大钱登广告，又有他们的打算，利用广告心理招引观众买他们的货物。观众通常是不爱看广告的，尤其是插在节目中间的广告，不但扫兴，简直是讨厌。可是我们必须忍受，因为事实上是广告商招待我们看戏。

提醒自己上述几点之后就可以大模大样地看电视了。看电视当然也有一个架势。不远不近地有个座位，灯光要调整好，泡碗好茶，配上一些闲食零嘴。"TV餐"倒不必要，很少人为了贪看电视像英国十八世纪三明治伯爵因舍不得离开赌桌而吃三明治（TV餐不高明，远不及三明治）。美国的标准电视零食是爆玉米花或炸洋芋片。按我们中国人的口味，似乎金圣叹临刑所说："花生米与豆腐干同食大有火腿滋味。"确是不无道理。

看不多久，广告来了。你有没有香港脚，你是否患了感冒，你要不要滋补，你想不想像狼豹一般在田野飞驰？有些广告画面优美，也有些恶声恶相。广告时间就可以闭目养神，即使打个盹也没有多大损失。有时候真的呼呼大睡起来。平素失眠的人在电视前容易入睡。

看电视多半是为娱乐，杀时间。但是有时亦适得其反，恶心。哭哭啼啼的没完没结，动不动就是眼泪直流，不是令人心酸，是令人反胃，更难堪的是笑剧穿插。很少喜剧演员能保持正常的人的面孔，不是焦眉皱眼，就龇牙咧嘴，再不就是佝腰缩颈，走起路来欹里歪斜，好像非如此不能引起大家的欢笑。当年文明戏盛行的时候，几乎所有丑角都犯一种毛病，无缘无故地就跌一跤，或是故作口吃，观众就会觉得好玩。如今时代进步，但是喜剧方面仍然特别地有才难之叹。

我事先提醒了自己，所以我感觉电视可以不必再观赏下去的时候，便轻轻地把它关掉。我不口出恶声，当然更不会有像传说中的砸烂荧幕的那样蠢事。好来好散，不伤和气。

光是挑剔而不赞美是不公道的，电视也给了我不少的快乐。我喜欢看新闻，百闻不如一见。例如报载某地火山爆发，就不如在电视上看那山崩地裂岩浆泛滥的奇景。火烧大楼、连环车祸，种种触目惊心的景象，都由电视送到目前。许多名流新贵，我耳闻其名而未曾识荆，无从拜见其尊容，在电视上便可以（而且是经常不断地）瞻仰他的相貌，多半是"天庭饱满，地阁方圆"。警察捕获的盗贼罪犯，自然又泰半是獐头鼠目的角色，见识一下也好（不过很奇怪，其中也有眉清目秀方面大耳的）。美国俚语，称上电视人员所使用的提词牌为"低能牌"，我不知道我们的一些上电视的公务人员在接受访问或发表谈话的时候，是否也使用"低能牌"，按说在他职掌范围之内的材料应该是滚瓜烂熟的，不至于低能到非照本宣科不可。如果使用低能牌，便会露出低能相。

新闻过后便是所谓黄金时段。惭愧得很，这也正是我准备就寝的时候。不过真正好的连续剧，不是虚晃一招的花拳绣腿的武打，而是比较有一点深度的弘扬人性的戏，也可以使我牺牲一两小时的睡眠。即使里面有一点或很多说教的意味，我也能勉强忍耐。这样的好戏不常见。

我对于野兽生活的片子很感兴趣。野兽是我们人类的远亲，久不闻问了。它们这些支族繁殖不旺，有的且面临绝种。我逛动物园，每每想起我们"北京人"时代的环境与生活，真正地发思古之幽情。看电视所播的野兽生活，格外的惊心动魄。我并不向往非洲的大狩猎。于今之世我们不该再打猎了。地球面积够大，让它们也活下去吧。

我国的旧戏早就在走下坡路。我因为从小就爱看戏，至今不能忘情。种种不便，难得出去看一回戏，在电视上却有缘看到大约百出以上的戏，其中颇有几出是前所未见的。新编的戏我不太热心，我要看旧的戏，注意的是演员的唱与做。我发现了一位武生特别的功夫扎实气度不凡。我在楼上写作，菁清就会冲上楼来，拉起我就走，连呼："快，快，你喜欢的《挑滑车》上映了！"我只好搁下笔和她一同欣赏电视上的《挑滑车》。电视前看戏，当然不及在舞台前，然而也差强人意了。

电视开始那一年就有有关烹饪示范的节目，我也一直要看这个节目。我不是想学手艺，因为我在这方面没有才能和野心，可是我看主持人的刀法实在利落，割鸡去骨悉中肯綮，操作程序有条不紊，衷心不但佩服而且喜悦。可惜播放时间屡次更动，我常失误观赏的机会。

运动节目也煞是好看。足球（不是橄榄球）、篮球、棒球的重要比赛，尤其是国际性的，我不肯轻易放过。前几年少棒队驰誉国际，半夜三更起来观看电视现场播映的观众，其中有一个是我。

不亦快哉

　　金圣叹作"三十三不亦快哉"，快人快语，读来亦觉快意。不过快意之事未必人人尽同，因为观点不同时势有异。就观察所及，试编列若干则如下。

　　其一，晨光熹微之际，人牵犬（或犬牵人），徐步红砖道上，呼吸新鲜空气，纵犬奔驰，任其在电线杆上或新栽树上便溺留念，或是在红砖上排出一摊狗屎以为点缀。庄子曰：道在屎溺。大道无所不在，不简秽贱，当然人犬亦应无所差别。人因散步而精神爽，犬因排泄而一身轻，而且可以保持自己家门以内之环境清洁，不亦快哉！

　　其一，烈日下行道上，口燥舌干，忽见路边有卖甘蔗者，急忙买得两根，一手挥舞，一手持就口边，才咬一口即入佳境，随走随嚼，旁若无人，蔗滓随嚼随吐。人生贵适意，兼可为"你丢我捡"者制造工作机会，潇洒自如，不亦快哉！

　　其一，早起，穿着有条纹的睡衣裤，趿着凉鞋，抱红泥小火炉置街门外，手持破蒲扇，对着火炉徐徐扇之，俄而浓烟上腾，火星四射，直到天地氤氲，一片模糊。烟火中人，谁能不事炊爨？这是表示国泰民安，有米下锅，不亦快哉！

　　其一，天近黎明，牌局甫散，匆匆登车回府。车进巷口距家门尚有三五十码之处，任司机狂按喇叭，其声呜呜然，一声比一声近，一声比一声急，门房里有人竖着耳朵等候这听惯了的喇叭声已久，于是在车刚刚开到之际，两扇黑漆大铁门呀然而开，然后又轰的一声关闭。不费吹灰之力就使得街坊四邻矍然惊醒，翻个身再也不能入睡，只好瞪着大眼等待天明。轻而易举地执行了牝鸡司晨的事务，不亦快哉！

其一，放学回家，精神愉快，一路上和伙伴们打打闹闹、说说笑笑，尚不足以畅叙幽情，忽见左右住宅门前都装有电铃，铃虽设而常不响，岂不形同虚设？于是举臂舒腕，伸出食指，在每个钮上按戳一下。随后，就有人仓皇应门，有人倒屣而出，有人厉声叱问，有人伸头探问而瞠目结舌。躲在暗处把这些现象尽收眼底，略施小技，无伤大雅，不亦快哉！

其一，隔着墙头看见人家院内有葡萄架，结实累累，虽然不及"草龙珠"那样圆、"马乳"那样长、"水晶"那样白，看着纵不流涎三尺，亦觉手痒。爬上墙头，用竹竿横扫之，狼藉满地，损人而不利己，索性呼朋引类乘昏夜越墙而入，放心大胆，各尽所能，各取所需，饱餐一顿。松鼠偷葡萄，何须问主人，不亦快哉！

其一，通衢大道，十字路口，不许人行。行人必须上天桥，下地道，岂有此理！豪杰之士不理会这一套，直入虎口，左躲右闪，居然波罗蜜多达彼岸，回头一看天桥上黑压压的人群犹在蠕动，路边的警察戟指大骂，暴躁如雷，而无可奈我何。这时节颔首示意，报以微笑，扬长而去，不亦快哉！

其一，宋周紫芝《竹坡诗话》："……有一人，极廉介，一日有家问，即令灭官烛，取私烛阅书，阅毕，命秉官烛如初。"做官的人迂腐若是，岂不可嗤！衙门机关皆有公用之信纸信封，任人领用，从中抓起一叠塞入公事包里，带回家去，可供写私信、发请柬、寄谢帖之用，顺手牵羊，取不伤廉，不亦快哉！

其一，逛书肆，看书展，琳琅满目，真是到了琅嬛福地。趁人潮拥挤看守者穷于肆应之际，纳书入怀，携归细赏，虽蒙贼名，不失为雅，不亦快哉！

其一，电话铃响，错误常居十之二三，且常于高枕而眠之时发生，而其人声势汹汹，了无歉意，可恼可恼。在临睡之前或任何不欲遭受干扰的时间，把电话机翻转过来，打开底部，略做手脚，使铃变得喑哑。如是则电话可以随时打出去，而外面无法随时打进来，主动操之于我，不亦快哉！

其一，生儿育女，成凤成龙，由大学卒业，而漂洋过海，而学业有成，而落户定居，而缔结良缘。从此螽斯衍庆，大事已毕，允宜在报端大刊广告，红色套印，敬告诸亲友，兼令天下人闻知，光耀门楣，不亦快哉！

信

　　早起最快意的一件事，莫过于在案上发现一大堆信——平、快、挂，七长八短的一大堆。明知其间未必有多少令人欢喜的资料，大概总是说穷诉苦琐屑累人的居多，常常令人终日寡欢，但是仍希望有一大堆信来。Marcus Aurelius曾经说："每天早晨离家时，我对我自己说：'我今天将要遇见一个傲慢的人，一个忘恩负义的人，一个说话太多的人。这些人之所以如此，乃是自然而且必然的；所以不要惊讶。'"我每天早晨拆阅来信，亦先具同样心理，不但不存奢望，而且预先料到我今天将要接到几封催命符式的讨债信，生活比我优裕而反来向我告贷的信，以及看了不能令人喜欢的喜柬，不能令人不喜欢的讣闻等。世界上是有此等人、此等事，所以我当然也要接得此等信，不必惊讶。最难堪的，是遥望绿衣人来，总是过门不入，那才是莫可名状的凄凉，仿佛是有被人遗弃之感。

　　有一种人把自己的文字润格定得极高，颇有一字千金之概，轻易是不肯写信的。你写信给他，永远是石沉大海。假如忽然间朵云遥颁，而且多半是又挂又快，隔着信封摸上去，沉甸甸的，又厚又重——放心，里面第一页必是抄自《尺牍大全》，"自违雅教，时切遐思，比维起居清泰为颂为祷"这么一套，正文自第二页开始，末尾于顿首之后，必定还要标明"鹄候回音"四个大字，外加三个密圈，此外必不可少的是另附恭楷履历硬卡片一张。这种信也有用处，至少可以令我们知道此人依然健在，此种信不可不复，复时以"……俟有机缘，定当驰告"这么一套为最得体。

另一种人，好以纸笔代喉舌，不惜工本，写信较勤。刊物的编者大抵是以写信为其主要职务之一，所以不在话下。因误会而恋爱的情人们，见面时眼睛都要进出火星，一旦隔离，焉能不情急智生，烦邮差来传书递简？Herrick有句云："嘴唇只有在不能接吻时才肯歌唱。"同样的，情人们只有在不能喁喁私语时才要写信。情书是一种紧急救济，所以亦不在话下。我所说的爱写信的人，是指家人朋友之间聚散匆匆，睽违之后，有所见，有所闻，有所忆，有所感，不愿独秘，愿人分享，则乘兴奋笔，借通情愫，写信者并无所求，受信者但觉情谊翕如，趣味盎然，不禁色起神往，在这种心情之下，朋友的信可作为宋元人的小简读，家书亦不妨当作社会新闻看。看信之乐，莫过于此。

写信如谈话。痛快人写信，大概总是开门见山。若是开门见雾，模模糊糊，不知所云，则其人谈话亦必是丈八罗汉，令人摸不着头脑。我又尝接得另外一种信，突如其来，内容是讲学论道，洋洋洒洒，作者虽未要我代为保存，我则觉得责任太大，万一庋藏不慎，岂不就要湮没名文。老实讲，我是有收藏信件的癖好的，但亦略有抉择：多年老友，误入仕途，使用书记代笔者，不收；讨论人生观一类大题目者，不收；正文自第二页开始者，不收；用钢笔写在宣纸上，有如在吸墨纸上写字者，不收；横写或在左边写起者，不收；有加新式标点之必要者，不收；没有加新式标点之可能者，亦不收；恭楷者，不收；潦草者，亦不收；作者未归道山，即可公开发表者，不收；如果作者已归道山，而仍不可公开发表者，亦不收！……因为有这么多的限制，所以收藏不富。

　　信里面的称呼最足以见人情世态。有一位业教授的朋友告诉我，他常接到许多信件，开端如果是"夫子大人函丈"或"××老师钧鉴"，写信者必定是刚刚毕业或失业的学生，甚而至于并不是同时同院系的学生，其内容大半是请求提携的意思。如果机缘凑巧，真个提携了他，以后他来信时便改称"××先生"了。若是机缘再凑巧，再加上铨叙合格。连米贴房贴算在一起足够两个教授的薪水，他写起信来便干干脆脆地称兄道弟了！我的朋友言下不胜唏嘘，其实是他所见不广。师生关系，原属雇用性质，焉能不受阶级升黜的影响？

　　书信写作西人尝称之为最温柔的艺术，其亲切细腻仅次于日记，我国尺牍，尤多精粹之作。但居今之世，心头萦绕者尽是米价涨落问题，一袋袋的邮件之中要拣出几篇雅丽可诵的文章来，谈何容易！

匿名信

邮局递来一封匿名信，没启封就知道是匿名信，因为一来我自己心里明白，现在快要到我接匿名信的时候了（如果竟无匿名信到来，那是我把人性估计太低了），二来那只信封的神情就有几分尴尬，信封上的两行字，倾斜而不潦草，正是书法上所谓"生拙"，像是郑板桥体，又像是小学生的涂鸦，不是撇太长，就是捺太短，总之是很矜持，唯恐露出本来面目。下款署"内详"二字。现代的人很少有写"内详"的习惯，犹之乎很少有在信封背面写"如瓶"的习惯，其所以写"内详"者，乃是平常写惯了下款，如今又不能写真姓名，于是于不自觉间写上了"内详"云云。

我同情写匿名信的人，因为他或她肯干这种勾当，必定是极不得已，等于一个人若不为生活所逼便绝不至于会男盗女娼一样。当其蓄谋动念之时，一定有一副血脉贲张的面孔，"怒从心上起，恶向胆边生"。硬是按捺不住，几度心里犹豫，"何必？"又几度心理坚决，"必！"于是关门闭户独自去写那将来不便收入文集的尺牍。愤怒怨恨，如果用得其当，是很可宝贵的一种情感，所谓"文王一怒"那是无人不知的了，但是匿名信则除了发泄愤怒怨恨之外还表现了人性的另一面——怯懦。怯懦也不稀奇。听说外国的杀人不眨眼的海盗，如果蓄谋叛变开始向船长要挟的时候，那封哀的美敦书的署名是很成问题的，领衔的要冒较大的危险，所以他们发明了Round Robin法以姓名连串地写成一圆圈，无始无末，浑然无迹。这种办法也是怯懦，较之匿名信还是大胆得多。凡是当着人不好说出口的话，或是说出口来要脸红的事，或是根本不能从口里说出来的话，在匿名的掩护之下可以一泄如注。

匿名信作家在伸纸吮笔之际也有一番为难，笔迹是一重难关，中国的书法比任何其他国的文字更容易表现性格。有人写字匀整如打字机打出来的，其人必循规蹈矩；有人写字不分大小一律出格，其人必张牙舞爪。甚至字体还和人的形体有关，如果字如墨猪，其人往往似"五百斤油"；如果笔画干瘦如柴，其人往往亦似一堆排骨。匿名信总是熟人写的，熟人的字迹谁还看不出来？所以写的人要费一番思索。匿名信不能托别人写，因为托别人写，便至少有一个人知道了你的姓名，而且也难得找到志同道合的人，所以只好自己动笔。外国人（如绑票匪）写匿名信，往往从报纸上剪下应用的字母，然后拼成字粘上去，此法甚妙，可惜中国字拉丁化运动尚未成功，从报上剪字便非先编一索引不可。唯一可行的方法是竭力变更字体。然而谈何容易！善变莫如狐，七变八变，总还变不脱那条尾巴。

文言文比白话文难于令人辨出笔调，等于唱西皮二簧，比说话难于令人辨出嗓音。之乎者也的一来，人味减少了许多，再加上成语典故以及《古文观止》上所备有的古文笔法，我们便很难推测作者是何许人（当然，如果韩文公或柳子厚等唐宋八大家写匿名信，一定不用文言，或者要用语录体吧？），本来文理粗通的人，或者要故意地写上几个别字，以便引人的猜测走上歧途。文言根本不必故意往坏里写，因为竭力往好里写，结果也是免不了拗涩别扭。

匿名信的效力之大小，是视收信人性格之不同而大有差异的。譬如一只苍蝇在一碗菜上，在一个用火酒擦筷子的人必定要大惊小怪起来，一定屏去不食；一个用开水洗筷子的人就要主张烧开了再食，但是在司空见惯了的人，不要说苍蝇落在菜上，就是拌在菜里，驱开摔去便是，除了一刹那的厌恶以外，别无其他反应。引人恶心这一点点功效，匿名信是有的，不过又不是匿名信所独有。记得十几年前（就是所谓普罗文学鼎盛的那一年）的一个冬夜，我睡在三楼亭子间，楼下电话响得很急，我穿起衣服下楼去接："找谁？""我请×××先生说话。""我就是。""啊，你就是×××先生吗？""是的，我就是。"这时节那方面的声音变了，变得很粗粝，厉声骂一句："你是×××！"正惊愕间，呱啦一声，寂然无声了。我再上三层楼，脱衣服，睡觉。在冬天三更半夜上下三层楼换一句骂，这是令人作呕的事，我记得我足足为之失眠约一小时！这和匿名信是异曲同工的，不过一个是用语言，一个是用文字。

天下事有不可预防不便追究者，如匿名信便是。要预防，很难，除非自己是文盲，并且专结交文盲。要追究，很苦，除非自甘暴弃与写匿名信者一般见识。其实匿名信的来源不是不可破获的。核对笔迹是最方便的法子，犹之核对指纹。有一位细心而嗅觉发达的人曾经在启开匿名信之后嗅到一股脂粉香，按照警犬追踪的办法，他可以一直跟踪到人家的闺阁。不过问题是，万一破坏了来源，其将何以善其后？尤其是，万一证明了那写信的人是天天见面的一个好朋友，这个世界将如何住得下去！Marcus Aurelius说："每天早晨离家时，我便对自己说：'我今天将要遇见一个傲慢的人，一个忘恩负义的人，一个说话太多的人。这些人之所以如此，乃是自然而且必然的，所以不要惊讶。'"我觉得这态度很好。世界上是有一种人要写匿名信，他或她觉得愤慨委屈，而又没有一根够硬的脊椎支持着，如果不写匿名信，情感受了压抑，会生出变态，所以写匿名信是自然而且必然的，不可惊异。这也就是俗话所说，见怪不怪。

写匿名信给我的人以后见了我，不难过吗？我想他一定不敢两眼正视我，他一定要臊不搭地走开，或是搭讪着扯几句淡话，同时他还要努力镇定，要使我不感觉他与往常有什么不同。他写过匿名信后，必定天天期望着他所希冀的效果，究竟有效呢？无效呢？这将使他惶惑不宁。写了匿名信的人一定不会一觉睡到大天光的。

洋罪

有些人，大概是觉得生活还不够丰富，于顽固的礼教、愚昧陋俗、野蛮的禁忌之外，还介绍许多外国的风俗习惯，甘心情愿地受那份洋罪。

例如，宴集茶会之类偶然恰是十三人之数，原是稀松平常之事，但往往就有人把事态扩大，认为情形严重，好像人数一到十三，其中必将有谁虽欲"寿终正寝"而不可得的样子。在这种场合，必定有先知先觉者托故逃席，或临时加添一位，打破这个凶数，又好像只要破了十三，其中人人必然"寿终正寝"的样子。对于十三的恐怖，在某种人中间近已颇为流行。据说，它的来源是外国的。耶稣基督被他的使徒犹大所卖，最后晚餐时便是十三人同席。因此十三成为不吉利的数目。在外国，听说不但宴集之类要避免十三，就是旅馆的号数也常以12A来代替十三。这种近于迷信而且无聊的风俗，移到中国来，则于迷信与无聊之外，还应该加上一个可嗤！

再例如，划火柴给人点纸烟，点到第三人的纸烟时，则必有热心者迫不及待地从旁嘘一口大气，把你的火柴吹熄。一根火柴不准点三支纸烟。据博闻者说，这风俗也是外国的。好像这风俗还不怎样古，就在上次大战的时候，夜晚战壕里的士兵抽烟，如果火柴的亮光延续到能点燃三支纸烟那么久，则敌人的枪弹炮弹必定一齐飞来。这风俗虽"与抗战有关"，但在敌人枪炮射程以外的地方，若不加解释，则仍容易被人目为近于庸人自扰。

又例如，朋辈对饮，常见有碰杯之举，把酒杯碰得咣一声响，然后同时仰着脖子往下灌，咕噜咕噜地灌下去，点头咂嘴，踌躇满志。为什么要碰那一下子呢？这又是外国规矩。据说相当古的时候，而人心即已不古，于揖让酬应之间，就许在酒杯里下毒药，所以主人为表明心迹起见，不得不与客人喝个"交杯酒"，交杯之际，咣的一声是难免的。到后来，去古日远，而人心反倒古起来了，酒杯里下毒药的事情渐不多见，主客对饮只需做交杯状，听那咣当一响，便可以放心大胆地喝酒了。碰杯之起源，大概如此。在"安全第一"的原则之下，喝交杯酒是无可厚非的。如果碰一下杯，能令我们警惕戒惧，不致忘记了以酒肉相饷的人同时也有投毒的可能，而同时酒杯质料相当坚牢不致磕裂碰碎，那么，碰杯的风俗却也不能说是一定要不得。

大概风俗习惯，总是慢慢养成，所以能在社会通行。如果生吞活剥地把外国的风俗习惯移植到我们的社会里来，则必窒碍难行，其故在不服水土。讲到这里我也有一个具体的而且极端的例子——

四月一日，打开报纸一看，皇皇启事一则如下："某某某与某某某今得某某某与某某某先生之介绍及双方家长之同意，定于四月一日在某某处行结婚礼，国难期间一切从简，特此敬告诸亲友。"结婚只是男女两人的事，对别人无关，而别人偏偏最感兴趣。启事一出，好事者奔走相告，更好事者议论纷纷，尤好事者拍电致贺。

四月二日报纸上有更皇皇的启事一则如下："某某某启事，昨为西俗愚人节，友人某某某先生遂假借名义，代登结婚启事一则以资戏弄，此事概属乌有，诚恐淆乱听闻，特此郑重声明。"好事者嗒然若丧，更好事者引为谈助，尤好事者则去翻查百科全书，寻找愚人节之源起。

四月一日为愚人节，西人相绐以为乐；其是否为陋俗，我们管不着，其是否把终身大事也划在相绐的范围以内，我们亦不得知。我只觉得这种风俗习惯，在我们这国度里，似嫌不合国情。我觉得我们几乎是天天在过愚人节。舞文弄墨之辈，专作欺人之谈，且按下不表，单说市井习见之事，即可见我们平日颇不缺乏相绐之乐。有些店铺高高悬起"言无二价""童叟无欺"的招牌，这就是反映着一般的诳价欺骗的现象。凡是约期取件的商店，如成衣店、洗衣店、照相馆之类，因爽约而使我们徒劳往返的事是很平常的，然对外国人则不然，与外国人约甚少爽约之事。我想这原因大概就是外国人只有在四月一日那一天才肯以相绐为乐，而在我们则一年三百六十五天，随便哪一天都无妨定为愚人节。

愚人节的风俗，在我个人，并不觉得生疏，我不幸从小就进洋习甚深的学校，到四月一日总有人伪造文书诈欺取乐，而受愚者亦不为忤。现在年事稍长，看破骗局甚多，更觉谑浪取笑无伤大雅。不过一定要仿西人所为，在四月一日这一天把说谎普遍化、合理化，而同时在其余的三百六十多天又并不仿西人所为，仍然随时随地地言而无信互相欺诈，我终觉得大可不必。

外国的风俗习惯永远是有趣的，因为异国情调总是新奇的居多。新奇就有趣。不过若把异国情调生吞活剥地搬到自己家里来，身体力行，则新奇往往变成为桎梏，有趣往往变成为肉麻。基于这种道理，很有些人至今喝茶并不加白糖与牛奶。

结婚典礼

　　结婚这件事，只要成年的一男一女两厢情愿就成，并不需要而且不可以有第三者的参加。但是民法第八百九十二条规定要有公开仪式，再加上社会的陋俗（大部分似"野蛮的遗留"），以及爱受洋罪者的参酌西法，遂形成了近年来通行于中上阶层之所谓结婚典礼，又名"文明结婚"，犹戏中之有"文明新戏"。婚姻大事，不可潦草，单凭父母之命媒妁之言就把一对无辜男女捏合起来，这不叫作潦草；只因一时冲动而遂盲目地订下偕老之约，这也不叫潦草；唯有不请亲戚朋友街坊四邻来胡吃乱叫，或不当众提出结婚人来验明正身，则谓之曰潦草，又名不隆重。假如人生本来像戏，结婚典礼便似"戏中戏"，越隆重则越像。这出戏定期开演，先贴海报，风雨无阻，"撒网"敛钱，鼎惠不辞；届时悬灯结彩，到处猩红；在音乐方面则或用乞丐兼任的吹鼓手，或用卖仁丹游街或绸缎店大减价的铜乐队，或钢琴或风琴或口琴；少不了的是与演员打成一片的广大观众，内中包括该回家去养老的，该寻正当娱乐的，该受别种社会教育以及平时就该摄取营养的……演员的服装，或买或借或赁，常见的是蓝袍马褂及与环境全然不调和的一身西装大礼服，高冠燕尾，还有那短得像一件斗篷而还特烦两位小朋友牵着的那一橛子粉红纱！那出戏的尾声是，主人的腿子累得发麻，客人醉翻三五辈，门外的车夫一片叫嚣。评剧家曰："很热闹！"

　　这戏的开始照例是证婚人致辞。证婚人照例是新郎的上司，或新娘家中比较拿出来最像样的贵戚。他的身份等于"跳加官"，但他自己不知道，常常误会他是在做主席，或是礼拜堂里的牧师，因此他的职务成为善颂善祷，和那些在门口高叫"正念喜，抬头观，空中来了福禄寿三仙……"的叫花子是异曲而同工！他若是深通"国学"，诗云子曰的一来，那就不得了，在讲《易经》阴阳乾坤的时候，牵纱的小朋友们就非坐在地上不可，而在人丛后面伸长颈子的那位客人，一定也会把其颈项慢慢缩回去了。我们应该容忍他，让他毕其辞，甚而至于违着良心地报之以稀稀拉拉的掌声。放心，他将得意不了几次！

介绍人要两个，仿佛从前的一男媒一女媒，其实是为站在证婚人身旁时一边一个，较有对称之美。介绍人宜于是面团团一团和气，谁见了他都会被他撮合似的。所以常害胃病的，专吃平价米的都不该入选。许多荣任介绍人的常喜欢当众宣布他们只是名义上的介绍人，新郎新娘早已就……好像是生恐将来打离婚官司时要受连累，所以特先自首似的。其实是他多虑。所谓介绍，是指介绍结婚，这是婚书上写得明明白白的，并不曾要他介绍新郎新娘认识或恋爱，所以以前的因误会而恋爱和以后的因失望而反目，其责任他原是不负的，从前俗语说，"新娘揿上床，媒人扔过墙"，现在的介绍人则无须等待新娘上床便已解除职务了。

新郎新娘的"白步"是值得注意的，从这里可以看出导演者的手法。新郎应该像是一只木鸡，由两个傧相挟之而至，应该脸上微露苦相，好像做下什么坏事现在败露了要受裁判的样子，这才和身份相称。新娘走出来要像蜗牛，要像日移花影，只见她的位置移动，而不见她行走，头要垂下来，但又不可太垂，要表示出头和颈子还是连着的，扶着两个煞费苦心才寻到的不比自己美的傧相，随着一派乐声，在众目睽睽之下，由大家尽量端详。礼毕，新娘要准备迎接一阵"天雨粟"，也有羼杂粮的，也有带干果的，像冰雹似的没头没脸地打过来。有在额角上被命中一颗核桃的，登时皮肉隆起如舍利子。如果有人扫拢来，无疑地可以熬一大锅"腊八粥"。还有人抛掷彩色纸条，想把新娘做成一个茧子。客人对于新娘的种种行为，由评头论足以至大闹新房，其实在刑法上都可以构成诽谤、侮辱、伤害、侵入私宅和有伤风化等罪名的，但是在隆重的结婚典礼里，这些丑态是属于"撑场面"一类，应该容许！

曾有人把结婚比作"蛤蟆跳井"——可以得水，但是永世不得出来。现代人不把婚姻看得如此严重，法律也给现代人预先开了方便的后门或太平梯之类，所以典礼的隆重并不发生任何担保的价值。没有结过婚的人，把结婚后幻想成为神仙的乐境，因此便以结婚为得意事，甘愿铺张，唯恐人家不知，更恐人家不来，所以往往一面登报"一切从简"，一面却是倾家荡产地"敬治喜筵"，以为诱饵。来观婚礼的客人，除了真有友谊的外，是来签到，出钱看戏，或真是双肩承一喙地前来就食！

我们能否有一种简便的节俭的合理的愉快的结婚仪式呢？这件事需要未婚者来细想一下，已婚者就不必多费心了。

婚礼

一般人形容一般的婚礼为"简单隆重"。又简单又隆重，再好不过。但是细想，简单与隆重颇不容易合在一起。隆是隆盛的意思，重是郑重的意思，与简单一义常常似有出入。烫金红帖漫天飞，席开十桌八桌乃至二三十桌，杯盘狼藉，嘈杂喧阗。新娘三换服装，做时装表演，正好违反了蔡邕"一朝之晏，再三易衣，和居移坐，不因故服"的"女训"。新郎西服笔挺，呆若木鸡。证婚人语言无味，介绍人嬉皮笑脸，主婚人形如木偶。隆则隆矣，重则未必，更不能算简单。

我国婚礼，自古就不简单。《礼记·昏义》："昏礼者，将合二姓之好，上以事宗庙，而下以继后世也，故君子重之。"传宗接代的事，所以要隆重。"是以昏礼纳采，问名，纳吉，纳征，请期，皆主人筵几于庙，而拜迎于门外，入，揖让而升，听命于庙，所以敬慎重正昏礼也。"随后就是新郎亲迎，女家"筵几于庙"，婿揖让升堂，再拜奠雁。最后是迎妇以归，"共牢而食，合卺而酳"，大事告成。这一套仪式，若干年来，当然有不少的修改，但是基本的精神大致未变，仍是铺张扬厉，仍是以父母为主体，以当事人为主要工具。男娶妇曰授室，女嫁夫曰于归。

民初以来所谓文明结婚的仪式，一直沿用到现在，其实不见得怎样文明。最令人不解的是仪式之中冒出来一个证婚人——多半是一个机关首长什么的，再不就是一位年高确实有征而德劭尚待稽考的人，他的任务是宣读结婚证书，然后说几句空空洞洞的废话。从前有"新娘搀上床，媒人扔过墙"之说，如今则是证婚人等到大家用过印，就被人挟持扶下台。如果他运气好，会有人领他到铺红桌布的主要席次，在新郎新娘高居首席之下敬陪末座。否则下得台来，没有人理，在拥挤的席次之间彷徨逡巡一阵，臊不搭的只好溜走了事。若是婚后数日，男家家长带着儿子媳妇和一篮水果什么的到证婚人家中拜谢，那是难得一见的殊荣。

新娘由两个伴娘左右扶持也就够排场的了，但是近来还经常有人采用西俗，由女方男性家长（或代理家长）挟持着新娘，把她"送给"男方。而且还要按着一架破钢琴（或录音机）奏出的进行曲的节奏，缓缓地以蜗步走到台前。也有人不知受了什么高人导演，一步一停，像玩偶中的机器人一样的动作有节。为什么新娘要由男性家长"送给"人，而不由女性家长把她送出去？为什么新郎老早地就站在那里，等候接收新娘，而不是由家长挟持着把他"送给"新娘？究竟有无道理？

子曰："礼，与其奢也宁俭。"是泛指一般的礼而言，当然也包括婚礼在内。在这里俭也就是简单的意思。西俗婚礼较为简单，但是他们有人还嫌不够简单。从前，苏格兰敦福利县春田乡附近有一个小村落格莱特纳（Gretna），离英格兰西北部的卡利尔只有八里，那个地方的结婚典礼既不需牧师主持，亦不必请领什么证书，更不要预告的那种手续，只要双方当事人对一位证人宣称同意结婚就行了。而那位证人通常是当地的铁匠。一时的私奔的男女趋之若鹜。号称为"格莱特纳草原结婚"（Gretna Green Marriages）。这风俗延至一八五六年才告终止。这方式简单之至，实在也没有什么不好，不晓得何以终于废弃。结婚是两

个人的事，何须牧师参与其间。男女相悦，欲结秦晋之好，也没有绝对
必要征求家长同意。必须要个证人，表示其非私奔，则乡村铁匠最为便
当。从前一个乡村铁匠是当地尽人皆知的一个响当当的人物。在铁匠面
前，三言两语把终身大事解决了，岂非简单之至？

听说美国近年来有所谓"快速结婚"。南卡罗来纳州迪朗市政府
公证处设立了一个结婚礼堂，除圣诞节休息一日外，全年开放，周末
还特别延长服务时间。凡年满十六岁男子与年满十四岁女子，无论来
自何处，不需体检，不必验血，一律欢迎。只需家长同意，于二十四
小时前申请，缴注册费四十元，公证处即派员主持结婚典礼，费时不
超过五分钟。结婚人不必穿礼服，任何服装均可，牛仔裤、衬衫、工
作服任听尊便。简单迅速，皆大欢喜。五分钟完成婚礼不一定就是不
隆重，婚礼本不是表演给人观赏的。我国法院的公证结婚相当简单，
不过也还要有一位法官行礼如仪，似嫌多事。那位法官所披的法衣，
白领往往蓝黑，和新娘的白纱礼服不大相称。公证结婚之后，也曾有
人再行大宴宾客，借用学校礼堂操场席开一二百桌，好像是十分风
光，实则几近荒唐，人人为之侧目。当然这种荒唐闹剧也不是完全没
有道理的，有人估计，像这样的敬治喜筵可以收回为数可观的喜敬，
用以开销尚有余羡。此种行径，名曰："撒网。"距离隆重之义何止
十万八千里。

听说有人结婚不在教堂行礼，也不在家里或是餐厅里，而是在运
动场里、滑冰场上、游览车中，甚至不在地面上而是在天空的飞机里
面。地点的选择是人人有自由的，制造噱头也不犯法。成为新闻有人
还很得意。

然则婚礼如何才能简单隆重？初步的建议是，做父母的退出主办的地位，别乱发请帖，因为令郎令爱的婚事别人并不感觉兴趣。在家里静静地等着抱孙子就可以了。至于婚礼，让小两口子自己瞧着办。

照相

　　人的眼睛像一具照相机，不，应该说照相机略似人的眼睛。人的眼睛，眨巴眨巴地自动启闭，自动调整焦距，自动缩放光圈，自动分辨色光，一瞬间把眼前景物尽收眼底，而且不需计算曝光时间，不需冲洗，不需晒印，不需更换底片，印象长久保存在脑海里，随时可以在想象中涌现。照相机哪有这样方便？

　　但是照相机仍是一项了不起的发明。照相术可以把一些景象留在纸上，可以留待回忆，可以广为流传，实在是相当神妙，怪不得早先有人认为照相是洋鬼子的魔术，照相机是剜了死人的眼珠造成的，而且照相机底板上的人的映像是头朝下脚朝天，照一回相就要倒霉一次。

　　从前照相不是一件小事。谁家里大概都保有几张褪了色的迷迷糊糊的前辈照相，父母的、祖父母的、曾祖父母的。从前的喜神是请画师手绘的，多半是人咽了气之后就请画师来，揭开殓布着着实实地看几眼，把脸上特征牢记于心，回去慢慢细描，八九不离十。有了照相之后，就方便多了，照片上打了方格子，比照投影，照猫画虎，画出来神情毕肖。人老了，总要照几张相。照相之前必定盛装起来，袍衬齐整如见大宾，手里拿着半启的折扇，或是揉着两只铁球。如果夫人合照，则男左女右，各据太师椅一张，正襟危坐，一个是双腿八字开，一个是两脚齐并拢，中间小茶几一个，上置水烟袋、盖碗茶，前面一定有一只高大瓷痰桶，这是照相时必须摆出的标准架势。如果家里人丁旺，祖孙三代济济一堂，一幅合家欢是少不了的，二老坐当中，儿子、媳妇、孙男女按照辈分、年秩分列两旁，或是像兔儿爷摊子似的站在后排。有人忌讳照合家欢，说是照了之后该进祠堂的人可能很快地就进了祠堂；其实不照合家欢，结果也是一样，还是及时照了好。早先照相好像只是照相馆的事。杭州二我轩照的西湖十景和西湖一览的横幅，有许多人家挂在壁上作为卧游的对象，以为平添了什么"雷峰夕照""三潭印月""花港观鱼""平湖秋月"之类的点缀便增加几分风雅。北平廊房头条的容光照相馆门口，永远有两幅当今显要的全身放大照片，多半是全副戎装，肩头两大撮丝穗，胸前挂满各色勋章。照相馆不仅技术高，能把一幅叱咤风云踌躇满志的神情拍摄出来，而且手脚快，能于一夕之间随着政潮起落更换门前时势英雄的玉照。

我父执辈有一位蒙古王公，因为雄于资，以照相为消遣，开风气之先。风景人物一齐来。常是背着照相机拎着三脚架奔驰于玉泉山颐和园之间；意犹未足，在家里乘天气晴朗，关起屏门，呼妻唤妾，小院里春光荡漾，一一收入镜头，甚至招来男女演员裸体征逐，拍摄所得细腻处，胜过仇十洲的春宫秘戏。后来这位先生患了丹毒，浑身水肿，头大如斗，化为一摊脓血而亡，有人说他照相伤了阴德。

我在二十二岁开始玩照相。第一架柯达，长方形厚厚的一个匣子，打开匣子就自动拉出打褶的箱身，软片一沓子十二张，用一张抽一张，虽然简陋，比照相师把头蒙在黑布下装玻璃板要方便多了。后来添置了三脚架、自动计时器，调整好光圈、距离、按下快门之后，三步并作两步地走到前面，咔嚓一声，把自己照进去了，好得意。照相而不能自己洗晒，究竟不能十分满足，可是看了人家躲在厕所里遮上窗户用自制的一盏红灯埋头冲洗，闷出一头大汗，洗出来未必像样，那份洋罪我不想受。照相机日新月异，看样子永远赶不上潮流，新器材的发明永无终止，谁愿意投资于无底洞，于是我把照相这一桩嗜好刚要形成的时候就戒掉了。如今视力茫茫，两手微颤，想再重拾旧趣亦不可得。若是有人要给我照相，只要不嫌老丑，我是来者不拒，而且不需特别要求，不需请我说一声Squeeze，我会不吝报以微笑。印出来送我一张，多谢盛情，不送也无妨，可能是根本没洗出来。

很多做父母的非常钟爱他们的孩子，孩子尚在襁褓，就要给他照相留念，然后每隔周岁再照一张，说是给孩子生长过程留下一点痕迹，以为他日追忆过去之资，实则是父母满足他们自己钟爱之情。看着自己的骨肉幼苗逐年茁大，自有一种不可言说的快感。孩子长大成人，男婚女嫁，自成一个单位，对于过去并不怎样眷恋，关心的是他的配偶、自己的儿女，感兴趣的是他自己的下一代。我曾亲见一个孩子长大，授室前夕，他的母亲把他从小到大的照片簿交付给他，他说："你留着自己观赏吧，我不想要。"他的母亲好伤心。

结婚照大概是人人都很珍惜的，尤其是新娘子的照相，事前上妆、美容、做发，然后经照相师的左摆布右摆布，非把观礼的亲友等得望穿秋水、神黯心焦不能露面。慢工出细活，结婚照相当然是俊俏美观，当事人看了扬扬得意，乐不可支，必定要彩色放大，供在案头、悬在壁上——"美的东西是永久的快乐"。乐还要别人分享，才能大乐特乐，于是加印多张，到处投赠，希望别人惠存留念。但是据我所知，凡是以结婚照片赠人者，那些美丽的照片之短期内的归宿大概是——字纸篓。

旅行

我们中国人是最怕旅行的一个民族。闹饥荒的时候都不肯轻易逃荒，宁愿在家乡吃青草啃树皮吞观音土，生怕离乡背井之后，在旅行中流为饿殍，失掉最后的权益——寿终正寝。至于席丰履厚的人更不愿轻举妄动，墙上挂一张图画，看看就可以当"卧游"，所谓"一动不如一静"。说穿了，"太阳下没有新鲜事物"。号称山川形胜，还不是几堆石头一汪子水？我记得做小学生的时候，郊外踏青，是一桩心跳的事，多早就筹备，起个大早，排成队伍，擎着校旗，鼓乐前导，事后下星期还得作一篇《远足记》，才算功德圆满。旅行一次是如此的庄严！我的外祖母，一生住在杭州城内，八十多岁，没有逛过一次西湖，最后总算去了一次，但是自己不能行走，抬到了西湖，就没有再回来——葬在湖边山上。

古人云："一生能着几两屐？"这是劝人及时行乐，莫怕多费几双鞋。但是旅行果然是一桩乐事吗？其中是否含着有多少苦恼的成分呢？

出门要带行李，那一个几十斤重的五花大绑的铺盖卷儿便是旅行者的第一道难关。要捆得紧，要捆得俏，要四四方方，要见棱见角，与稀松露馅的大包袱要迥异其趣，这已经就不是一个手无缚鸡之力的人所能胜任的了。关卡上偏有好奇人要打开看看，看完之后便很难得再复原。"乘兴而来，兴尽而返。"很多人在打完铺盖卷儿之后就觉得游兴已尽。在某些国度里，旅行是不需要携带铺盖的，好像凡是有床的地方就有被褥，有被褥的地方就有随时洗换的被单——旅客可以无牵无挂，不必像蜗牛似的顶着安身的家伙走路。携带铺盖究竟还容易办得到，但是没听说过带着床旅行的，天下的床很少没有臭虫设备的。我很怀疑一个人于整夜输血之后，第二天还有多少精神游山逛水。我有一个朋友发明了一种服装，按着他的头躯四肢的尺寸做了一件天衣无缝的睡衣，人钻在睡衣里面，只留眼前两个窟窿，和外界完全隔绝——只是那样子有些像是×××，夜晚出来曾经几乎吓死一个人！

原始的交通工具，并不足为旅客之苦。我觉得"滑竿""架子车"都比飞机有趣。"御风而行，冷然善也"，那是神仙生涯。在尘世旅行，还是以脚能着地为原则。我们要看朵朵的白云，但并不想在云隙里钻出钻进；我们要"横看成岭侧成峰，远近高低各不同"，但并不想把世界缩小成假山石一般玩物似的来欣赏。我惋惜弥尔顿所称述的中土有"挂帆之车"尚不曾坐过。交通工具之原始不是病，病在于舟车之不易得，车夫舟子之不易缠，"衣帽自看"固不待言，还要提防青纱帐起。刘伶"死便埋我"，也不是准备横死。

旅行虽然夹杂着苦恼，究竟有很大的乐趣在。旅行是一种逃避——逃避人间的丑恶。"大隐藏人海"，我们不是大隐，在人海里藏不住。岂但人海里安不得身？在家园也不容易遁迹。成年地圈在四合房里，不必仰屋就要兴叹；成年地看着家里的那一张脸，不必牛衣也要对泣。家里面所能看见的那一块青天，只有那么一大块。取之不尽用之不竭的清风明月，在家里都不能充分享受，要放风筝需要举着竹竿爬上房脊，要看日升月落需要左右邻居没有遮拦。走在街上，熙熙攘攘，磕头碰脑的不是人面兽，就是可怜虫。在这种情形之下，我们虽无勇气披发入山，至少为什么不带着一把牙刷捆起铺盖出去旅行几天呢？在旅行中，少不了风吹雨打，然后倦飞知还，觉得"在家千日好，出门一时难"，这样便可以把那不可容忍的家变成为暂时可以容忍的了。下次忍耐不住的时候，再出去旅行一次。如此地折腾几回，这一生也就差不多了。

旅行中没有不感觉枯寂的，枯寂也是一种趣味。哈兹里特（Hazlitt）主张在旅行时不要伴侣，因为："如果你说路那边的一片豆田有股香味，你的伴侣也许闻不见。如果你指着远处的一件东西，你的伴侣也许是近视的，还得戴上眼镜看。"一个不合意的伴侣，当然是累赘。但是人是个奇怪的动物，人太多了嫌闹，没人陪着嫌闷。耳边嘈杂怕吵，整天咕嘟着嘴又怕口臭。旅行是享受清福的时候，但是也还想拉上个伴。只有神仙和野兽才受得住孤独。在社会里我们觉得面目可憎语言无味的人居多，避之唯恐或晚，在大自然里又觉得人与人之间是亲切的。到美国落基山上旅行过的人告诉我，在山上若是遇见另一个旅客，不分男女老幼，一律脱帽招呼，寒暄一两句。这是很有意味的一个习惯。大概只有在旷野里我们才容易感觉到人与人是属于一门一类的动物，平常我们太注意人与人的差别了。

真正理想的伴侣是不易得的，客厅里的好朋友不见得即是旅行的好伴侣，理想的伴侣须具备许多条件，不能太脏，如嵇叔夜"头面常一月十五日不洗，不太闷痒不能沐也"，不能有洁癖，什么东西都要用火酒揩，不能如泥塑木雕，如死鱼之不张嘴，也不能终日喋喋不休，整夜鼾声不已，不能油头滑脑，也不能蠢头呆脑，要有说有笑，有动有静，静时能一声不响地陪着你看行云、听夜雨，动时能在草地上打滚像一条活鱼！这样的伴侣哪里去找？

球赛

　　凡是球赛都多少具有一些战斗意味。双方斗智斗力斗技，以期压倒对方，取得胜利。人，本有好斗的本能，和其他的动物无殊。发泄这种本能之最痛快的方法，莫如掀起一场战争。攻城略地，血流漂杵，一将成名万骨枯，代价未免太大。如果把战斗的范围缩小，以一只球作为争夺的对象之象征，而且制定时间，时间一到立刻鸣金收兵，划定规则，犯规即予惩罚不贷，这样一来则好勇斗狠的本能发泄无遗，而好来好散，不伤和气。所以球赛之事，到处盛行。球赛不仅是两队队员在拼个你死我活，还一定包括奇形怪状如中疯魔的啦啦队，以及数以千计万计摇旗呐喊的所谓球迷，是集体的战斗行动。

　　年轻人戒之在斗，年轻人就是好斗。但是也不限于年轻人。自己不斗，斗鸡、斗蟋蟀、斗鹌鹑也是好的。看赛狗赛马也很过瘾。就是街上狗打架，也会引来一圈人驻足而观。何况两队精挑细选的赳赳壮汉，服装鲜明，代表机关团体，堂堂地进入场地对决？

　　球赛之事，学校里最盛行。我在小学念书的那几年就常在上体操的时候改为踢足球。一班分为两队。不过一切都很简陋。有球场但是没有粉灰界限，两根竹竿插地就算是球门，皮球要用口吹气，后来才晓得利用脚踏车的气筒。无所谓球鞋，冬天穿的大毛窝最适用。有时候一脚踢出去，皮球和大毛窝齐飞。无所谓制服，其中一队用一条红布缠臂便足资识别。无所谓时限，摇铃下课便是比赛终了。无所谓前锋后卫，除了门守之外大家一窝蜂。一个个累得筋疲力尽汗流浃背，但是觉得有趣。在没有体育课的时候，也会三三五五地聚在一起，找个小橡皮球，随地踢踢也觉得聊胜于无。

我进入清华，局面不同了。想踢球，天天可踢。而且每逢周末，常有校外的球队来赛球，或篮球或足球。校际比赛，非同小可，好像一场球赛的输赢，事关校誉。我是属于一旁呐喊的一群，两只拳头握得紧紧的，直冒冷汗。记得有一次南方来了一支足球劲旅，过去和清华在球上屡次见过高低，这回又来挑衅，旧敌重逢，分外眼红。清华摆出的阵势：前锋五虎，居中是徐仲良、左姚醒黄、右关颂韬、右翼华秀升、左翼小邝（忘其名）、后卫李汝棋、门守陆懋德等。这一场鏖战，清华赢了，结果是星期一全校放假一天，信不信由你，真有这种事。更奇怪的是，事隔约七十年，我还记得，印象之深可想。篮球赛也是一样的紧张刺激。记得城里某校的球队实力很强，是清华的劲敌，其中有一位特别的刁钻难缠，头额上常裹一条不很干净的毛巾，在乱军之中出出入入，一步也不放松，非达到目的不止，这位骁将我特别欣赏，不知其姓名，只听得他的伙伴喊他作"老魏"。老魏如仍健在，应该是九十岁左右了。

球场里打球，有时候也会添一段余兴作为插曲，于打球之外也打人。球员争球，难免要动肝火，互挥老拳，其他的队员及啦啦队球迷若是激于"团队精神"，一齐进场参战，一场混战就大有可观了。英国人讲究"运动员精神"，公平竞技，而有礼貌，尤其是要输得起，不失君子风度。这理想很高，做起来不易。不要相信英国人个个都是绅士。最近一大群英国球迷在布鲁塞尔球场上大暴动，在球赛尚未开始就挤倒一堵墙，压死好几十意大利球迷，英国方面只阵亡一人，于球迷混战之中大获全胜。这是什么"运动员精神"！比较起来，前不久北京香港足球之战，北京球迷在输了球之后见外国人就打，见汽车就砸，尚未闹出命案，好像是文明多了。

"君子无所争，必也射乎！"就是射也有一套射礼。"揖让而升，下而饮，其争也君子。"这是孔子说的话（见《礼记》四十四《射义》），"射求正诸己，己正而后发，发而不中，则不怨胜己者，反求诸己而已矣。"如果球赛中，输的一方能"不怨胜己者"，只怪自己技不如人，那么就不会有何纷争，像英国球迷之类的胡闹也永不会发生。我们中国古代有所谓"蹴鞠"，近于今之足球。刘向《别录》："蹴鞠者，传言黄帝所作，或曰起战国时。"《文献通考》："蹴球，盖始于唐。植两修竹，高数丈，络网于上为门以度球。球工分左右朋，以角胜负。岂非蹴鞠之变欤？"《水浒传》里也提到宋朝"高俅那厮，蹴得一脚好球"。可见足球我们古已有之，倒是史乘中尚未见过像英国球迷那样滋事的丑态。

据传说李鸿章看了外国人打篮球，对左右说："那么多人抢一只球，累成那样子，何苦！我愿买几个球送给他们，每人一只。"不管这故事是否可靠，我们中国人（至少士大夫阶级）不大好斗，恐怕是真的。可是他还没见到美国足球比赛，他看了会觉得像是置身于蛮貊之乡。比赛前夕照例有激励士气的集会（pep meeting），月黑风高之夜，在旷野燃起一堆烽火，噼噼啪啪地响，球员手牵着手，围绕着熊熊烈火又唱又跳又吼，火光把每个人的脸照得狰狞可怖杀气腾腾。印第安人出战前夕举行的仪式，大概就是这个样子。翌日比赛开始，一个个像是猛虎出柙，一个人抱着球没命地跑，对方的人就没命地追，飞身抱他的大腿，然后好多好多的人赶上去横七竖八地挤成一堆。蚂蚁打仗都比这个有秩序！

高尔夫

　　高尔夫是洋玩意儿，哪一种球戏不是洋玩意儿？半个世纪前，我看到洋人打高尔夫。好像只有豪门巨贾才玩那种球戏，政坛显要不大参与其间。知识分子还不时地加以嘲笑，称之为TBM的消闲之道。TBM是"倦了的商界人士"之简称，多少带有贬义。商业大亨在豪华的办公室内精打细算，很费脑筋，一个星期下来头昏脑涨，颇想到郊外走走，换换空气，高尔夫恰好适合这种要求。

　　一片片的绿草如茵，一重重的冈峦起伏，白雪朵朵，暖风习习，置身在这样的环境中，能不心旷神怡？在发球区的球座上放一只小小的坑坑麻麻的白色小球，然后挺直身子，高高举起杆子，扭腰，转身，嗖的一下子挥杆打击出去，由于技术高或是运气好，这一下子打着了，球飞跃在半天空。这时节还不忙着把身体恢复原状，不妨歪着脑袋欣赏那只球远远地飞腾，自己惊讶自己怎有此等腕力。过几秒钟，开步向前走，自有球童跟着为你背那一袋大大小小的球棒，快步慢步由你，没人催没人赶，一杆一杆地把那小白球打进洞里。打完九个洞或十八个洞，腿也酸了，人也乏了，打道回家，洗澡吃饭。这就是标准的TBM周末生活方式。

　　高尔夫源自苏格兰。起初并无光荣历史。大约是在十五世纪初期，在离爱丁堡之北约五十里处的圣安德鲁斯，才有人开始打高尔夫，但是也有人说是起源于荷兰，因为高尔夫是荷兰语，意为杆。更有人说较早的球杆不过是牧羊的曲杖，牧羊人一面看羊群吃草，一面以杖击石为戏。这一说也没有什么稀奇，我们台湾的红叶少棒队当初也是一群穷孩子用树枝木棒打石子苦练成功的。一四五七年，苏格兰王哲姆斯二世时代，议会通过法案："足球与高尔夫应严行取缔。"主要原因是球戏无益，浪费时间，而且不是高雅的消遣。士大夫正当活动应该是练习射箭，我们古代六艺中之所谓"射"，射是保卫国家的技能。哲姆斯四世本人爱打高尔夫，可是他也承认高尔夫耗时无益。人民不听这一套，爱打高尔夫的越来越多。十六世纪中，苏格兰女王玛丽成为历史上第一位出名的高尔夫女将。她呼球童为caddie，这是一个法文字，因为是在法国受教育的。

高尔夫盛行于美国，是有道理的，那里的TBM特别多。据说如今美国有一万二千五百个高尔夫球场（公私合计），打高尔夫的有一千六百万人之多。每年总共投资进去在三亿五千万美元以上。脑满肠肥的人，四体不勤的人，出去活动活动筋骨，总比在灯红酒绿的俱乐部里鬼混，或是在一掷万金的赌窟里消磨时光，要好得多。打高尔夫的不仅是商人了，政界人士也跟踪而进。本来开杂货店的卖花生的摇身一变可以成为总统，做大官的摇身一变也可以成为什么董事长总经理之类，其间没有太大的区别，打高尔夫，有钱就行。有人说，高尔夫应该译为高尔富，不无道理。

日本是战败国，但也是暴发户，而且传统地善于东施效颦。据说高尔夫在日本也大行其道。最近十年中，日本的高尔夫运动的人口已经突破一千万人大关。全国每十二个人当中便有一个打高尔夫。全国大大小小的高尔夫球场有三百四十几个。要想打高尔夫需要先行入会，入会费高低不等，最低的日币二三十万元，高的达到二千万至三千万元之数，而以小金井高尔夫球场为最高，高到九千万。会员证可以买卖转让，有行情，可以分期付款。所以高尔夫不仅是消闲运动，还是一种投资，亏得日本人想得出这种鬼主意。

不要说我们台湾地窄人稠，不要说我们的生存空间不多，试看我们的各大都市郊外哪一处没有一两个规模不小的高尔夫球场？其中颇有几个人影幢幢在那里挥杆走动。我是没有资格打高尔夫的，但是"同学少年多不贱"，很有几位是有资格的，好多年前，我去拜访一位老同学，他正在束装待发，要去北投挥杆。说好说歹，把我拉上车去要我陪他去走一程，并告诉我北投球场的担担面很有名，他要请我吃面。我去了，我看了，我吃了，可是事后想想，我付了代价。在草地上走了好几个钟头，只为了看着那个小白球进洞，直走得两腿清酸。一洞又一洞，只好一路向前，义无反顾。吸进的新鲜空气固然不少，喷出去的喘气也很多。好不容易地绕了一个大圈子，绕回出发的地方，朋友没食言，真个请了我吃担担面，当时饥肠辘辘，三口两口吞下肚，也不知道滋味如何。低头看着自己的两只脚，鞋子上沾满雨露湿泥，归去费了好大劲才刷洗干净，以后还想再去参观别人打高尔夫吗？永不，永不，永不！

真有人劝我加入高尔夫的行列。他们说除了消闲运动之外，还有奥妙无穷。我想起了两个故事，一个是晋惠帝九岁时，天下靡费，民多饥死，帝曰："何不食肉糜？"一个是法国路易十六之后玛丽·安多瓦奈特闻人民叫嚣，后问左右，曰："人民无面包吃，故聚众鼓噪。"后曰："何不食蛋糕？"朋友怪我久居都市，心为形役，何不驱车上草原，打个十洞八洞，一吐胸中闷气？我无以为对。我宁可黎明即起，在马路边独自曳杖溜达溜达。

胡须

俗语："嘴上没毛，办事不牢。"意思是说，有一把年纪的人比较地见多识广，而且瞻前顾后，做起事来四平八稳，不像年轻小伙子那样的毛躁，那样的不牢靠。嘴上没毛也就是年纪太轻、少不更事的意思。

现在看来，嘴上没毛似乎不一定与年龄有关。大家可曾注意，如今好多的政坛显要、社会中坚，无分中外，老远地看来几乎都是面白无须的样子。像诸葛亮的三绺髯，关公的五绺髯，只有在舞台上见之。他们不全是因为脸皮太厚而胡须长不出来，而是胡须刚刚长出来就被刮剃了去。所以嘴上嘴下，青皮一块，于右老张大千之长髯飘拂是例外。世上有几个于右老张大千？反观年轻一代，则往往有些人年纪轻轻的，于思于思，一反常态。他们或是唇上留一撮小髭，或是两鬓各蓄一条鬓角，或是颔下垂着几根疏疏落落的狗蝇胡子，戏台上的老生称须生，如今不少的小生也是须生了。

人年纪越大，胡须也长得越硬越粗越黑越快。有人常怪女人每天在她们的头发上耗费太多的时间精神，殊不知绝大多数的男人在他们的胡须上也有不少的麻烦。女人的头发要洗、要做、要烫、要染，现在有些男人的头发也要玩这一套，而且于此之外还每天牢不可破地要刮胡子。一天不刮就毛毿毿的，刺弄得慌，用手摸上去像是板刷，万一触到别人的细嫩的皮肤上会令人大叫起来。所以有人早晚各刮一次，不厌其烦。更有人痛恨自己的胡子过于茂盛，刮不胜刮，于是不仅剪草，还要除根，随身携带镜子镊子，把刮后的胡须根株一个个地钳拔出来，这种拔毛连茹的做法滋味如何，只有本人知道。听说从前青衣花旦，以及其他在职业上有此必要的人，才采用此种彻底根除的手段。不过我也曾亲见所谓斯文中人公然当众对镜拔须的。拔过之后，常有血痕殷然。

其实，俗语说，"八十留胡子，大主意自己拿。"不到八十岁要留胡子，也没有人管得着。髭须也未必就有碍观瞻。《左传·昭公二十六年》："有君子白皙，鬒须眉。"胡须眉毛又黑又稠的陈武子还被称为"君子"，可见一嘴胡子正有助于威仪三千。《庄子·列御寇》，"髯"列为"八极"之一，算是形体上优异过人之处。关公为美髯公，无人不知。唐文皇"虬须壮冠，人号髭圣"，见《清异录》。风流潇洒如苏东坡也有"髯苏"之称。历史上有名的大胡子不胜列举，而且是被人夸赞，没有揶揄之意。自古以胡须稠秀为男性美的特征。稠是相当茂密，秀是相当疏朗。相法上所谓"根根见底"，就是浓疏合度的意思。喜剧演员卓别林，若是嘴上没有那一撮胡子，恐怕要减少很大一部分的滑稽相和愁苦相。那一撮胡子，在希特勒嘴上像是糊上了一块膏药，真是恶人恶相，讨人嫌。长胡子要保持清洁，不能让它擀成毡，不能拖泥带水，更不能窝藏虱子，虱子纵然"屡游相须，曾蒙御览"，仍然是邋遢。

写《乌托邦》的英国作家托马斯·莫尔，在上断头台的时候，对行刑者说："我的胡子没有犯罪，请勿切断我的胡子。"于是撩起他的一把大胡子，延颈受戮。

这是标准的"断头台上的幽默"。我们至少可以想象得出他对他的胡子是多么关心。

佛家对于胡子则有时视为相当神圣，《法苑珠林》有这样一段记载："佛告阿难，'汝取我髭，合六十二茎，我欲造塔。'阿难取付世尊。佛告诸罗刹：'我施汝二茎，当造七宝函及造旃檀塔，盛髭供养，可高四十由旬，余六十髭亦随造函塔，可高三丈。'又告诸罗刹：'守护，勿使外道、恶人、魔鬼、毒龙，妄毁此塔。此塔为汝命根，汝必护塔。……'"按说万法皆空，不得以肉体见如来，为什么把一茎髭看得这般重要，我参不透。事实上高四十由旬的旃檀塔，谁也没有见过。

我们旧剧班中的行头里有所谓髯口一项，包括三髯、五髯、三涛髯、夹嘴髯、红虬髯、丑三髯、吊搭髯等，花样繁多，不及备载。而且这些髯口不仅是装点门面，还可以加以运用，如持髯、拱髯、推髯、搂髯、端髯、甩髯、喷髯、抖髯、轮髯等，形成所谓"髯舞"。俗语形容愤怒之状为"吹胡子瞪眼"，在舞台上真有那样的表现。

头发

　　据考古学家的想象，周口店的北京人都是披头散发的，脑袋上像是顶着一个拖把。古代的夷狄曾被形容为披发左衽，那长发垂肩的样子也是可以想象得到的。好像在古代发式是不分男女的，都像是披头疯子似的。人类文明进展，才知道把头发绾起来，编起来，结起来，加上笄，加上簪，弄成牛屎堆似的一团，顶在头上，趴在脑后，女人的髻花样渐渐繁多起来，美其名曰"云鬟雾鬓"。

　　台湾语谓头发为"头毛"，我觉得很好，毛字笔画少，而且简明恰当。身体发肤受之父母，岂敢毁伤，其实这是瞎扯，锡克族的男子真是那样的迂，满脸胡须像刺猬一般，长发缠头如峨大冠。那副"红头阿三"的样子不能令人起敬。马掌厚了要削，人的指甲长了要剪，为什么头发不可以修理呢？人的头部是需要保护的，尤其是脑袋里真有脑筋的人，硬硬的头盖骨似乎还嫌不够，上面非再厚厚地生一层毛不可。但是这些头毛，在冷的地方不足以御寒，抵不过一顶瓜皮小帽，在热的地方就能使得头皮闷不通风，而且很容易培养一些密密丛丛的小动物在头发根处传宗接代，使得人痒得出奇，非请麻姑来搔不可。头发被谥为烦恼丝，不是没有道理的。削发出家不是容易事，出家人不天天梳头实在令人羡煞。和尚买篦梳，是永远没有的事。有人天生的头发稀疏，甚至牛山濯濯，反倒要千方百计地搜求生发剂，即使三五根头发也涂抹润发膏。还有人干脆把死人的头发顶在自己的头上，自欺欺人。

有过梳辫子经验的男人应该还记得小时候早晨起来梳小辫儿的麻烦，长大了之后进剃头棚的苦恼。满清入关，雷厉风行的是剃头。所谓剃头，是用剃刀从两鬓到脑后刮得光光的，以露出青皮为度，然后把脑袋顶上的长发梳成猪尾巴似的长辫子。（现在的戏剧演员扮演清代角色，往往只是把假辫子一条往头上一套，根本没有剃光周围的头发，完全成了大姑娘的发式，雌雄不辨。）小辫被外国人奚落，张勋的辫子兵是现代史的笑柄，而辫子之最大的祸害则是一旦被人抓住便很难挣脱。

草坪经常修剪，纵然不必如茵似锦，也不能由它满目蒿莱。头发亦然。名士们不修边幅，怒发蓬松，其尤甚者可能被人指为当地八景之一，这都无可置评。在美国，水手式的平头已很少见，偶然在街头出现，会被人误会他是刚从监狱里服满刑期的犯人，我记得胡适之先生毕生都保持着这种发式，择善固执。如今披头猖獗，头发唯恐不长不脏不乱，其心理是反抗文明，返回到原始的状态。其实归真返璞是很崇高的理想，勘破世网尘劳，回到湛然寂静的境界，需要极度坚忍的修持功夫才能亲身体验，如果留长了头发就能皈返自然，天下哪有这样便宜的事！女孩子们后脑勺子一把清汤挂面是不大好看，不过一定要烫成一个鸟窝，或是梳成一个大柳罐，我也看不出其美在哪里。

理发

理发不是一件愉快事。让牙医拔过牙的人，望见理发的那张椅子就会怵怵不安，两种椅子很有点相像。我们并不希望理发店的椅子都是檀木螺钿，或是路易十四式，但至少不应该那样的丑，方不方圆不圆的，死橛橛硬邦邦的，使你感觉到坐上去就要受人割宰的样子。门口担挑的剃头挑儿，更吓人，竖着的一根小小的旗杆，那原是为挂人头的。

但是理发是一种必不可免的麻烦。"君子整其衣冠，尊其瞻视，何必蓬头垢面，然后为贤？"理发亦是观瞻所系。印度锡克族，向来是不剪发不剃须的，那是"受诸父母不敢毁伤"的意思，所以一个个的都是满头满脸毛氄氄的，滔滔皆是，不以为怪。在我们的社会里，就不行了，如果你蓬松着头发，就会有人疑心你是在丁忧，或是才从监狱里出来。髭须是更讨厌的东西，如果蓄留起来，七根朝上八根朝下都没有关系，嘴上有毛受人尊敬，如果刮得光光的露出一块青皮，也行，也受人尊敬，唯独不长不短的三两分长的髭须，如鬃鬣，如刺猬，如刘后的稻杆，看起来令人不敢亲近，鲁智深"腮边新剃暴长短须戗戗的好渗濑人"，所以人先有五分怕他。钟馗须髯如戟，是一副啖鬼之相。我们既不想吓人，又不欲啖鬼，而且不敢不以君子自勉，如何能不常到理发店去？

理发匠并没有令人应该不敬重的地方，和刽子手屠户同样的是一种为人群服务的职业，而且理发匠特别显得高尚，那身西装便可以说是高等华人的标志。如果你交一个刽子手朋友，他一见到你就会相度你的脖颈，何处下刀相宜，这是他的职业使然。理发匠俟你坐定之后，便伸胳臂挽袖相度你那一脑袋的毛发，对于毛发所依附的人并无兴趣。一块白绸布往你身上一罩，不见得是新洗的，往往是斑斑点点的如虎皮宣。随后是一根布条在咽喉处一勒。当然不会致命，不过箍得也就够紧，如果是自己的颈子大概舍不得用那样大的力。头发是以剪为原则，但是附带着生薅硬拔的却也不免，最适当的抗议是对着那面镜子焦眉皱眼地做个鬼脸，而且希望他能看见。人的头生在颈上，本来是可以相当的旋转自如的，但是也有几个角度是不大方便的，理发匠似乎不大顾虑到这一点，他总觉得你的脑袋的姿势不对，把你的头扳过来扭过去，以求适合他的刀剪。我疑心理发匠许都是孔武有力的，不然腕臂间怎有那样大的力气？

椅子前面竖起一面大镜子是颇有道理的，倒不是为了可以顾影自怜，其妙在可以知道理发匠是在怎样收拾你的脑袋，人对于自己的脑袋没有不关心的。戴眼镜的朋友摘下眼镜，一片模糊，所见亦属有限。尤其是在刀剪晃动之际，呆坐如僵尸，轻易不敢动弹，对于左右坐着的邻客无从瞻仰，是一憾事。左边客人在挺着身子刮脸，声如割草，你以为必是一个大汉，其实未必然，也许是个女客；右边客人在喷香水擦雪花，你以为必是佳丽，其实亦未必然，也许是个男子。所以不看也罢，看了怪不舒服。最好是废然枯坐。

其中比较最愉快的一段经验是洗头。浓厚的肥皂汁滴在头上，如醍醐灌顶，用十指在头上搔抓，虽然不是麻姑，却也手似鸟爪。令人着急的是头皮已经搔得清痛，而东南角上一块最痒的地方始终不曾搔到。用水冲洗的时候，难免不泛滥入耳，但念平素盥洗大概是以脸上本部为限，边远陬隅辄弗能届，如今痛加涤荡，亦是难得的盛举。电器吹风，却不好受，时而凉飕习习，时而夹上一股热流，热不可当，好像是一种刑罚。

最令人难堪的是刮脸。一把大刀锋利无比，在你的喉头上眼皮上耳边上，滑来滑去，你只能瞑目屏息，捏一把汗。Robert Lynd写过一篇《关于刮脸的讲道》，他说：当剃刀触到我的脸上，我不免有这样的念头："假使理发匠忽然疯狂了呢？"很幸运的，理发匠从未发疯狂过，但我遭遇过别种差不多的危险，例如，有一个矮小的法国理发匠在雷雨中给我刮脸，电光一闪，他就跳得好老高。还有一个喝醉了的理发匠，举着剃刀找我的脸，像个醉汉的样子伸手去一摸却扑了个空。最后把剃刀落在我的脸上了，他却靠在那里镇定一下，靠得太重了些，居然把我的下颊右方刮下了一块胡须，刀还在我的皮上，我连抗议一声都不敢。就是小声说一句，我觉得，都会使他丧胆而失去平衡，我的颈静脉也许要在他不知不觉间被他割断，后来剃刀暂时离开我的脸了，大概就是法国人所谓Reculer pour mieux sauter（退回去以便再向前扑），我趁势立刻用梦魇的声音叫起来："别刮了，别刮了，够了，谢谢你……"

这样的吓人的经验并不多有。不过任何人都要心悸，如果在刮脸时想起相声里的那段笑话，据说理发匠学徒的时候是用一个带茸毛的冬瓜来做试验的，有事走开的时候便把刀向瓜上一剁，后来出师服务，常常错认人头仍是那个冬瓜。刮脸的危险还在其次，最可恶的是他在刮后用手毫无忌惮地在你脸上摸，摸完之后你还得给他钱！

洗澡

谁没有洗过澡！生下来第三天，就有"洗儿会"，热腾腾的一盆香汤，还有果子彩钱，亲朋围绕着看你洗澡。"洗三"的滋味如何，没有人能够记得。被杨贵妃用锦绣大襁褓裹起来的安禄山也许能体会一点点"洗三"的滋味，不过我想当时禄儿必定别有心事在。

稍为长大一点，被母亲按在盆里洗澡永远是终身不忘的经验。越怕肥皂水流进眼里，肥皂水越爱往眼角里钻。胳肢窝怕痒，两肋也怕痒，脖子底下尤其怕痒，如果咯咯大笑把身子弄成扭股糖似的，就会顺手一巴掌没头没脸地拍了下来，有时候还真有一点痛。

成年之后，应该知道澡雪垢滓乃人生一乐，但亦不尽然。我读中学的时候，学校有洗澡的设备，虽是因陋就简，冷热水却甚充分。但是学校仍须严格规定，至少每三天必须洗澡一次。这规定比起汉律"吏五日得一休沐"意义大不相同。五日一休沐，是放假一天，沐不沐还不是在你自己。学校规定三日一洗澡是强迫性的，而且还有惩罚的办法，洗澡室备有签到簿，三次不洗澡者公布名单，仍不悛悔者则指定时间派员监视强制执行。以我所知，不洗澡而签名者大有人在，俨如伪造文书；从未见有名单公布，更未见有人在众目睽睽之下袒裼裸裎，法令徒成具文。

我们中国人一向是把洗澡当作一件大事的，自古就有沐浴而朝，斋戒沐浴以祀上帝的说法。曾点的生平快事是"浴于沂"。唯因其为大事，似乎未能视为日常生活的一部分。到了唐朝，还有人"居丧毁慕，三年不澡沐"。晋朝的王猛扪虱而谈，更是经常不洗澡的明证。白居易诗"今朝一澡濯，衰瘦颇有余"，洗一回澡居然有诗以纪之的价值。

旧式人家，尽管是深宅大院，很少有特辟浴室的。一只大木盆，能蹲踞其中，把浴汤泼溅满地，便可以称心如意了。在北平，街上有的是"金鸡未唱汤先热，红日东升客满堂"的澡堂，也有所谓高级一些的如"西升平"，但是很多人都不敢问津，倒不一定是如米芾之"好洁成癖至不与人同巾器"，也不是怕进去被人偷走了裤子，实在是因为医药费用太大，"早晨皮包水，晚上水包皮"，怕的是水不仅包皮，还可能有点什么东西进入皮里面去。明知道有些城市的澡堂里面可以搓澡、敲背、捏足、修脚、理发、吃东西、高枕而眠，甚而至于不仅是高枕而眠，一律都非常方便，有些胆小的人还是望望然去之，宁可回到家里去蹲踞在那一只大木盆里将就将就。

近代的家庭洗澡间当然是令人称便，可惜颇有"西化"之嫌，非我国之所固有。不过我们也无须过于自馁，西洋人之早雨浴晚雨浴一天溲洗两回，也只是很晚近的事。罗马皇帝喀拉凯拉之广造宏丽的公共浴室容纳一万六千人同时入浴，那只是历史上的美谈。那些浴室早已由于蛮人入侵而沦为废墟，早期基督教的禁欲趋向又把沐浴的美德破坏无遗。在中古期间的僧侣是不大注意他们的肉体上的清洁的。"与其澡于水，宁澡于德"（傅玄《澡盘铭》）大概是他们所信奉的道理。

欧洲近代的修女学校还留有一些中古遗风，女生们隔两个星期才能洗澡一次，而且在洗的时候还要携带一件长达膝部以下的长袍作为浴衣，脱衣服的时候还有一套特殊技术，不可使自己看到自己的身体！英国维多利亚时代之"星期六晚的洗澡"是一般人民经常有的生活项目之一。平常的日子大概都是"不宜沐浴"。

我国的佛教僧侣也有关于沐浴的规定，请看《百丈清规·六》："展浴袱取出浴具于一边，解上衣，未卸直裰，先脱下面裙裳，以脚布围身，方可系浴裙，将裈袴卷折纳袱内。"虽未明言隔多久洗一次，看那脱衣层次规定之严，其用心与中古基督教会殆异曲同工。

在某些情形之下裸体运动是有其必要的，洗澡即其一也。在短短一段时间内，在一个适当的地方，即使于洗濯之余观赏一下原来属于自己的肉体，亦无伤大雅。若说赤身裸体便是邪恶，那么衣冠禽兽又好在哪里？

《礼记·儒行》云："儒有澡身而浴德。"我看人的身与心应该都保持清洁，而且并行不悖。

衣裳

　　莎士比亚有一句名言："衣裳常常显示人品。"又有一句："如果我们沉默不语，我们的衣裳与体态也会泄露我们过去的经历。"可是我不记得是谁了，他曾说过更彻底的话：我们平常以为英雄豪杰之士，其仪表堂堂确是与众不同，其实，那多半是衣裳装扮起来的，我们在画像中见到的华盛顿和拿破仑，固然是奕奕赫赫，但如果我们在澡堂里遇见二公，赤条条一丝不挂，我们会要有异样的感觉，会感觉得脱光了大家全是一样。这话虽然有点玩世不恭，确有至理。

　　中国旧式士子出而问世必须具备四个条件：一团和气，两句歪诗，三斤黄酒，四季衣裳；可见衣裳是要紧的。我的一位朋友，人品很高，就是衣裳"普罗"一些，曾随着一伙人在上海最华贵的饭店里开了一个房间，后来走出饭店，便再也不得进去，司阍的巡捕不准他进去，理由是此处不施舍。无论怎样解释也不得要领，结果是巡捕引他从后门进去，穿过厨房，到账房内去理论。这不能怪那巡捕，我们几曾看见过看家的狗咬过衣裳楚楚的客人？

　　衣裳穿得合适，煞费周章，所以内政部礼俗司虽然绘定了各种服装的式样，也并不曾推行，幸而没有推行！自从我们剪了小辫儿以来，衣裳就没有了体制，绝对自由，中西合璧的服装也不算违警，这时候若再推行"国装"，只是于错杂分歧之中更加重些纷扰罢了。

　　李鸿章出使外国的时候，袍褂顶戴，完全是"满大人"的服装。我虽无爱于满清章制，但对于他的不穿西装，确实是很佩服的。可是西装的势力毕竟太大了，到如今理发匠都是穿西装的居多。我忆起了二十年前我穿西装的一幕。那时候西装还是一件比较新奇的事物，总觉得有点"机械化"，其构成必相当复杂。一班几十人要出洋，于是西装逼人而来，试穿之日，适值严冬，或缺皮带，或无领结，或衬衣未备，或外套未成，但零件虽然不齐，吉期不可延误，所以一阵骚动，胡乱穿起，有的宽衣博带如稻草人，有的细腰窄袖如马戏丑，大体是赤着身体穿一层薄薄的西装裤，冻得涕泗交流，双膝打战，那时的情景足当得起"沐猴而冠"四个字。当然后来技术渐渐精进，有的把裤脚管烫得笔直，视如第二生命，有的在衣袋里插一块和领结花色相同的手绢，俨然像是一个绅士，猛然一看，国籍都要发生问题。

西装是有一定的标准的。譬如，做裤子的材料要厚，可是我看见过有人在光天化日之下穿夏布西装裤，光线透穿，真是骇人！衣服的颜色要朴素沉重，可是我见过著名自诩讲究穿衣裳的男子们，他们穿的是色彩刺目的宽格大条的材料，颜色惊人的衬衣，如火如荼的领结，那样子只有在外国杂耍场的台上才偶然看得见！大概西装破烂，固然不雅，但若崭新而俗恶则更不可当。所谓洋场恶少，其气味最下。

中国的四季衣裳，恐怕要比西装更麻烦些。固然西装讲究起来也是不得了的，历史上著名的一例，詹姆斯第一的朋友白金汉爵士有衣服一千六百二十五套。普通人有十套八套的就算很好了。中装比较的花样要多些，虽然终年一两件长袍也能度日。中装有一件好处，舒适。中装像是变形虫，没有一定的形式，随着穿的人身体变。不像西装，肩膀上不用填麻布使你冒充宽肩膀，脖子上不用戴枷系索，裤子里面有的是"生存空间"，而且冷暖平均，不像西装咽喉下面一块只是一层薄衬衣，容易着凉，裤子两边插手袋处却又厚至三层，特别郁热！中国长袍还有一点妙处，马彬和先生（英国人入我国籍）曾为文论之。他说这钟形长袍是没有差别的，平等的，一律地遮掩了贫富贤愚。马先生自己就是穿一件蓝长袍，他简直崇拜长袍。据他看，长袍不势利，没有阶级性，可是在中国，长袍同志也自成阶级，虽然四川有些抬轿的也穿长袍。中装固然比较随便，但亦不可太随便，例如脖子底下的纽扣，在西装可以不扣，长袍便非扣不可，否则便不合于"新生活"。再例如虽然在蚊虫甚多的地方，裤脚管亦不可放进袜筒里去，做绍兴师爷状。

男女服装之最大不同处，便是男装之遮盖身体无微不至，仅仅露出一张脸和两只手可以吸取日光紫外线，女装的趋势，则求遮盖愈少愈好。现在所谓旗袍，实际上只是大坎肩，因为两臂已经齐根划出。两腿尽管细直如竹筷，扭曲如松根，也往往一双双地摆在外面。袖不蔽肘，赤足裸腿，从前在某处都曾悬为厉禁，在某一种意义上，我们并不惋惜。还有一点可以指出，男子的衣服，经若干年的演化，已达到一个固定的阶段，式样色彩大概是千篇一律的了，某一种人一定穿某一种衣服，身体丑也好，美也好，总是要罩上那么一套。女子的衣裳则颇多个人的差异，仍保留大量的装饰的动机，其间大有自由创造的余地。既是创造，便有失败，也有成功。成功者便是把身体的优点表彰出来，把劣点遮盖起来；失败者便是把劣点显示出来，优点根本没有。我每次从街上走回来，就感觉得我们除了优生学外，还缺乏妇女服装杂志。不要以为妇女服装是琐细小事，法朗士说得好："如果我死后还能在无数出版书籍当中有所选择，你想我将选什么呢？……

在这未来的群籍之中我不想选小说，亦不选历史，历史若有兴味亦无非小说。我的朋友，我仅要选一本时装杂志，看我死后一世纪中妇女如何装束。妇女装束之能告诉我未来的人文，胜过于一切哲学家、小说家、预言家及学者。"

衣裳是文化中很灿烂的一部分。所以，裸体运动除了在必要的时候之外（如洗澡等），我总不大赞成。

领带

    林语堂先生长南洋大学，虽为时甚短，有两事却为某些人津津乐道。一是他不赞成打领结，并且身体力行，经常敞着领子，一副潇洒的样子。另一是主张教室里不妨吸烟，教授可以嘴里叼着烟斗，学生也可以喷云吐雾，在烟雾弥漫之中传道授业。

    有些国家的大学里，学生的服装甚不整齐，有件衬衫，加件夹克，就可以跻身黉舍，堂皇地出入。但是教授一定要维持相当的体面，他的一套服装可以破旧邋遢，他颈间系着的领带绝不可少，那是教授的标志。你看见一位中年以上的夹着书包而系着领带的人施施然直趋教室，不必问即可知道他八成是个教授。也有些偷懒的教师，尤其是夏季，嫌打领结太麻烦，用一根绳子似的东西往颈上一套，上面系着一块石头什么的东西，权且充为领结了，即所谓bolo tie。

    在国外，打领带西装笔挺的传统，大概由两种人在维持。银行行员与大公司行号应对顾客的职员，他们永远是浑身上下一套西服，光光溜溜一尘不染，系着一条颜色深沉并不耀眼的领带。如果他不修边幅，蓬着头发敞着胸口，谁愿意和他做交易？打上领结就可以增几分令人愉快而且可以令人信赖的感觉。殡仪馆的执事们，为了配合肃穆的气氛，也没有不打领带的。

    自从我们这里发生一件儿子勒死爸爸的案子之后，即有人一见领带就发毛。大家都梳辫子的时候，和人打架动手过招，最忌被对方揪住小辫儿，因为辫子被人揪住，就不能自由转动脑袋，势必被人扯得前仰后合，终于落败。那儿子勒死爸爸，只为了讨五十元零用钱未遂，未必蓄意置人于死，可是领结是个活套，越拉越紧，老人家的细细脖子怎么禁得起，一时缺氧，遂成千古。领带比辫子危险能致人命。如果不系领带，可能逃过一厄。

系领带也没有什么大不好，只是麻烦些。每天早起盥洗刮脸固定的一套仪式已经够烦，还要在许多条五颜六色的领带中间选择一条出来，打在颈上可能一端长一端短，还须重新再打，打好之后，披上衣服，对镜一照，可能颜色图案与内衣外服都不调和，还须拆了再打。往复折腾两次，不由得人要冒火。其实这个问题容易解决，曾听高人指点：衣装花哨则领带要素，衣装朴素则领带不妨鲜明。懂得这个原则，自由斟酌，无往不利。当然，领带的色彩图案，千奇百怪，总之是要和人的身份相称，也要顾到时地是否相宜。二十多年前有人自海外来，送我一条领带，黄色的，纯黄色的，黄到不能再黄，我一直找不到适当时机佩戴它，烂在箱底，也许过马路斑马线的时候系这领带格外醒目。

人的服装，于御寒之外，本来有求美观的因素在内。男人的西装在色彩方面总嫌单调，系上一条悦目而不骇人的领带也不能算是过分。雄狮有一头蓬散的鬣毛，老虎豹有满身的斑纹斑点，人呢？一脸络腮胡子是非常惹人厌的。无可奈何，在脖子上系一条色彩分明的领带，虽说迹近招摇，但是用心良苦。至于说领带系颈，使胸口免受风寒，预防感冒，也许是实情，也许是遁词吧。

领带的起源，其说不一。或谓起源于法国皇帝路易十四时代克罗埃西亚佣兵之颈上的装饰性的领结，即所谓cravat，贵族群起仿效，大革命之后消失了一阵子，但是十九世纪初期又复盛行，拜伦的飞扬潇洒的领巾是有名的。一八一八年出版过一本书《领带大全》（*Neckclothiana*），历数二十多种领带之不同的打法。领带的考证没有什么重要，但是领带之不时地变换式样却是很讨厌的。时而细细长长，时而宽宽大大，造成所谓的时髦。情愿被时髦牵着鼻子走的人实在很多。真正从中获益的是制造领带的厂商。

鞵（鞋）

　　"古曰屦，汉以后曰履，今曰鞵"，这是清朱骏声《说文通训定声》的说法。鞵就是鞋。屦是麻做的。但是革做的也称为屦。履屦似不可分。倒是屐为另一种东西，主要是木质的。《急就篇》颜师古注："屐者以木为之而施两齿，可以践泥。"我初来台湾在菜市场看到有些卖鱼郎足登木屐，下面有高高的两齿，棕绳系在脚背上面，走起来摇摇晃晃像踩跷一般。这种木屐颇为近于古法。较常见的木板鞋，恐怕是近代的东西，看到屐，想起古人的几桩韵事。

　　晋人阮孚是一时名士，因金貂换酒而被弹的就是他。他对于木屐有特殊的嗜好，常自吹火蜡屐，自言自语地叹口气说："未知一生当着几量屐。"几量屐就是几双屐。人各有所嗜，玩鞋固亦不失为雅人深致，玩得彻底，就不免自行吹火蜡之。而且他悟到一生穿不了几双，大有无常迅速之感。

　　淝水之战大捷的时候，谢安得报，故作镇定，其实心中兴奋逾恒，过户限，不觉屐齿之折。平日端居户内，和人弈棋，也是穿着木屐的。他的木屐折齿，不知道他跌倒没有。

　　谢灵运好山水，登陟亦常着木屐。木屐硬邦邦的、滑溜溜的，如何可以着了登山？他有妙法。"上山则去其前齿，下则去其后齿。"号称为"山屐"。亏他想得出这样适应地形使脚底保持平衡的办法。不过上山下山一次，前后齿都报销了，回到平地上不变成拖板鞋了吗？数十年前，我在北平公园一座小丘之下，看到二三东瀛女郎，着彩色斑斓的和服，如花蝴蝶，而足穿的是大趾与二趾分开的白布袜，拖着厚底的木屐，在山坡上进退不得，互相牵曳，勉强横行而降，狼狈不可名状。着木屐游山，自讨苦吃。

陆游《老学庵笔记》："妇人鞋，底前尖后圆，圆端钉以木质板，高寸许，行时咯咯有声，且摇曳有致。"这绝似我们现代所谓的高跟鞋了。后跟高寸许，还是很保守的，我们半个多世纪前就见三寸或三寸以上的高跟，如今有高至五寸者，行时不但摇曳有致，而且走起来几乎需要东扶一把西搀一下。高跟也有好多变化，有细如天鹅颈者，略弯曲而内倾，有略粗如荷梗而底端做喇叭形者，有直上直下尖如立锥者，能于地板上留下蜂窝似的痕迹，也有比较短短粗粗做四方形者，听说还有鞋跟透明里面装上小电灯者，我尚不曾见过。女鞋花样多：鞋口上可以镶一道红的或绿的边；鞋面上可以缀一朵花形的饰物；鞋帮上可以镂刻无数的小孔；可以七棱八瓣地用碎皮拼凑；也可以一半红一半黑合并成一只像是"阴阳割昏晓"的样子。变来变去，无可再变，于是有人别出心裁，把整个鞋底加厚，取消独立的后跟，远望过去像是无桥孔的土桥半座，无复玲珑之态。更有出奇制胜者，索性空前绝后，前面露出蒜瓣似的脚趾，后面暴露鞑皮的脚踵，穿起来根本不发生"纳履而踵决"的问题。女鞋一度流行前端溜尖，状如旗鱼之上颚，有人称之为"踢死牛"。俄而时髦变更，前端方头隆起，制鞋的人似是坚持削足适履的原则，不是把人的脚箍得像一只菱角，就是把脚包得像一只粽子。若干年前我曾看见不惯于穿皮鞋的姑娘们逛动物园，手提金镂鞋，赤脚下山坡，俨然成为当地一景。现在这种情形不复多见，大家的脚大概都已就范了。

男鞋比较简单。虽然现在人人西服革履，想起从前北方人穿的礼服呢千层底便鞋，仍然神往。这种鞋，家家户户自己都会做，当然店铺里做得更精致。其妙在轻而软，穿不了几天，鞋形就变成脚形，本来不分左右的也自然分了左右。唯一的短处是见不得水，不能像革履、木屐那样的蹚水践泥。去年腊八，有朋友赠我一双灰鼠绒毛千层底的骆驼鞍大毛窝，舒暖异常，我原以为此物早已绝迹。至于从前北方人冬季常穿的"老头儿乐"或毡拖拉，也许可以御寒，但是那小棺材似的形状，实在不敢领教。我想最简便的鞋莫过于草鞋，在我国西南一带，许多的小学生、军人，以及滑竿夫大抵都穿草鞋，而且无分冬夏。赤足穿草鞋，据说颇为舒适，穿几天成为敝屣，弃之无足惜。高人雅士也乐此不疲，苏东坡有句："芒鞋青竹杖，自挂百钱游。"多么潇洒。游方僧参谒名山大德，师父总是叮嘱他莫浪费草鞋钱。

张可久《水仙子》："佳人微醉脱金钗，恶客佯狂饮绣鞋。"所谓鞋杯之事大概是盛行于元明之际，而且也以恶客为限。陶宗仪《辍耕录》："杨铁崖好声色，每于筵间见歌儿舞女有缠足纤小者，则脱其鞋，载盏以行酒，谓之金莲杯。"金莲杯又称双凫杯。当时以为韵事，现在想起来恶心。

垃圾

　　人吃五谷杂粮，就要排泄。渣滓不去，清虚不来。家庭也是一样，有了开门七件事，就要产生垃圾。看一堆垃圾的体积之大小、品质之精粗，就可以约略看出其阶级门第，是缙绅人家还是暴发户，是书香人家还是买卖人，是忠厚人家还是假洋鬼子。吞纳什么样的东西，不免即有什么样的排泄物。

　　如何处理垃圾，是一个问题。最简便的方法是把大门打开，四顾无人，把一筐垃圾往街上一丢，然后把大门关起，眼不见心不烦。垃圾在黄尘滚滚之中随风而去，不干我事。真有人把烧过的带窟窿的煤球平平正正地摆在路上，他的理由是等车过来就会碾碎，正好填上路面的坑洼，像这样好心肠的人到处皆有。事实上每一个墙角，每一块空地，都有人善加利用倾倒垃圾。多少人在此随意便溺，难道不可以丢些垃圾？行路人等有时也帮着生产垃圾，一堆堆的甘蔗渣，一条条的西瓜皮，一块块的橘子皮，随手抛来，潇洒自如。可怜老牛拉车，路上遗屎，尚有人随后铲除，而这些路上行人食用水果反倒没有人跟着打扫！

　　我的住处附近有一条小河，也可以说是臭水沟，据说是什么圳的一个支流，当年小桥流水，清可见底，可以游泳其中，年久失修，渐渐壅淤，水流愈来愈窄，而且表面上常漂着五彩的浮渣。这是一个大好的倾倒垃圾之处，邻近人家焉有不知之理。于是穿着条纹睡衣的主妇清早端着便壶往河里倾注，蓬头跣足的下女提着畚箕往河里倒土，还有仪表堂堂的先生往里面倒字纸篓，多少信笺信封都缓缓地漂流而去，那位先生顾而乐之。手面最大的要算是修缮房屋的人家，把大批的灰泥砖瓦向河边倒，形成了河埔新生地。有时还从上流漂来一只木板鞋，半个烂文旦，死猫死狗死猪胀得鼓溜溜的！不知是受了哪一位大人先生的恩典，这一条臭水沟被改为地下水道，上面铺了柏油路，从此这条水沟不复发生承受垃圾的作用，使得附近居民多么不便！

在较为高度开发的区域，家门口多置垃圾箱。在应该有两个石狮子或上马蹬的地方站立着一个四四方方的乌灰色的水泥箱子，那样子也够腌臜的。这箱子有门有盖，设想周到，可是不久就会门盖全飞，里面的宝藏全部公开展览。不设垃圾箱的左右高邻大抵也都不分彼此惠然肯来，把一个垃圾箱经常弄得脑满肠肥。结果是谁安设垃圾箱，谁家门口臭气四溢。箱子虽说是钢骨水泥做的，经汽车三撞五撞，也就由酥而裂而破而碎而垮。

有人独出心裁，在墙根上留上一窦穴，装入铁门，门上加锁，墙里面砌垃圾箱，独家专门，谢绝来宾。但是亦不可乐观，不久那锁先被人取走，随后门上的扣环也不见了，终于是门户洞开，左右高邻仍然是以邻为壑。

对垃圾最感兴趣的是拾烂货的人。这一行夙兴夜寐，蛮辛苦的，每一堆垃圾都要加上一番爬梳的功夫，看有没有可以抢救出来的物资。人弃我取，而且取不伤廉。但是在那一爬一梳之下，原状不可恢复，堆变成了摊，狼藉满地，惨不忍睹。家门以内尽管保持清洁，家门以外不堪闻问。

世界上有许多问题永久无法解决，垃圾可能是其中之一，闻说有些国家有火化垃圾的设备，或使用化学品蚀化垃圾于无形，听来都像是天方夜谭的故事。我看了门口的垃圾，常常想到朝野上下异口同声地所谓起飞，所谓进步，天下物无全美，留下一点缺陷，以为异日起飞进步的张本不亦甚善？同时我又想，难以处理的岂止是门前的垃圾，社会上各阶层的垃圾滔滔皆是，又当如何处理？

病

　　鲁迅曾幻想到吐半口血扶两个丫鬟到阶前看秋海棠，以为那是雅事。其实天下雅事尽多，唯有生病不能算雅。没有福分扶丫鬟看秋海棠的人，当然觉得那是可羡的，但是加上"吐半口血"这样一个条件，那可羡的情形也就不怎样可羡，似乎还不如独自一个硬硬朗朗到菜圃看一畦萝卜白菜。

　　最近看见有人写文章，女人怀孕写作"生理变态"，我觉得这人倒有点"心理变态"。病才是生理变态。病人的一张脸就够瞧的，有的黄得像讣闻纸，有的青得像新出土的古铜器，比骷髅多一张皮，比面具多几个眨眼。病是变态，由活人变成死人的一条必经之路。因为病是变态，所以病是丑的。西子捧心蹙颦，人以为美，我想这也是私人癖好，想想海上还有逐臭之夫，这也就不足为奇。

　　我由于一场病，在医院住了很久。我觉得我们中国人最不适宜于住医院。在不病的时候，每个人在家里都可以做土皇帝，佣仆不消说是用钱雇来的奴隶，妻子只是供膳宿的奴隶，父母是志愿的奴隶，平日养尊处优惯了，一旦他老人家欠安违和，抬进医院，恨不得把整个的家（连厨房在内）都搬进去！病人到了医院，就好像是到了自己的别墅似的，忽而买西瓜，忽而冲藕粉，忽而打洗脸水，忽而灌暖水壶。与其说医院家庭化，毋宁说医院旅馆化，最像旅馆的一点，便是人声嘈杂，四号病人快要咽气，这并不妨碍五号病房的客人的高谈阔论；六号病人刚吞下两包安眠药，这也不能阻止七号病房里扯着嗓子喊黄嫂。医院是生与死的决斗场，呻吟号啕以及欢呼叫嚣之声，当然都是人情之所不能已，圣人弗禁。所苦者是把医院当作养病之所的人。

但是有一次我对于我隔壁房所发的声音，是能加以原谅的。是夜半，是女人声音，先是摇铃随后是喊"小姐"，然后一声铃间一声喊，由原板到流水板，愈来愈促，愈来愈高，我想医院里的人除了住了太平间的之外大概谁都听到了，然而没有人送给她所要用的那件东西。呼声渐变成号声，情急渐变成衷恳，等到那件东西等因奉此地辗转送到时，已经过了时效，不复成为有用的了。

旧式讣闻喜用"寿终正寝"字样，不是没有道理的。在家里养病，除了病不容易治好之外，不会为病以外的事情着急。如果病重不治必须寿终，则寿终正寝是值得提出来傲人的一件事，表示死者死得舒服。

人在大病时，人生观都要改变。我在奄奄一息的时候，就感觉得人生无常，对一切不免要多加一些宽恕，例如，对于一个冒领米贴的人，平时绝不稍予假借，但在自己连打几次强心针之后，再看着那个人贸贸然来，也就不禁心软，认为他究竟也还可以算作一个圆颅方趾的人。鲁迅死前遗言"不饶恕，也不求人饶恕"。那种态度当然也可备一格。不似鲁迅那般伟大的人，便在体力不济时和人类容易妥协。我僵卧了许多天之后，看着每个人都有人性，觉得这世界还是可留恋的。不过我在体温脉搏都快恢复正常时，又故态复萌，眼睛里揉不进沙子了。

弱者才需要同情，同情要在人弱时施给，才能容易使人认识那份同情，一个人病得吃东西都需要喂的时候，如果有人来探视，那一点同情就像甘露滴在干土上一般，立刻被吸收了进去。病人会觉得人类当中彼此还有联系，人对人究竟比兽对人要温和得多。不过探视病人是一种艺术，和新闻记者的访问不同，和吊丧又不同，我最近一次病，病情相当曲折，叙述起来要半小时，如用欧化语体来说半小时还不够。而来看我的人是如此诚恳，问起我的病状便不能不详为报告，而讲述到三十次以上时，便感觉像一位老教授年年在讲台上开话匣片子那样单调而且惭愧。我的办法是，对于远路来的人我讲得要稍为扩大一些，而且要强调病的危险，为的是叫他感觉此行不虚，不使过于失望。对于邻近的朋友们则不免一切从简诸希矜宥！有些异常热心的人，如果不给我一点什么帮助，一定不肯走开，即使走开也一定不会愉快，我为使他愉快起见，口虽不渴也要请他倒过一杯水来，自己做"扶起娇无力"状。有些道貌岸然的朋友，看见我就要脱离苦海，不免悟出许多佛门大道理，脸上越发严重，一言不发，愁眉苦脸，对于这朋友我将来特别要借重，因为我想他于探病之外还适于守尸。

疟

对于一个生病的人，我们总有几分同情，除非我们是专门以人家的痛苦为自己的利益的那种人。我们看见一个面黄肌瘦伏枕呻吟的人，我们绝不会再嘲弄他。唯独对于一个患疟疾的人，则往往不然。患疟者发寒时，牙齿相击有声，发热时，身盖大被不暖，时而红头涨脸，时而面色上白，终于是面皮焦黄，目眶深陷，耳朵枯卷，脑壳曲缩得像一根棒槌儿似的，一副憔悴狼狈之态，引得旁观的女士窃窃失笑，其意若曰："看！看那个患疟的人！"

一般人并不是一定都硬心肠，并不一定那样缺乏同情心。一般人以为疟不致命，时间时歇地发作轮回，把人弄得三分像人七分像鬼，几十个金鸡纳霜落肚之后，依然一条好汉，这就如同看见一般踏着香蕉皮跌得四脚朝天，有些行人也不免要报之以大笑一般，所以疟更常常成为被人嘲笑的资料。

这种情形，自古已然，《世说新语》言语篇就有这样的记载：

中朝有小儿，父病，行乞药，主人问病，曰："患疟也。"主人曰："尊侯明德君子，何以病疟？"答曰："来病君子，所以为疟耳。"

好像一染疟疾，就证明其非君子的样子。这种病太讨厌了，既伤身体，又损盛德，苦痛艰难而为天下人笑！

旧传疟有疟鬼，躯体甚小，善为作祟，所以治疗的方法往往也就很玄妙，《唐诗纪事》有这样的记载：

> 有病疟者，子美曰："吾诗可以疗之，'夜阑更秉烛，相对如梦寐。'"其人诵之，未愈。曰："更诵吾诗'子璋骷髅血模糊，手提掷还崔大夫'。"诵之，果愈。

其人是谁，罔无可考，我们觉得奇怪的是，杜子美既有这样的灵药在握，而且是两服，一服比一服凶，何以他老人家万里投荒，辗转川巴，直嚷"三年犹疟疾""疟疠三秋孰可忍"，而不知道诵一遍他自己的诗？杜子美之"太瘦生"，我想大概就不是为了"作诗苦"，恐怕就是疟疾闹的。不过话说回来，杜诗疗疟，其事确有可征。有一位卢元昌先生，他自称：

> 乙巳秋，余病疟甚，客告曰："世传杜少陵诗（子璋骷髅血模糊）句诵之可止疟。"予怪之，继而读诸集，乃少陵所作花柳歌中句也。遂辍药杵，将全集从头潜咏之，未两卷，予忘乎疟，疟竟止。

这位卢先生真是健忘，读诗而把病都忘了。这种治疗法胜似药杵多多。查近人似乎也有应用此种精神治疗法的，临到将要发病之际，辄外出寻药，据云并不甚验。

我们北地人从来不知疟为何物，儿时读《水浒》，读到武松患

100

疟，蹲在屋檐下烤火盆，宋江不留心一脚踢翻了炭盆，给武松吓出一身汗，病也好了，读到这一段总觉得怪好笑的，总以为这是小说里的事，如今天下不靖，丧乱之余，疟鬼也跟着人而远走四方，像我住在北地的人而亦不免为疟鬼所苦了。病魔缠身，我将做些什么事才能把它忘记呢？

睡

　　我们每天睡眠八小时，便占去一天的三分之一，一生之中三分之一的时间于"一枕黑甜"之中度过，睡不能不算是人生一件大事。可是人在筋骨疲劳之后，眼皮一垂，枕中自有乾坤，其事乃如食色一般的自然，好像是不需措意。

　　豪杰之士有"闻午夜荒鸡起舞"者，说起来令人神往，但是五代时之陈希夷，居然隐于睡，据说"小则亘月，大则几年，方一觉"，没有人疑其为有睡病，而且传为美谈。这样的大量睡眠，非常人之所能。我们的传统的看法，大抵是不鼓励人多睡觉。昼寝的人早已被孔老夫子斥为不可造就，使得我们居住在亚热带的人午后小憩（西班牙人所谓siesta）时内心不免惭愧。后汉时有一位边孝先，也是为了睡觉受他的弟子们的嘲笑："边孝先，腹便便，懒读书，但欲眠。"佛说在家戒法，特别指出"贪睡眠乐"为"精进波罗蜜"之一障。大概倒头便睡，等着太阳晒屁股，其事甚易，而掀起被衾，跳出软暖，至少在肉体上做"顶天立地"状，其事较难。

　　其实睡眠还是需要适量。我看倒是睡眠不足为害较大。"睡眠是自然的第二道菜"，亦即最丰盛的主菜之谓。多少身心的疲惫都在一阵"装死"之中涤除净尽。车祸的发生时常因为驾车的人在打瞌睡。衙门机构一些人员之一张铁青的脸，傲气凌人，也往往是由于睡眠不足，头昏脑涨，一肚皮的怨气无处发泄，如何能在脸上绽出人类所特有的笑容？至于在高位者，他们的睡眠更为重要，一夜失眠，不知要造成多少纰漏。

睡眠是自然的安排，而我们往往不能享受。以"天知地知我知子知"闻名的杨震，我想他睡觉没有困难，至少不会失眠，因为他光明磊落。心有恐惧，心有挂碍，心有忮求，倒下去只好辗转反侧，人尚未死而已先不能瞑目。庄子所谓"至人无梦"，《楞严经》所谓"梦想消灭，寤寐恒一"，都是说心里本来平安，睡时也自然踏实。劳苦分子，生活简单，日入而息，日出而作，不容易失眠。听说有许多治疗失眠的偏方，或教人计算数目字，或教人想象中描绘人体轮廓，其用意无非是要人收敛他的颠倒妄想，忘怀一切，但不知有多少实效。愈失眠愈焦急，愈焦急愈失眠，恶性循环，只好瞪着大眼睛，不觉东方之既白。

睡眠不能无床。古人席地而坐卧，我由"榻榻米"体验之，觉得不是滋味。后来北方的土炕砖炕，即较胜一筹。近代之床，实为一大进步。床宜大，不宜小。今之所谓双人床，阔不过四五尺，仅足供单人翻覆，还说什么"被底鸳鸯"？

莎士比亚《第十二夜》提到一张大床，英国Ware地方某旅舍有大床，七尺六寸高，十尺九寸阔，雕刻甚工，可睡十二人云。尺寸足够大了，但是睡上一打，其去沙丁鱼也几希，并不令人羡慕。讲到规模，还是要推我们上国的衣冠文物。我家在北平即藏有一旧床，杭州制，竹篾为绷，宽九尺余，深六尺余，床架高八尺，三面隔扇，下面左右床柜，俨然一间小屋，最可人处是床里横放架板一条，图书、盖碗、桌灯、四干四鲜，均可陈列其上，助我枕上之功。洋人的弹簧床，睡上去如落在棉花堆里，冬日犹可，夏日燠不可当。而且洋人的那种铺被的方法，将身体放在两层被单之间，把毯子裹在床垫之上，一翻身肩膀透风，一伸腿脚趾戳被，并不舒服。佛家的八戒，其中之一是"不坐高广大床"，和我的理想正好相反，我至今还想念我老家里的那张高广大床。

睡觉的姿态人各不同，亦无长久保持"睡如弓"的姿态之可能与必要。王右军那样的东床袒腹，不失为潇洒。即使佝偻着，如死蚯蚓，匍匐着，如癞蛤蟆，也不干谁的事。北方有些地方的人士，无论严寒酷暑，入睡时必脱得一丝不挂，在被窝之内实行天体运动，亦无伤风化。唯有鼾声雷鸣，最使不得。宋张端义《贵耳集》载一条奇闻："刘垂范往见羽士寇朝，其徒告以睡。刘坐寝外闻鼻鼾之声，雄美可听，曰：'寇先生睡有乐，乃华胥调。'"所谓"华胥调"见陈希夷故事，据《仙佛奇踪》，"陈抟居华山，有一客过访，适值其睡，旁有一异人，听其息声，以墨笔记之。客怪而问之，其人曰：'此先生华胥调混沌谱也。'"华胥氏之国不曾游过，华胥调当然亦无从欣赏，若以鼾声而论，我所能辨识出来的谱调顶多是近于"爵士新声"，其中可能真有"雄美可听"者。不过睡还是以不奏乐为宜。

睡也可以是一种逃避现实的手段。在这个世界活得不耐烦而又不肯自行退休的人，大可以掉头而去，高枕而眠，或竟曲肱而枕，眼前一黑，看不惯的事和看不入眼的人都可以暂时撇在一边，像鸵鸟一般，眼不见为净。明陈继儒《珍珠船》记载着："徐光溥为相，喜论时事，大为李昊等所嫉，光溥后不言，每聚议，但假寐而已，时号睡相。"一个做到首相地位的人，开会不说话，一味假寐，真是懂得明哲保身之道，比危行言逊还要更进一步，这种功夫现代似乎尚未失传。

梦

《庄子·大宗师》："古之真人，其寝不梦。"注："其寝不梦，神定也，所谓至人无梦是也。"做到至人的地步是很不容易的，要物我两忘，"嗒然若丧其偶"才行，偶然接连若干天都是一夜无梦，浑浑噩噩地睡到大天光，这种事情是常有的，但是长久地不做梦，谁也办不到。有时候想梦见一个人，或是想梦做一件事，或是想梦到一个地方，拼命地想，热烈地想，刻骨镂心地想，偏偏想不到，偏偏不肯入梦来。有时候没有想过的，根本不曾起过念头的，而且是荒谬绝伦的事情，竟会窜入梦中，突如其来，挥之不去，好惊、好怕、好窘、好羞！至于我们所企求的梦，或是值得一做的梦，那是很难得一遇的事，即使偶有好梦，也往往被不相干的事情打断，蘧然而觉。大致讲来，好梦难成，而噩梦连连。

我小时候常做的一种梦是下大雪。北国冬寒，雪虐风饕原是常事，哪有一年不下雪的？在我幼小心灵中，对于雪没有太大的震撼，顶多在院里堆雪人、打雪仗。但是我一年四季之中经常梦雪，差不多每隔一二十天就要梦一次。对于我，雪不是"战退玉龙三百万，败鳞残甲满天飞"（张承吉句），我没有那种狂想。也没有白居易"可怜今夜鹅毛雪，引得高情鹤氅人"那样的雅兴。更没有柳宗元"独钓寒江雪"的那份幽独的感受。雪只是大片大片的六出雪花，似有声似无声地、没头没脑地从天空筛将下来。如果这一场大雪把地面上的一切不平都匀称地遮覆起来，大地成为白茫茫的一片，像韩昌黎所谓"凹中初盖底，凸处遂成堆"，或是相传某公所谓的"黑狗身上白，白狗身上肿"，我一觉醒来便觉得心旷神怡，整天高兴。若是一场风雪有气无力，只下了薄薄一层，地面上的枯枝败叶依然暴露，房顶上的瓦垄也遮盖不住，我登时就会觉得哽结，醒后头痛欲裂，终朝寡欢。这样的梦我一直做到十四五岁才告停止。

紧接着常做的是另一种梦，梦到飞。不是像一朵孤云似的飞，也不是像抟扶摇而上九万里的大鹏，更不是徐志摩在《想飞》一文中所说的"飞上天空去浮着，看地球这弹丸在太空里滚着，从陆地看到海，从海再看回陆地，凌空去看一个明白"，我没有这样规模的豪想。我梦飞，是脚踏实地两腿一弯，向上一纵，就离了地面，起先是一尺来高，渐渐上升一丈开外，两脚轻轻摆动，就毫不费力地越过了影壁，从一个小院蹿到另一个小院，左旋右转，夷犹如意。这样的梦，我经常做，像彼得·潘"那个永远长不大的孩子"，说飞就飞，来去自如。醒来之后，就觉得浑身通泰。若是在梦里两腿一蹁，竟飞不起来，身像铅一般的重，那么醒来就非常沮丧，一天不痛快。这样的梦做到十八九岁就不再有了。大概是彼得·潘已经长大，而我像是雪莱《西风颂》所说的："落在人生的荆棘上了！"

成年以后，我过的是梦想颠倒的生活，白天梦做不少，夜梦却没有什么可说的。江淹少时梦人授以五色笔，由是文藻日新。王珣梦大笔如椽，果然成大手笔。李白少时笔头生花，自是天才瞻逸，这都是奇迹。说来惭愧，我有过一支小小的可以旋转笔芯的四色铅笔，我也有过一幅朋友画赠的"梦笔生花图"，但是都无补于我的文思。

我的亲人、我的朋友送给我的各式各样的大小粗细的笔，不计其数，就是没有梦见过五色笔，也没有梦见过笔头生花。至于黄帝之梦游华胥、孔子之梦见周公、庄子之梦为蝴蝶、陶侃之梦见天门，不消说，对我更是无缘了。我常有噩梦，不是出门迷失，找不着归途，到处"鬼打墙"，就是内急找不到方便之处，即使找到了地方也难得立足之地，再不就是和恶人打斗而四肢无力，结果大概都是大叫一声而觉。像黄粱梦、南柯一梦……那样的丰富经验，纵然是梦不也是很快意吗？

　　梦本是幻觉，迷离惝恍，与过去的意识或者有关，与未来的现实应是无涉，但是自古以来就把梦当兆头。晋皇甫谧《帝王世纪》说：黄帝做了两个大梦，一个是"大风吹天下之尘垢皆去"，一个是"人执千钧之弩驱羊万群"，于是他用江湖上拆字的方法占梦，依前梦"得风后于海隅，登以为相"，依后梦"得力牧于大泽，进以为将"。据说黄帝还著了《占梦经》十一卷。假定黄帝轩辕氏是于公元前二六九八年即帝位，他用什么工具著书，其书如何得传，这且不必追问。《周礼·春官》证实当时有官专司占梦之事："观天地之会，辨阴阳之气，以日月星辰，占六梦之吉凶，一曰正梦，二曰噩梦，三曰思梦，四曰寤梦，五曰喜梦，六曰惧梦。"后世没有占梦的官，可是梦为吉凶之兆，这种想法仍深入人心。如今一般人梦棺材，以为是升官发财之兆；梦粪便，以为黄金万两之征。何况自古就有传说，梦熊为男子之祥，梦兰为妇人有身，甚至梦见自己的肚皮生出一棵大松树，谓为将见人君，真是痴人说梦。

运动

　　大概是李鸿章吧，在出使的时候道出英国，大受招待，有一位英国的王室特别讨好，亲自表演网球赛，以娱嘉宾，我们的特使翎顶袍褂地坐在那里参观，看得眼花缭乱，那位王室表演完毕，气咻咻然，汗涔涔然，跑过来问大使表演如何，特使戚然曰："好是好，只是太辛苦，为什么不雇两个人来打呢？"我觉得他答得好，他充分地代表了我们国人多少年来对于运动的一种看法。看两个人打球，是很有趣味的，如果旗鼓相当，砰一声打过来，砰一声打过去，那趣味是不下于看斗鸡、斗鹌鹑、斗蟋蟀。人多少还有一点蛮性的遗留，喜欢站在一个安逸的地方看别个斗争，看到紧急处自己手心里冷津津地捏着两把汗，在内心处感觉到一种轻松。可是自己参加表演，就犯不着累一身大汗，何苦来哉？摔跤的，比武的，那是江湖卖艺者流，士君子所不取。虽然相传自黄帝时候就有"蹴鞠"之戏，可是自汉唐以降我们还不知道谁是球健将，我看了《水浒传》才知道宋朝一个"浮浪破落户子弟""高俅那厮""最是踢得好脚气球"。我们自古以来就讲究雍容揖让，纵然为了身体的健康，做一点运动，也要有分寸，顶多不过像陶侃之"日运百甓"，其用意也无非是习劳，并不存想把身体锻炼得健如黄犊。

　　士大夫阶级太文明了，太安逸了，固然肢体都要退化，有变成侏儒的危险，肩不能挑担，手不能提篮，有变为废物的可能，但是在另一方面所谓的广大民众又嫌太劳苦了，营养不足，疲劳过度，吃不饱，睡不足，一个个的面如削瓜，身体畸形发展，抬轿的肩膀上头有一块红肿的肉隆起如驼峰，挑水的脚筋上累累的疙瘩如瘿木，担石头的空手走路时也佝偻着腰像是个猿人，拉车子的鸡胸驼背，种庄稼的胼手胝足——对于这一帮人我们实在不愿意再提倡运动，我们要提倡的是生活水准的提高，然后他们可以少些运动。对于躺着吃饭坐着屯膘的朋友们，我们可以因势利导劝他们行八段锦太极拳，大概不会发生什么大危险；对于天天在马路上赛跑的人力车夫们，田径赛是多余的。

外国人保留的蛮性要比我们多一些，也许是因为他们去古未远的缘故。看他们打架的方式就可以知道，一言不合，便是直接行动，看谁的胳臂力量大，不像我们之善于口角，干打雷不下雨。外国人的运动方式也多少和野蛮人的生活方式有些关联。我看过美国人赛足球，事前的准备不必提，单说比赛前夕的那个"鼓勇会"（pep meeting）就很吓人，在旷地燃起一堆烽火，大家围着火旋转叫嚣，熊熊的火光在每人的脸上照出一股"血糊丝拉"的狰恶相，队员被高高地举起在肩头上，像是要去做祭凶神的牺牲，只欠一阵阵呼呼的鼓，否则就很像印第安人战前的祭礼了。比赛的凶猛也不必提，只要看旁边助威的啦啦队，那真是如中疯魔生龙活虎一般，我们中国的所谓啦啦队轻描淡写地比起来只能算是幼年歌咏团。再说掷标枪，那不是和南非野人打猎一模一样的吗？打拳，那更是最直截了当的性命相扑。可是我说这些话并不含褒贬的意思。现在的外国人究竟不是野蛮人，他们很早地就在运动中建立起一套规矩，抽象地叫作运动道德。我们中国人素来不好运动，可是一运动起来就很容易口咬足踢连骂带打了。

美国学校的球队训练员是薪给最高的职位，如果他能训练出一队如狼似虎的队员在运动场上建立几次殊勋，他立刻就可以给学校收很大的招徕的功效。"所谓大学，即是一座伟大运动场附设一个小小的学院。"把运动当作一种霓虹广告，在外国已为人诟病，在中国某一些学校里仍然不失其为时髦。学校里体育功课不可少，一星期一小时，好像是纪念性质。一大群面有菜色的青年总可以挑出若干彪形大汉，供以在中国算是特殊的膳食，施以在外国不算严格的训练，自然都还相当茁壮，伸出胳臂来一连串的凸出的肉腱子，像是成串的陈皮梅似的，再饰以一身鲜明的服装，相当的壮观，可惜的是这仅仅是样品而已。这些样品能滋生出更有价值的样品——锦标、银杯。没有锦标银杯，校长室和会客室里面就太黯淡了。

有人说，人的筋肉骨骼的发达是和脑筋的发达成正比例的。就整个的民族而言，也许是的，就个人分别而言，可是例外太多。在学校里谁都知道许多脑力过人的人往往长得像是一颗小蹦豆儿，好多在运动场上打破纪录的人在智力上并不常常打破纪录，除非是偶然地破留校年数的纪录。还有一层，运动和体育不同，犹之体格健壮与飞檐走壁不同。体格健壮是真正的本钱，可以令人少生病多做事，至于跳得高跑得快玩起球来"一似鳔胶粘在身上"，那当然也是一技之长，那意义不在耍坛子、举石锁、踩高跷、踏软绳之下。

为了四亿以上的人建筑一座运动场，不算奢侈。我参观过一座运动场，规模不算小，并且曾经用过一次，只是看台上已经长了好几尺高的青草，好像是要兼营牧畜的样子，我当时的感想，就和我有一次看见我们的一艘军舰的铁皮上长满海藻蚌蛤时的感想一般。

退休

退休的制度，我们古已有之。《礼记·曲礼》："大夫七十而致事。"致事就是致仕，言致其所掌之事于君而告老，也就是我们如今所谓的退休。礼，应该遵守，不过也有人觉得未尝不可不遵守。"礼岂为我辈设哉？"尤其是七十的人，随心所欲不逾矩，好像是大可为所欲为。普通七十的人，多少总有些昏聩，不过也有不少得天独厚的幸运儿，耄耋之年依然矍铄，犹能开会剪彩，必欲令其退休，未免有违笃念勋耆之至意。年轻的一辈，劝你们少安毋躁，棒子早晚会交出来，不要抱怨"我在，久压公等"也。

该退休而不退休。这种风气好像我们也是古已有之。白居易有一首诗《不致仕》：

> 七十而致仕，礼法有明文。何乃贪荣者，斯言如不闻？可怜八九十，齿堕双眸昏。朝露贪名利，夕阳忧子孙。挂冠顾翠緌，悬车惜朱轮。金章腰不胜，伛偻入君门。谁不爱富贵？谁不恋君恩？年高须告老，名遂合退身。少时共嗤诮，晚岁多因循。贤哉汉二疏，彼独是何人？寂寞东门路，无人继去尘！

汉朝的疏广及其兄子疏受位至太子太傅少傅，同时致仕，当时的"公卿大夫故人邑子，设祖道供张东都门外，送者车数百辆。辞决而去。道路观者皆曰：'贤哉二大夫！'或叹息为之下泣"。这就是白居易所谓的"汉二疏"。乞骸骨居然造成这样的轰动，可见这不是常见的事，常见的是"伛偻入君门"的"爱富贵""恋君恩"的人。白居易"无人继去尘"之叹，也说明了二疏的故事以后没有重演过。

从前读书人十载寒窗，所指望的就是有一朝能春风得意，纡青拖紫，那时节踌躇满志，纵然案牍劳形，以至于龙钟老朽，仍难免有恋栈之情，谁舍得随随便便地就挂冠悬车？真正老骥伏枥、志在千里的人是少而又少的，大部分还不是舍不得放弃那五斗米，千钟禄，万石食？无官一身轻的道理是人人知道的，但是身轻之后，囊橐也跟着要轻，那就诸多不便了。何况一旦投闲置散，一呼百诺的烜赫的声势固然不可复得，甚至于进入了"出无车"的状态，变成了匹夫徒步之士，在街头巷尾低着头逡巡疾走不敢见人，那情形有多么惨。一向由庶务人员自动供应的冬季炭盆所需的白炭，四时陈设的花卉盆景，乃至于琐屑如卫生纸，不消说都要突告来源断绝，那又情何以堪？所以一个人要想致仕，不能不三思，三思之后恐怕还是一动不如一静了。

如今退休制度不限于仕宦一途，坐拥皋比的人到了粉笔屑快要塞满他的气管的时候也要引退。不一定是怕他春风风人之际忽然一口气上不来，是要他腾出位子给别人尝尝人之患的滋味。在一般人心目中，冷板凳本来没有什么可留恋的，平素吃不饱饿不死，但是申请退休的人一旦公开表明要撤绛帐，他的亲戚朋友又会一窝蜂地惶惶然、戚戚然，几乎要垂泣而道地劝告说他："何必退休？你的头发还没有白多少，你的脊背还没有弯，你的两手也不哆嗦，你的两脚也还能走路……"言外之意好像是等到你头发全部雪白，腰弯得像"？"一样，患上了帕金森症，走路就地擦，那时候再申请退休也还不迟。是的，是有人到了易箦之际，朋友们才急急忙忙地为他赶办退休手续，生怕公文尚在履行而他老先生沉不住气，弄到无休可退，那就只好鼎惠恳辞了。更有一些知心的抱有远见的朋友们，会慷慨陈词："千万不可退休，退休之后的生活是一片空虚，那时候闲居无聊，闷得发慌，终日彷徨，悒悒寡欢。"把退休后生活形容得如此凄凉，不是没有原因的，因为平素上班是以"喝喝茶，签签到，聊聊天，看看报"为主，一旦失去喝茶签到聊天看报的场所，那是会要感觉无比的枯寂的。

　　理想的退休生活就是真正的退休，完全摆脱赖以糊口的职务，做自己衷心所愿意做的事。有人八十岁才开始学画，也有人五十岁才开始写小说，都有惊人的成就。"狗永远不会老得到了不能学新把戏的地步。"何以人而不如狗乎？退休不一定要远离尘嚣，遁迹山林，也无须大隐藏人海，杜门谢客—— 一个人真正地退休之后，门前自然车马稀。如果已经退休的人而还偶然被认为有剩余价值，那就苦了。

讲价

　　韩康采药名山，卖于长安市，三十余年，口不二价。这并不是说三十余年物价没有波动，这是说他三十余年没有讲过一次谎，就凭这一点怪脾气他的大名便入了《后汉书》的《逸民列传》。这并不证明买卖东西无须讲价是我们古已有之的固有道德，这只是证明自古以来买卖东西就得要价还价，出了一位韩康，便是人瑞，便可以名垂青史了。韩康不但在历史上留下了佳话，在当时也是颇为著名的，一个女子向他买药，他守价不移，硬是没得少，女子大怒，说："难道你是韩康，一个钱没得少？"韩康本欲避名，现在小女子都知道他的大名，吓得披发入山。卖东西不讲价，自古以来，是多么难得！我们还不要忘记韩康"家世著姓"，本不是商人，如果是个"逐什一之利"的，有机会能得什二什三时岂不更妙？

　　从前有些店铺讲究货真价实，"言不二价""童叟无欺"的金字招牌偶然还可以很骄傲地悬挂起来，不必大减价雇吹鼓手，主顾自然上门。这种事似乎渐渐少了。童叟根本也不见得好欺侮，而且买卖大半是流动的，无所谓主顾，不讲价还是不过瘾，不七折八扣显着买卖不和气，交易一成买者就又会觉得上当。在尔虞我诈的情形之下，讲价便成为交易的必经阶段，反正是"漫天要价，就地还钱"，看看谁有本事谁讨便宜。

　　我买东西很少的时候能不比别人的贵。世界上有一种人，喜欢到人家里面调查物价，看看你家里有什么东西都要打听一下是用什么价钱买的，除非你在每一事物上都粘上一个纸签标明价格，否则将不胜其啰唆。最扫兴的是，我已经把真的价钱瞒起，自欺欺人地只说了一半的价钱来搪塞他，他有时还会把头摇得像个"拨浪鼓"似的，表示你上了弥天的大当！我承认，有些人是特别地善于讲价，他有政治家的脸皮，外交家的嘴巴，杀人的胆量，钓鱼的耐心，坚如铁石，韧似牛皮，所以他能压倒那待价而沽的商人。我尝虚心请教，大概归纳起来讲价的艺术不外下列诸端：

第一，要不动声色。进得店来，看准了他没有什么你就要什么，使得他显得寒碜，先有几分惭愧。然后无精打采地道出你所真心要买的东西，伙计于气馁之余，自然欢天喜地地捧出他的货色，价钱根本不会太高。如果偶然发现一项心爱的东西，也不可失声大叫，如获异宝，必要行若无事，淡然处之，于打听许多种物价之后，随意问询及之，否则你打草惊蛇，他便奇货可居了。

第二，要无情地批评。甘瓜苦蒂，天下物无全美。你把货物捧在手里，不忙鉴赏，先求其疵缪之所在，不厌其详地批评一番，尽量地道出它的缺点。有些物事，本是无懈可击的，但是"嗜好不能争辩"，你这东西是红的，我偏喜欢白的，你这东西大的，我偏喜欢小的。总之，是要把东西褒贬得一文不值缺点百出，这时候伙计的脸上也许要一块红一块白的不大好看，但是他的心里软了，价钱上自然有了商量的余地，我在委曲迁就的情形之下来买东西，你在价钱上还能不让步吗？

第三，要狠心还价。先假设，自从韩康入山之后每个商人都是说谎的。不管价钱多高，拦腰一砍。这需要一点胆量，狠得下心，说得出口，要准备看一副嘴脸。人的脸是最容易变的，用不了加多少钱，那副愁云惨雾的苦脸立刻开霁，露出一缕春风。但这是最紧要的时候，这是耐心的比赛，谁性急谁失败，他一文一文地减，你就一文一文地加。

第四，要有反顾的勇气。交易实在不成，只好掉头而去，也许走不了好远，他会请你回来，如果他不请你回来，你自己要有回来的勇气，不能负气，不能讲究"义不反顾，计不旋踵"。讲价到了这个地步，也就山穷水尽了。

这一套讲价的秘诀，知易行难，所以我始终未能运用。我怕费工夫，我怕伤和气，如果我粗脖子红脸，我身体受伤，如果他粗脖子红脸，我精神上难过，我聊以解嘲的方法是记起郑板桥爱写的那四个大字：难得糊涂。

《淮南子》明明地记载着："东方有君子之国。"但是我在地图上却找不到。《山海经》里也记载着："君子国衣冠带剑，其人好让不争。"但只有《镜花缘》给君子国透露了一点消息。买物的人说："老兄如此高货，却讨恁般贱价，教小弟买去，如何能安？务求将价加增，方好遵教。若再过谦，那是有意不肯赏光交易了。"卖物的人说："既承照顾，敢不仰体？但适才妄讨大价，已觉厚颜，不意老兄反说货高价贱，岂不更教小弟惭愧？况敝货并非'言无二价'，其中颇有虚头。"照这样讲来，君子国交易并非言无二价，也还是要讲价的，也并非不争，也还有要费口舌唾液的。什么样的国家，才能买东西不讲价呢？我想与其讲价而为对方争利，不如讲价而为自己争利，比较地合于人类本能。

有人传授给我在街头雇车的秘诀：街头孤零零的一辆车，车夫红光满面鼓腹而游的样子，切莫睬他，如果三五成群鸠形鹄面，你一声吆喝便会蜂拥而来，竞相延揽，车价会特别低廉。在这里我们发现人性的一面——残忍。

看相

听说一个人的尊容，和他的一生休戚有很密切的关系。例如耳目口鼻，方向若是稍微挪动一点，就许在一生的过去或未来，发生很大的变动。所以你别瞧那一帮满肚子海参鱼翅，坐着汽车兜圈子的人，他们必是有点来历，说不定是因为哪一根骨头长得得法。穷困潦倒的人，少去看相，你若是遇到什么张铁嘴李铁腮的，他三言两语地把你的尊容褒贬一顿，你就许对不住你生身的父母。

然而看相的人，名叫铁嘴的还是不够多。你明明是一个不能寿终正寝的地痞流氓，他会恭维你，说你将走红运，在武汉可以发一注横财。你明明是一个乳臭未退的小孩子，他会奉承你，说你是群众革命的领袖，可以东做委员，西做委员。你明明是一位小姐，他会说你是明星。你明明是一位诚实人，他会说你必定是在上海生长大的。你纵然不相信你的尊容会这样的好法，但是你听在耳里舒服。人人喜欢耳里舒服，于是乎看相的人便遍地皆是。

现在研究相术的人比从前进步，只消看看他们的广告，也讲究挂起"留学"的招牌。更有所谓洋相士，什么手相家海伦·巴勃，一齐到上海来了。其实这也难怪。我觉得我们中国人的尊容，近年来变得很厉害，恐怕几年后，一定要至少留学过的相术家，才能看懂我们中国人的脸。

雅舍小品

第二辑

心窥世相

鼾

我初到南京教书那一年，先是被安置在一间宿舍里，可巧一位朋友也是应聘自北平来，遂暂与我同居一室。夜晚就寝，这位相貌清癯仪态潇洒的朋友，头刚沾枕，立刻响起鼾声，不是普通呼噜呼噜的鼾声，他调门高，做金石声，有铜锤花脸或是秦腔的韵味，而且在十响八响的高亢的鼾声之后，还猛然带一个逆腔的回钩。这下子他把自己惊醒了，可是他哼哼唧唧地蠕动了几下，又开始奏起他的独特的音乐。我不知所措，彻夜无眠。

过两天这位朋友搬走了，又来了一位心广体胖脂腴特丰的朋友，他在南京有家，看见我室有空床，决意要和我联床夜话。他块头大、气势足，鼾声轰隆轰隆，不同凡响。凡事应慎之于始，我立即拿起一只多余的绣花枕头，对准他的床上掷去，他徐徐地开言道："你是嫌我鼾声太大吗？"原来他尚未睡熟，只是小试啼声，预演的性质。我毫无办法，听他演奏通宵达旦。

我本来没有打鼾的习惯，等到中年发福，又常以把盏为乐，"三日不饮酒，觉形神不复相亲"，于是三日一小饮，五日一大醉，隗然卧倒，鼾声如雷。我初不自知，当然亦不肯承认，可是家人指控历历如绘，甚至于形容我的呼声之高，硬说我一呼一吸之际，屋门也应声一翕一张。小女淘气，复于我鼾声大作之时，录声为证。无法抵赖，只得承招。但是我还要试为自己解脱，引证先贤亦复尔尔，不足为病，无可厚非。黄山谷题苏东坡书后有云："东坡居士性喜酒，然不能四五龠，已烂醉就卧，鼻鼾如雷。"可见贤者不免，吾又何尤？

鼾声扰人，究竟不是好事。记得有人发明过一种"止鼾器"。睡时纳入口中，好像就能控制口腔内某一部分的筋肉使之不能颤动，自然就不会发出鼾声。我没见过这种伟大的发明，也不知道有什么情愿一试的人做过实验。这种东西没有流行到市面上来，很快地就匿迹销声，不是证明其为无效，是证明人对于鼾的厌恶尚未深刻到甘心情愿以异物纳入口腔的程度。

如果不是在人卧榻之侧制造噪声，扰人清睡，打鼾似乎没有多大害处。有些医学家可不这样想。报载：

【合众国际社密歇根安那柏一九七六年十一月十九日电】

一位研究睡眠失常的专家指出，鼾声太大可能对健康有害；情况严重的，甚至会使你的心脏停止跳动。

斯坦福大学睡眠失常门诊中心主任狄蒙博士在密歇根大学的内科医师会议上指出，有打鼾毛病的人几乎无法真正睡一晚好眠。

他说，鼾声大的人，每一千位成年男人中，平均有一人当他睡着时心脏有停止跳动的危险……当他们的喉头上部与口腔组织过度松弛时，就切断了通向肺部的空气……这些睡眠者因此必须挣扎喘气，以吸取空气至肺内。严重时，此种循环一晚可能发生四百次，其中包括心跳不规则。这意味一个人在一年内有一千万次他的心跳可能停止的机会。我们猜测发生此种情形的次数，远较医学界所知者为多，因为此种病人醒着时没有心脏病的困扰，而且死后验尸也看不出此种症状……

我们常听说到的所谓无疾而终，一睡不起，或是溘然坐化，也许其中一部分就是因为有严重的打鼾习惯。我不确知谁是因鼾而停止呼吸而猝然物化，不过打鼾的朋友们确是常有鼾声正酣之际陡然停止出声的情事。在这种情形中，醒着的人都为他担心，生怕他一时喘不过气来而发生意外。通常他是休止几秒钟便又惊醒过来的。陈搏高卧，动辄百余日不起，不知他最后是否于鼾眠中尸解。

　　若说鼾声悦耳，怕谁也不信。但也有例外，要看鼾声发自何人。我从前有一位朋友卜居青岛汇泉，推开屋门即见平坦广大的海滩，再望过去就是辽阔无垠的海洋，月明风清之夜，潮汐涨退之声可闻，景物幽绝。遥想当年英国诗人阿诺德在多汉海峡听惊涛拍岸时所引发的感触，此情此景大概仿佛。我的朋友却不以为然，他说夜晚听无穷无尽的波涛撞击的音响，单调得令人心烦，海潮音实在听不入耳。天籁都不能令他动心，还有什么音响能令他欣赏呢？他正言相告："要想听人世间最美妙的音乐，莫过于夜阑人静，微闻妻室儿女从榻上传来的停匀的一波一波的鼾声，那时节我真个领略到'上帝在天，世上一片宁谧安详'的意境。"

　　好几年前，《读者文摘》有一篇说鼾的小文。于分析描述打鼾的种种之后，篇末画龙点睛地补上一笔："鼾声是不是讨人厌，问寡妇。"

聋

近来和朋友们晤谈，觉得有几位说话的声音越来越小，好像是随时要和我谈论什么机密大事，喁喁哝哝，生怕隔墙有耳。我不喜欢听扯着公鸡嗓、破锣嗓、哗啦哗啦叫的人说话，他们使我紧张。抚节悲歌的时候，不妨声振林木，响遏行云，普通谈话应以使对方听到为度。可是朋友们若是经常和我叽叽喳喳地私语，只见其嗫嚅，不闻其声响，尤其是说到一句话里的名词动词一律把调门特别压低，我也着急。很奇怪，这样对我谈话的人渐渐多起来了。我心想，怪不得相书上说，声若洪钟，主贵，而贵人本是不多见的。我应付的方法首先是把座席移近，近到促膝的地步，然后是把并非橡皮制的脖子伸长，揪起耳朵，欹耳而听，最后是举起双手附在耳后扩大耳轮的收听效果。饶是这样，我有时还只是断断续续地听清楚了对方所说的一些连接词、形容词和冠词而已。久之，我明白了，不是别人噤口，是我自己重听。

耳顺之年早过，当然不能再"耳闻其言，而知微旨"。聋聩毋宁说是人生到此的正常现象之一。《淮南子》说"禹耳三漏"，那是天下之大圣，聪明睿智，一个耳朵才能有三个穴，我们凡夫俗子修得人身，已比聋虫略胜一筹，不敢希望再有什么畸形发展。霜降以后，一棵树的叶子由黄而红，由枯萎而摇落，我们不以为异。为什么血肉之躯几十年风吹雨打之后，刚刚有一点老态龙钟，就要大惊小怪？世界上没有万年常青的树，蒲柳之姿望秋先落，也不过是在时间上有迟早先后之别而已。所以我发现自己日益聋蔽，夷然处之。我知道古往今来，有多少好人在和我做伴。贝多芬二十七岁起就在听觉上有了碍障，患中耳炎，然后愈来愈严重，到了四十九岁完全聋了，人家对他谈话只能以纸笔代喉舌，可是聋没有妨碍他作曲。杜工部五十六岁作《耳聋》诗："眼复几时暗？耳从前月聋！"好像"猿鸣秋泪缺，雀噪晚愁空"皆叨耳聋之赐，独恨眼尚未暗！一定要耳不聪目不明才算满意！可是此后三数年他的诗作仍然不少。

耳聋当然有不便处。独坐斋中，有人按铃，我听不见，用拳头擂门，我还是听不见，急得那人翻墙跳了进来。我道歉一番耸耸肩做鹭鸶笑。有时候和人晤言一室之内，你道东来我道西，驴唇不对马嘴，所答非所问，持续很久才能弄清话题，幽默者莞尔而笑，性急者就要顿足太息，我也觉得窘。闹市中穿道路，需要眼观四路耳听八方，要提防市虎和呼啸而来的骑摩托车的拼命三郎，耳不聪目不明的人都容易吃亏，好在我早已为我自己画地为牢，某一条路以西，某一条路以北，那一带我视为禁区。

聋子也有因祸得福的时候。凡是不愿或不便回答的问题一概可以不动声色地置之不理，顾盼自若，面部无表情，大模大样地做大人物状，没有人疑到你是装聋。他一再地叮问，你一再地充耳不闻，事情往往不了了之。人世间的声音太多了，虫啾、蛙鸣、蝉噪、鸟啭、风吹落叶、雨打芭蕉，这一切自然的声音都是可以容忍的，唯独从人的喉咙里发出来的音波和人手操作的机械发出来的声响，往往令人不耐。在最需要安静的时候，时常有一架特大的飞机稀里哗啦地从头上飞过，或是芳邻牌局初散在门口呼车道别，再不就是汽车司机狂揿喇叭代替按门铃，对于这一切我近来就不大抱怨，因为"五音令人耳聋"，我听不大见。耳聋之益尚不止此。世上说坏话的人多，说好话的人少，至少好话常留在人死后再说。白居易香炉峰下草堂初成，高吟"从兹耳界应清净，免见啾啾毁誉声"。如果他耳聋，他自然耳根清净，无须诛茅到高峰之上了。有人说，人到最后关头，官感失灵，最后才是听觉，所以易箦之际，有人哭他，他心烦，没有人哭他，怕也不是滋味，不如干脆耳聋。

《时代》周刊（一九七〇年八月十日，页四十四）有这样一段：

"我的听觉越来越坏"，贝多芬在一八〇一年写道，"一位庸医为我的耳朵处方是多饮茶。"自从他于一八二七年逝世以后，许多学者推测其死因可能是血液循环不佳，梅毒，或伤寒症。科罗拉多大学医药中心的两位医生，斯提芬斯与海门威（Kenneth M.Stevens and G.Hemenway）在A.M.A.Journal（美国医学会会刊）上说，事实并非如此。他的聋乃是耳蜗硬化所致（cochlear otosclerosi），现今用外科手术即可矫正。患此病症，中耳内之骨质生长过多，妨碍了震动之变成为神经冲动，于是无法把震动变成为声音。

贝多芬最初发觉对于高音调丧失听觉，是二十七岁那一年。这样年轻的时候不可能有血液循环的病，也不可能有晚期梅毒的损伤。伤寒比较可信。不检视这位谱曲家的颞骨，谁也无法确定；一八六三年和一八八八年，他的脑壳两度接受检查，那些颞骨却不见了。显然的是最初解剖时即已取去。斯提芬斯与海门威下结论说："也许在维也纳的一个被人遗忘了的地窖里，有一只装满甲醛液的瓶子，里面藏着答案。"

谦让

谦让仿佛是一种美德，若想在眼前的实际生活里寻一个具体的例证，却不容易。类似谦让的事情近来似很难得发生一次。就我个人的经验说，在一般宴会里，客人入席之际，我们最容易看见类似谦让的事情。

一群客人挤在客厅里，谁也不肯先坐，谁也不肯坐首座，好像"常常登上座，渐渐入祠堂"的道理是人人所不能忘的。于是你推我让，人声鼎沸。辈分小的，官职低的，垂着手远远地立在屋角，听候调遣。自以为有占首座或次座资格的人，无不攘臂而前，拉拉扯扯，不肯放过他们表现谦让的美德的机会。有的说："我们叙齿，你年长！"有的说："我常来，你是稀客！"有的说："今天非你上座不可！"事实固然是为让座，但是当时的声浪和唾沫星子却都表示像在争座。主人觍着一张笑脸，偶然插一两句嘴，做鹭鸶笑。这场纷扰，要直到大家的兴致均已低落，该说的话差不多都已说完，然后急转直下，突然平息，本就该坐上座的人便去就了上座，并无苦恼之相，而往往是显着踌躇满志顾盼自雄的样子。

我每次遇到这样谦让的场合，便首先想起聊斋上的一个故事：一伙人在热烈地让座，有一位扯着另一位的袖子，硬往上拉，被拉的人硬往后躲，双方势均力敌，突然间拉着袖子的手一松，被拉的那只胳臂猛然向后一缩，胳臂肘尖正撞在后面站着的一位驼背朋友的两只特别凸出的大门牙上，咔嚓一声，双牙落地！我每忆起这个乐极生悲的故事，为明哲保身起见，在让座时我总躲得远远的。等风波过后，剩下的位置是我的，首座也可以，坐上去并不头晕，末座亦无妨，我也并不因此少吃一嘴。我不谦让。

考让座之风之所以如此的盛行，其故有二。第一，让来让去，每人总有一个位置，所以一面谦让，一面稳有把握。假如主人宣布，位置只有十二个，客人却十四位，那便没有让座之事了。第二，所让者是个虚荣，本来无关宏旨，凡是半径都是一般长，所以坐在任何位置（假如是圆桌）都可以享受同样的利益。假如明文规定，凡坐过首席若干次者，在铨叙上特别有利，我想让座的事情也就少了。我从不曾看见，在长途公共汽车车站售票的地方，如果没有木质的长栅栏，而还能够保留一点谦让之风！因此我发现了一般人处世的一条道理，那便是：可以无须让的时候，则无妨谦让一番，于人无利，于己无损；在该让的时候，则不谦让，以免损己；在应该不让的时候，则必定谦让，于己有利，于人无损。

小时候读到孔融让梨的故事，觉得实在难能可贵，自愧弗如。一只梨的大小，虽然是微不足道，但对于一个四五岁的孩子，其重要或者并不下于一个公务员之心理盘算简、荐、委。有人猜想，孔融那几天也许肚皮不好，怕吃生冷，乐得谦让一番。我不敢这样妄加揣测。不过我们要承认，利之所在，可以使人忘形，谦让不是一件容易的事。孔融让梨的故事，发扬光大起来，确有教育价值，可惜并未发生多少实际的效果：今之孔融，并不多见。

谦让作为一种仪式，并不是坏事，像天主教会选任主教时所举行的仪式就蛮有趣。就职的主教照例地当众谦逊三回，口说"Nolo

episcopari"意即"我不要当主教"，然后照例地敦促三回终于勉为其难了。我觉得这样的仪式比宣誓就职之后再打通电话声明固辞不获要好得多。谦让的仪式行久了之后，也许对于人心有潜移默化之功，使人在争权夺利奋不顾身之际，不知不觉地也举行起谦让的仪式。可惜我们人类的文明史尚短，潜移默化尚未能奏大效，露出原始人的狰狞面目的时候要比雍雍穆穆地举行谦让仪式的时候多些。我每次从公共汽车售票处杀进杀出，心里就想先王以礼治天下，实在有理。

第六伦

君臣、父子、夫妇、兄弟、朋友，是为五伦，如果要添上一个六伦，便应该是主仆。主仆的关系是每个人都不得逃脱的。高贵如一国的元首，他还是人民的公仆，低贱如贩夫走卒，他回到家里，颐指气使，至少他的妻子媳妇是不免要做奴下奴的。不过我现在所要谈的"仆"，是以伺候私人起居为专职的那种仆。所谓"主"，是指用钱雇买人的劳力供其驱使的人而言。主仆这一伦，比前五伦更难敦睦。

在主人的眼里，仆人往往是一个"必需的罪恶"，没有他不成，有了他看着讨厌。第一，仆人不分男女，衣履难得整齐，或则蓬首垢面，或则蒜臭袭人，有些还跣足赤背，瘦骨嶙峋，活像甘地先生，也公然升堂入室，谁看着也是不顺眼。一位唯美主义者（是王尔德还是优思曼）曾经设计过，把屋里四面墙都糊上墙纸，然后令仆人穿上与墙纸同样颜色同样花纹的衣裳，于是仆人便有了"保护色"，出入之际，不至引人注意。这是一种办法，不过尚少有人采用。有些作威作福的旅华外人，以及"二毛子"之类，往往给家里的仆人穿上制服，像番菜馆的侍者似的，东交民巷里的洋官僚，则一年四季地给看门的赶车的戴上一顶红缨帽。这种种，无非是想要减少仆人的一些讨厌相，以适合他们自己的其实更为可厌的品位而已。

仆人，像主人一样，要吃饭，而且必然吃得更多。这在主人看来，是仆人很大的一个缺点。仆人举起一碗碰鼻尖的满碗饭往嘴里扒的时候，很少主人（尤其是主妇）看着不皱眉的，心痛。很多主人认为是怪事，同样的是人，何以一旦沦为仆役，便要努力加餐到这种程度。

主人的要求不容易完全满足，所以仆人总是懒懒的，总是不能称意，王褒的《僮约》虽是一篇游戏文字，却表示出一般人唯恐仆人少做了事，事前一桩桩地列举出来，把人吓倒。如果那个仆人件件应允，件件做到，主人还是不会满意的，因为主人有许多事是主人自己事前也想不到的。法国中古有一篇短剧，描写一个人雇用一个仆人，也是仿王褒笔意，开列了一篇详尽的工作大纲，两厢情愿，立此为凭。有一天，主人落井，大声呼援，仆人慢腾腾地取出那篇工作大纲，说："且慢，等我看看，有没有救你出井那一项目。"下文怎样，我不知道，不过可见中西一体，人同此心。主人所要求于仆人的，还有一点，就是绝对服从，不可自作主张，要像军队临阵一般地听从命令，不幸的是，仆人无论受过怎样折磨，总还有一点个性存留，他也是父母养育的，所以也受过一点发展个性的教育，因此总还有一点人性的遗留，难免顶撞主人。现在人心不古，仆人的风度之合于古法的已经不多，像北平的男仆，三河县的女仆，那样的应对得体，进退有节，大概是要像美洲红人似的需要特别辟地保护，勿令沾染外习。否则这一类型是要绝迹于人寰的了。

驾驭仆人之道，是有秘诀的，那就是，把他当作人，这样一来，凡是人所不容易做到的，我们也就不苛责于他，凡是人所容易犯的毛病，我们也加以曲宥。陶渊明介绍一个仆人给他的儿子，写信嘱咐他说："彼亦人子也，可善视之。"这真是一大发明！J. M. Barrie 爵士在《可敬爱的克莱顿》那一出戏里所描写的，也可使人恍然于主仆一伦的精义。主仆二人漂海遇险，在一荒岛上过活。起初主人不能忘记他是主人，但是主人的架子不能搭得太久，因为仆人是唯一能砍柴打猎的人，他是生产者，他渐渐变成了主人，他发号施令，而主人渐渐成为一助手，一个奴仆了。这变迁很自然，环境逼他们如此。后来遇救返回到"文明世界"，那仆人又局促不安起来，又自甘情愿地回到仆人的位置，那主人有所凭借，又回到主人的位置了。这出戏告诉我们，主仆的关系，不是天生成的，离开了"文明世界"，主仆的位置可能交换。我们固不必主张反抗文明，但是我们如果让一些主人明白，他不是天生成的主人，讲到真实本领他还许比他的仆人矮一大截，这对于改善主仆一伦，也未始没有助益哩！

五世同堂，乃得力于百忍。主仆相处，虽不及五世，但也需双方相当的忍。仆人买菜赚钱，洗衣服偷肥皂，这时节主人要想，国家借款不是也有回扣吗？仆人倔强顶撞傲慢无礼，这时节主人要想，自己的儿子不也是时常反唇相讥，自己也只好忍气吞声吗？仆人调笑谑浪，男女混杂，这时节主人要想，所谓上层社会不也有的是桃色案件吗？肯这样想便觉心平气和，便能发现每一个仆人都有他的好处。在仆人一方面，更需要忍。主人发脾气，那是因为赌输了钱，或是受了上司的气而无处发泄，或是夜里没有睡好觉，或是肠胃消化不良。

Swift在他的《婢仆须知》一文里有这样一段："这应该定为例规，凡下房或厨房里的桌椅板凳都不得有三条以上的腿。这是古老定例，在我所知道的人家里都是如此，据说有两个理由，其一，用以表示仆役都是在巍巍不定的状态；其二，算是表示谦卑，仆人用的桌椅比主人用的至少要缺少一条腿。我承认这里对于厨娘有一个例外，她依照旧习惯可以有一把靠手椅备饭后的安息，然而我也少见有三条以上的腿的。仆人的椅子之发生这种传染性破疾，据哲学家说是由于两个原因，即造成邦国的最大革命者：我是指恋爱与战争。一条凳，一把椅子，或两张桌子，在总攻击或小战的时候，每被拿来当作兵器；和平以后，椅子——倘若不是十分结实——在恋爱行为中又容易受损，因为厨娘大抵肥重，而司酒的又总是有点醉了。"

这一段讽刺的意义是十分明白的，虽然对我们国情并不甚合。我们国里仆人们坐的凳子，固然有只有三条腿的，可是在三条以上的也甚多。一把普通的椅子最多也不过四条腿，主仆之分在这上面究竟找不出多大距离，我觉得惨的是，仆人大概永远像莎士比亚《暴风雨》中的那个卡力班，又蠢笨，又狡猾，又怯懦，又大胆，又服从，又反抗，又不知足，又安天命，陷入极端的矛盾。这过错多半不在仆人方面。如果这世界上的人，半是主人半是仆，这一伦的关系之需要调整是不待言的了。

握手（一）

握手之事，古已有之，《后汉书》："马援与公孙述少同里闬相善，以为既至常握手，如平生欢。"但是现下通行的握手，并非古礼，既无明文规定，亦无此种习俗。大概还是剃了小辫以后的事，我们不能说马援和公孙述握过手便认为是过去有此礼节的明证。

西装革履我们都可以忍受，简便易行而且惠而不费的握手我们当然无须反对。不过有几种人，若和他握手，会感觉痛苦。

第一是做大官或自以为做大官者，那只手不好握。他常常挺着胸膛，伸出一只巨灵之掌，两眼望青天，等你趁上去握的时候，他的手仍是直僵地伸着，他并不握，他等着你来握。你事前不知道他是如此爱惜气力，所以不免要热心地迎上去握，结果是孤掌难鸣，冷涔涔地讨一场没趣。而且你还要及早罢手，赶快撒手，因为这时候他的身体已转向另一个人去，他预备把那巨灵之掌给另一个人去握——不是握，是摸。对付这样的人只有一个办法，便是，你也伸出一只巨灵之掌，你也别握，和他做"打花巴掌"状，看谁先握谁！

另一种人过犹不及。他握着你的四根手指，恶狠狠地一挤，使你痛彻肺腑，如果没有寒暄笑语偕以俱来，你会误以为他是要和你角力。此种人通常有耐久力，你入了他的掌握，休想逃脱出来。如果你和他很有交情，久别重逢，情不自禁，你的关节虽然痛些，我相信你会原谅他的。不过通常握手用力最大者，往往交情最浅。他是要在向你使压力的时候使你发生一种错觉，以为此人遇我特善。其实他是握了谁的手都是一样卖力的，如果此人曾在某机关做过干事之类，必能一面握手，一面在你的肩头重重地拍一下子，"哈喽，哈喽，怎样好？"

单就握手时的触觉而论，大概愉快时也就不多。春笋般的纤纤玉指，世上本来少有，更难得一握，我们常握的倒是些冬笋或笋干之类，虽然上面更常有蔻丹的点缀，干倒还不如熊掌。狄更斯的《大卫·科波菲尔》里的乌利亚，他的手也是令人不能忘的，永远是湿津津的、冷冰冰的，握上去像是五条鳝鱼。手脏一点无妨，因为握前无暇检验，唯独带液体的手不好握，因为事后不便即揩，事前更不便先给他揩。

"有一桩事，男人站着做，女人坐着做，狗跷起一条腿儿做。"这桩事是——握手。和狗行握手礼，我尚无经验，不知狗爪是肥是瘦，亦不知狗爪是松是紧，姑置不论。男女握手之法不同。女人握手无须起身，亦无须脱手套，殊失平等之旨，尚未闻妇女运动者倡议纠正。在外国，女人伸出手来，男人照例只握手尖，约一英寸至二英寸，稍握即罢，这一点在我们中国好像禁忌少些，时间空间的限制都不甚严。

朋友相见，握手言欢，本是很自然的事，有甚于握手者，亦未曾不可，只要双方同意，与人无涉。唯独大庭广众之下，宾客环坐，握手势必普遍举行，面目可憎者，语言无味者，想饱以老拳尚不足以泄愤者，都要一一亲炙，皮肉相接，在这种情形之下握手，我觉得是一种刑罚。

《哈姆雷特》中波娄尼阿斯诫其子日："不要为了应酬每一个新交而磨粗了你的手掌。"我们是要爱惜我们的手掌。

握手（二）

握手之礼不知起于何时，亦不知道始自何人，我想不一定是肇自泰西，也许是我们中土古已有之的。不过这种举动之流行普遍，确是很近的事，大约是从剪小辫穿洋装的那个时代起。这一段考据将来自有别人做，我不谈。

礼节是一种习惯养成的公式，无所谓是非好坏。所以握手不一定就是文明也不一定就比拱手野蛮。现在中西文化大混合的时代，礼节已经没有固定的标准，卖人丹的军乐队可以在结婚仪仗里占一个地位，打高尔夫球的装束也可以在晚宴的场合里被发现，那么握手拱手为什么不可以随便来呢？

有人喜欢握手，一见面就把巨灵之掌伸了出来（或是春笋般的纤手），那你就情不可却了，非伸出手来完成这宗仪式不可，即使是昨天才见面，或上午才见面，再见时还是要握手。最糟的是临别时还要握一次！

最可怕的一种握手是他把你的手握得紧紧的，紧得有一点儿痛，并且时间延长很久，你休想能够抽出手来；而且他一紧一弛的给你一种异样感觉，同时用另一手掌在你的肩背上还要猛拍几下，再配合上几声"哈喽"！这是一个十足的××会式的人物。我敢说这个人和你一定没有交情，我觉得这样的握手不是礼节，而是近于"体罚"。

有人握手不把胳臂伸出来，死板板地张开一只巴掌缩在胸前，静候别人来高攀他。两手既经接触之后，他仍然是毫无动作，他只是张开巴掌叫对方捏一下而已。这种态度容易令人误会,不如干脆不必握手。当然女人伸出手来和人握手,你只能接触到她的一寸半的手指,那另当别论。

人手的温度不同。有的像冰棒儿似的,在这样的天气握手时就令人不好过;有的还冒冷汗,你把他的手握起来,就像是摸着一把鳝鱼似的,又湿又黏又凉,不好受,这当然是太苛求的话,握手根本不是为了使你舒服,要舒服最好不握,除非是真有交情非握不可。

我的结论是:握手不宜太热烈,太热烈则令人疑你是××会的人;不宜太冷淡,太冷淡则令人疑你是高傲;不宜太紧,紧则令人痛;不宜太久,久则令人为难;不宜太常握,太常握则容易使你自己的巴掌上起好几块鸡眼!

排队

"民权初步"讲的是一般开会的法则,如果有人撰一续编,应该是讲排队。

如果你起个大早,赶到邮局烧头炷香,柜台前即使只有你一个人,你也休想能从容办事,因为柜台里面的先生小姐忙着开柜子、取邮票文件、调整邮戳,这时候就有顾客陆续进来,说不定一位站在你左边,一位站在你右边,也许是衣冠楚楚的,也许是破衣邋遢的,总之是会把你夹在中间。夹在中间的人未必有优先权,所以,三个人就挤得很紧,胳膊粗、个子大、脚跟稳的占便宜。夹在中间的人也未必轮到第二名,因为说不定又有人附在你的背上,像长臂猿似的伸出一只胳膊,越过你的头部拿着钱要买邮票。人越聚越多,最后像是橄榄球赛似的挤成一团,你想钻出来也不容易。

三人曰众,古有明训。所以三个人聚在一起就要挤成一堆。排队是洋玩意儿,我们所谓"鱼贯而行"都是在极不得已的情形之下所做的动作。《晋书·范汪传》:"玄冬之月,沔汉干涸,皆当鱼贯而行,推排而进。"水不干涸谁肯循序而进,虽然鱼贯,仍不免于推排。我小时候,在北平有过一段经验,过年父亲常带我逛厂甸,进入海王村,里面有旧书铺、古玩铺、玉器摊,以及临时搭起的几个茶座儿。我父亲如入宝山,图书、古董都是他所爱好的,盘旋许久,乐此不疲,可是人潮汹涌,越聚越多。等到我们兴尽欲返的时候,大门口已经壅塞了。门口只有一个,进也是它,出也是它,而且谁也不理会应靠左边行，于是大门变成瓶颈，人人自由行动，卡成一团。也有不少人故意起哄，哪里人多往哪里挤，因为里面有的是大姑娘、小媳妇。父亲手里抱了好几包书，顾不了我。为了免于被人践踏，我由一位身材高大的警察抱着挤了出来。我从此没再去过厂甸，直到我自己长大有资格抱着我自己的孩子冲出杀进。

中国地方大，按说用不着挤，可是挤也有挤的趣味。逛隆福寺、护国寺，若是冷清清的凄凄惨惨觅觅，那多没有味儿！不过时代变了，人几乎天天到处要像是逛庙赶集。长年挤下去实在受不了，于是排队这洋玩意儿应运而兴。奇怪的是，这洋玩意儿兴了这么多年，至今还没有蔚成风气。长一辈的人在人多的地方横冲直撞，孩子们当然认为这是生存技能之一。学校不能负起教导的责任，因为教师就有许多是不守秩序的好手。法律无排队之明文规定，警察管不了这么多。大家自由活动，也能活下去。

不要以为不守秩序、不排队是我们民族性，生活习惯是可以改的。抗战胜利后我回到北平，家人告诉我许多敌伪横行霸道的事迹，其中之一是在前门火车站票房前面常有一名日本警察手持竹鞭来回巡视，遇到不排队就抢先买票的人，就一声不响高高举起竹鞭"嗖"的一声着着实实地抽在他的背上。挨了一鞭之后，他一声不响地排在队尾了。前门车站的秩序从此改良许多。我对此事的感想很复杂。不排队的人是应该挨一鞭子，只是不应该由日本人来执行。拿着鞭子打我们的人，我真想抽他十鞭子！但是，我们自己人就没有人肯对不排队的人下那个毒手！好像是基于同胞爱，开始是劝，继而还是劝，不听劝也就算了，大家不伤和气。谁也不肯扬起鞭子去取缔，觍颜说是

"于法无据"。一条街定为单行道、一个路口不准向左转，又何所据？法是人定的，要什么样的生活方式便应该有什么样的法。

洋人排队另有一套，他们是不拘什么地方都要排队。邮局、银行、剧院无论矣，就是到餐厅进膳，也常要排队听候指引一一入座。人多了要排队，两三个人也要排队。有一次要吃比萨饼，看门口队伍很长，只好另觅食处。为了看古物展览，我参加过一次两千人左右的长龙，我到场的时候才有千把人，顺着龙头往下走，拐弯抹角，走了半天才找到龙尾，立定脚跟，不久回头一看，龙尾又不知伸展到何处去了。我仔细观察发现了一个秘密：洋人排队，浪费空间，他们排队占用一里，由我们来排队大概半里就足够。因为他们每个人与另一个人之间通常保持相当距离，没有肌肤之亲，也没有摩肩接踵之事。我们排队就亲热得多，紧迫盯人，唯恐脱节，前面人的胳膊肘会戳你的肋骨，后面人喷出的热气会轻拂你的脖颈。其缘故之一，大概是我们的人丁太旺而场地太窄。以我们的超级市场而论，实在不够超级，往往近于迷你，遇上八折的日子，付款处的长龙摆到货架里面去，行不得也。洋人的税捐处很会优待主顾，设备充分，偶然有七八个人排队，排得松松的，龙头走到柜台也有五步六步之遥。办起事来无左右受夹之烦，也无后顾催迫之感，从从容容，可以减少纳税人胸中许多戾气。

我们是礼仪之邦，君子无所争，从来没有鼓励人争先恐后之说。很多地方我们都讲究揖让，尤其是几个朋友走出门口的时候，常不免于拉拉扯扯礼让了半天，其实鱼贯而行也就够了。我不太明白为什么到了陌生人聚集在一起的时候，便不肯排队，而一定要奋不顾身。

我小时候只知道上兵操时才排队。曾路过大栅栏同仁堂，柜台占两间门面，顾客经常是里三层外三层挤得水泄不通，多半是仰慕同仁堂丸散膏丹的大名而来办货的乡巴佬。他们不知排队犹可说也。奈何数十年后，工业已经起飞，都市人还不懂得这生活方式中极为重要的一个项目？难道真需要那一条鞭子才行吗？

客

　　"只有上帝和野兽才喜欢孤独。"上帝吾不得而知之，至于野兽，则据说成群结党者多，真正孤独者少。我们凡人，如果身心健全，大概没有不好客的。以欢喜幽独著名的Thoureau，他在树林里也给来客安排得舒舒帖帖。我常幻想着"风雨故人来"的境界，在风飒飒雨霏霏的时候，心情枯寂百无聊赖，忽然有客款扉，把握言欢，莫逆于心，来客不必如何风雅，但至少第一不谈物价升降，第二不谈宦海浮沉，第三不劝我保险，第四不劝我信教，乘兴而来，兴尽即返，这真是人生一乐。但是我们为客所苦的时候也颇不少。

　　很少的人家有门房，更少的人家有拒人千里之外的阍者，门禁既不森严，来客当然无阻，所以私人居处，等于日夜开放。有时主人方在厕上，客人已经升堂入室，回避不及，应接无术，主人鞠躬如也，客人呆若木鸡。有时主人方在用饭，而高轩贲止，便不能不效周公之"一饭三吐哺"，但是来客并无归心，只好等送客出门之后再补充些残羹剩饭，有时主人已经就枕，而不能不倒屣相迎。一天二十四小时之内，不知客人何时入侵，主动在客，防不胜防。

　　在西洋所谓客者是很稀罕的东西。因为他们办公有办公的地点，娱乐有娱乐的场所，住家专做住家之用。我们的风俗稍微不同一些。办公打牌吃茶聊天都可以在人家的客厅里随时举行的。主人既不能在座位上遍置针毡，客人便常有如归之乐。从前官场习惯，有所谓端茶送客之说，主人觉得客人应该告退的时候，便举起盖碗请茶，那时节一位训练有素的豪仆在旁一眼瞥见，便大叫一声："送客！"另有人把门帘高高打起，客人除了告辞之外，别无他法。可惜这种经济时间的良好习俗，今已不复存在，而且这种办法也只限于官场，如果我在我的小小客厅之内端起茶碗，由荆妻稚子在旁嘤然一声"送客"，我想客人会要疑心我一家都发疯了。

客人久坐不去，驱襪至为不易。如果你枯坐不语，他也许发表长篇独白，像个垃圾口袋一样，一碰就泄出一大堆，也许一根一根的纸烟不断地吸着，静听挂钟嘀嗒嘀嗒地响。如果你暗示你有事要走，他也许表示愿意陪你一道走。如果你问他有无其他的事情见教，他也许干脆告诉你来此只为闲聊天。如果你表示正在为了什么事情忙，他会劝你多休息一下。如果你一遍一遍地给他斟茶，他也许就一碗一碗地喝下去而连声说"主人别客气"，乡间迷信，恶客盘踞不去时，家人可在门后置一扫帚，用针频频刺之，客人便会觉得有刺股之痛，坐立不安而去。此法有人曾经实验，据云无效。

"茶，泡茶，泡好茶；坐，请坐，请上座。"出家人犹如此势利，在家人更可想而知。但是为了常遭客灾的主人设想，茶与座二者常常因客而异，盖亦有说。夙好牛饮之客，自不便奉以"水仙""云雾"，而精研茶经之士，又断不肯尝试那"高末""茶砖"。茶卤加开水，浑浑满满一大盅，上面泛着白沫如啤酒；或漂着油彩如汽油，这固然令人恶心，但是如果名茶一盏，而客人并不欣赏，轻啜一口，盅缘上并不留下芬芳，留之无用，弃之可惜，这也是非常讨厌之事。所以客人常被分为若干流品，有能启用平素主人自己舍不得饮用的好茶者；有能享受主人自己日常享受的中上茶者；有能大量取用茶卤冲开水者，飨以“玻璃”者是为未入流。至于座处，自以直入主人的书房绣闼者为上宾，因为屋内零星物件必定甚多，而主人略无防闲之意，于亲密之中尚含有若干敬意，做客至此，毫无遗憾；次焉者廊前檐下随处接见，所谓班荆道故，了无痕迹；最下者则肃入客厅，屋内只有桌椅板凳，别无长物，主人着长袍而出，寒暄就座，主客均客气之至。在厨房后门伫立而谈者是为未入流。我想此种差别待遇，是无可如何之事，我不相信孟尝门客三千而待遇平等。

人是永远不知足的。无客时嫌岑寂，有客时嫌烦嚣，客走后扫地抹桌又另有一番冷落空虚之感，问题的症结全在于客的素质，如果素质好，则未来时想他来，既来了想他不走，既走想他再来；如果素质不好，未来时怕他来，既来了怕他不走，既走怕他再来。虽说物以类聚，但不速之客甚难预防。“夜半待客客不至，闲敲棋子落灯花”，那种境界我觉得最足令人低回。

送行

“黯然销魂者，唯别而已矣。”遥想古人送别，也是一种雅人深致。古时交通不便，一去不知多久，再见不知何年，所以南浦唱支骊歌，灞桥折条杨柳，甚至在阳关敬一杯酒，都有意味。李白的船刚要启旋，汪伦老远地在岸上踏歌而来，那幅情景真是历历如在目前。其妙处在于淳朴真挚，出之以潇洒自然。平素莫逆于心，临别难分难舍。如果平常我看着你面目可憎，你觉得我语言无味，一旦远离，那是最好不过，只恨世界太小，唯恐将来又要碰头，何必送行?

在现代人的生活里，送行是和拜寿送殡等一样地成为应酬的礼节之一。“揪着公鸡尾巴”起个大早，迷迷糊糊地赶到车站码头，挤在乱哄哄人群里面，找到你的对象，扯几句淡话，好容易耗到汽笛一叫，然后鸟兽散，吐一口轻松气，噘着大嘴回家。这叫作周到。在被送的那一方面，觉得热闹，人缘好，没白混，而且体面，有这么多人舍不得我走，斜眼看着旁边的没人送的旅客，相形之下，尤其容易起一种优越之感，不禁精神抖擞，恨不得对每一个送行的人要握八次手，道十回谢。死人出殡，都讲究要有多少亲友执绋，表示恋恋不舍，何况活人? 行色不可不壮。

悄然而行似是不大舒服，如果别的旅客在你身旁耀武扬威地与送行的话别，那会增加旅中的寂寞。这种情形，中外皆然。Max Beerbohm写过一篇《谈送行》，他说他在车站上遇见一位以演剧为业的老朋友在送一位女客，始而喁喁情话，俄而泪湿双颊，终乃汽笛一声，勉强抑止哽咽，向女郎频频挥手，目送良久而别。原来这位演员是在做戏，他并不认识那位女郎，他是属于"送行会"的一个职员，凡是旅客孤身在外而愿有人到站相送的，都可以到"送行会"去雇人来送。这位演员出身的人当然是送行的高手，他能放进感情，表演逼真。客人纳费无多，在精神上受惠不浅。尤其是美国旅客，用金钱在国外可以购买一切，如果"送行会"真的普遍设立起来，送行的人也不虞缺乏了。

送行既是人生中所不可少的一桩事，送行的技术也便不可不注意到。如果送行只限于到车站码头报到，握手而别，那么问题就简单，但是我们中国的一切礼节都把"吃"列为最重要的一个项目。一个朋友远别，生怕他饿着走，饯行是不可少的，恨不得把若干天的营养都一次囤积在他肚里。我想任何人都有这种经验，如有远行而消息外露（多半还是自己宣扬），他有理由期望着饯行的帖子纷至沓来，短期间家里可以不必开伙。还有些思虑更周到的人，把食物携在手上，送到车上船上，好像是你在半路上会要挨饿的样子。

我永远不能忘记最悲惨的一幕送行。一个严寒的冬夜，车站上并不热闹，客人和送客的人大都在车厢里取暖，但是在长得没有止境的月台上却有黑压压的一堆送行的人，有的围着斗篷，有的戴着风帽，有的脚尖在洋灰地上敲鼓似的乱动，我走近一看全是熟人，都是来送一位太太的。车快开了，不见她的踪影，原来在这一晚她还有几处饯行的宴会。在最后的一分钟，她来了。送行的人们觉得是在接一个人，不是在送一个人，一见她来到大家都表示喜欢，所有惜别之意都来不及表现了。她手上抱着一个孩子，吓得直哭。另一只手扯着一个孩子，连跑带拖，她的头发蓬松着，嘴里喷着热气像是冬天载重的骡子，她顾不得和送行的人周旋，三步两步地就跳上了车。这时候门已在蠕动。送行的人大部分都手里提着一点东西，无法交付，可巧我站在离车门最近的地方，大家把礼物都交给了我，"请您偏劳给送上去吧！"我好像是一个圣诞老人，抱着一大堆礼物，我一个箭步蹿上了车，我来不及致辞，把东西往她身上一扔，回头就走，从车上跳下来的时候，打了几个转才立定脚跟。事后我接到她一封信，她说：

　　那些送行的都是谁？你丢给我那一堆东西，到底是谁送的？我在车上整理了好半天，才把那堆东西聚拢起来打成一个大包袱。朋友们的盛情算是给我添了一件行李。我愿意知道哪一件东西是哪一位送的，你既是代表送上车的，你当然知道，盼速见告。

计开
　　水果三筐，泰康罐头四个，果露两瓶，蜜饯四盒，饼干四罐，豆腐乳四罐，蛋糕四盒，西点八盒，纸烟八听，信纸信封一匣，丝袜两双，香水一瓶，烟灰碟一套，小钟一具，酱菜四篓，绣花鞋一双，大面包四个，咖啡一听，小宝剑两把……

这问题我无法答复，至今是个悬案。
我不愿送人，亦不愿人送我。对于自己真正舍不得离开的人，离别的那一刹那像是开刀，凡是开刀的场合照例是应该先用麻醉剂，使病人在迷蒙中度过那场痛苦，所以离别的苦痛最好避免。一个朋友说："你走，我不送你；你来，无论多大风多大雨，我要去接你。"我最赏识那种心情。

"旁若无人"

在电影院里，我们大概都常遇到一种不愉快的经验。在你聚精会神地静坐着看电影的时候，会忽然觉得身下坐着的椅子颤动起来，动得很匀，不至于把你从座位里掀出去，动得很促，不至于把你颠摇入睡，颤动之快慢疾徐，恰好令你觉得他讨厌。大概是轻微地震吧？左右探察震源，忽然又不颤动了。在你刚收起心来继续看电影的时候，颤动又来了。如果下决心寻找震源，不久就可以发现，毛病大概是出在附近的一位先生的大腿上。他的足尖踏在前排椅撑上，绷足了劲，利用腿筋的弹性，很优游地在那里发抖。如果这拘挛性的动作是由于羊痫风一类的病症的暴发，我们要原谅他，但是不像，他嘴里并不吐白沫。看样子也不像是神经衰弱，他的动作是能收能发的，时作时歇，指挥如意。若说他是有意使前后左右两排座客不得安生，却也不然。全是陌生人无仇无恨，我们站在被害人的立场上看，这种变态行为只有一种解释，那便是他的意志过于集中，忘记旁边还有别人，换言之，便是"旁若无人"的态度。

"旁若无人"的精神表现在日常行为上者不只一端。例如欠伸，原是常事，"气乏则欠，体倦则伸"。但是在稠人广众之中，张开血盆巨口，做吃人状，把口里的獠牙显露出来，再加上伸胳臂伸腿如演太极，那样子就不免吓人。有人打哈欠还带音乐的，其声呜呜然，如吹号角，如鸣警报，如猿啼，如鹤唳，音容并茂，《礼记》："侍坐于君子，君子欠伸，撰杖屦，视日蚤莫，侍坐者请出矣。"是欠伸合于古礼，但亦以"君子"为限，平民岂可援引，对人伸胳臂张嘴，纵不吓人，至少令人觉得你是在逐客，或是表示你自己不能管制你自己的肢体。

邻居有叟，平常不大回家，每次归来必令我闻知。清晨有三声喷嚏，不只是清脆，而且洪亮，中气充沛，根据那声音之响我揣测必有异物入鼻，或是有人插入纸捻，那声音撞击在脸盆之上有金石声！随后是大排场的漱口，真是排山倒海，犹如骨鲠在喉，又似苍蝇下咽。再随后是三餐的饱嗝，一串串的嗝声，像是下水道不甚畅通的样子。可惜隔着墙没能看见他剔牙，否则那一份刮垢磨光的钻探工程，场面也不会太小。

这一切"旁若无人"的表演究竟是偶然突发事件，经常困扰人的乃是高声谈话。在喊救命的时候，声音当然不嫌其大，除非是脖子被人踩在脚底下，但是普通的谈话似乎可以令人听见为度，而无须一定要力竭声嘶地去振聋发聩。生理学家告诉我们，发音的器官是很复杂的，说话一分钟要有九百个动作，有一百块筋肉在弛张，但是大多数人似乎还嫌不足，恨不得嘴上再长一个扩大器。有个外国人疑心我们国人的耳鼓生得异样，那层膜许是特别厚，非扯着脖子喊不能听见，所以说话总是像打架。这批评有多少真理，我不知道。不过我们国人会嚷的本领，是谁也不能否认的。电影场里电灯初灭的时候，总有几声："哎哟，小三儿，你在哪儿哪？"在戏院里，演员像是演哑剧，大锣大鼓之声依稀可闻，主要的声音是观众鼎沸，令人感觉好像是置身蛙塘。在旅馆里，好像前后左右都是庙会，不到夜深休想安眠，安眠之后难免没有橡皮底的大皮靴，毫无惭愧地在你门前踱来踱去。天未大亮，又有各种市声前来侵扰。一个人大声说话，是本能；小声说话，是文明。以动物而论，狮吼、狼嗥、虎啸、驴鸣、犬吠，即是小如促织蚯蚓，声音都不算小，都不会像人似的有时候也会低声说话。大概文明程度愈高，说话愈不以声大见长。群居的习惯愈久，愈不容易存留"旁若无人"的幻觉。我们以农立国，乡间地旷人稀，畎亩阡陌之间，低声说一句"早安"是不济事的，必得扯长了脖子喊一声："你吃过饭啦？"可怪的是，在人烟稠密的所在，人的喉咙还是不能缩小。更可异的是，纸驴嗓、破锣嗓、喇叭嗓、公鸡嗓，并不被一般地认为是缺陷，而且麻衣相法还公然地说，声音洪亮者主贵！

叔本华有一段寓言：一群豪猪在一个寒冷的冬天挤在一起取暖；但是它们的刺毛开始互相击刺，于是不得不分散开。可是寒冷又把它们驱在一起，于是同样的事故又发生了。最后，经过几番的聚散，它们发现最好是彼此保持相当的距离。同样的，群居的需要使得人形的豪猪聚在一起，只是他们本性中带刺的令人不快的刺毛使得彼此厌恶。他们最后发现的使彼此可以相安的那个距离，便是那一套礼貌；凡违犯礼貌者便要受严词警告——用英语来说——请保持适当距离。用这方法，彼此取暖的需要只是相当的满足了；可是彼此可以不至互刺。自己有些暖气的人情愿走得远远的，既不刺人，又可不受人刺。

逃避不是办法。我们只是希望人形的豪猪时常地提醒自己：这世界上除了自己还有别人，人形的豪猪既不止我一个，最好是把自己的大大小小的刺毛收敛一下，不必像孔雀开屏似的把自己的刺毛都尽量地伸张。

幸灾乐祸

有人问"幸灾乐祸"一语，如何英译。英语中好像没有现成的字词可用，只好累赘一些译其大意。德文里有一个字，schaden-freud，似尚妥切，schaden，是灾祸，freud是乐，看到别人的灾祸而引以为乐。

"幸灾乐祸"一语出自《左传·僖公十四年》："背施无亲，幸灾不仁。"及庄公二十："歌舞不倦，是乐祸也。"原说的是国与国之间的关系，现在人与人之间也常使用这个成语，表示同情心之缺乏，甚至冷酷自私的态度。

其实，幸灾乐祸不一定是某个人品行上的缺点，实在是人性某方面的通性之一。人在内心上很少不幸灾乐祸的。有人明白地表示了出来，有人把它藏在心里，秘而不宣，有人很快地消除这种心理，进而表示出悲天悯人慷慨大方的态度。

最近报上有这样一段新闻：

……违建户大火，烈焰映红了半边天，也映出了两种截然不同的心态。

在火场邻近的屋顶上，挤满了人。左边的消防人员手拿送水带，卖力地想要将火尽速扑灭。一名队员还从屋顶上摔下来，幸而只受轻伤。

右边的一群人却"隔岸观火"，有几个还悠闲地蹲坐下来。别人的灾难竟被他们当成热闹好戏。

旁边附刊了照片，可惜模糊了一点，没有显示出那几位"悠闲地蹲坐下来"的先生们的面目。助桀为虐，照例有人看热闹，除非那一火起自或烧到你自己的家宅，那时候那一场热闹就只好留给别人看。不过我有一点疑问：假使离府上相当远的地方发生火警，不论是违章建筑还是高楼大厦，浓烟直冒，火舌四伸，消防队的救火车纷纷到来施救，居民忙着抢搬家私，现场一片混乱，这时节，你怎么办？当然你不会去趁火打劫。你也不会若无其事地闭门家中坐。你是否要提着一铅铁桶水前去帮着施救呢？你不会这样做，人家也不准你这样做，这样做只有越帮越忙，而且无济于事。遇到此等事，只好交给消防队去处理，闲杂人等请站开。站开了看是可以，爬到屋顶上看也可以，如果你不怕摔下来。千万不可站累了蹲下来坐着看，因为蹲坐表示"悠闲"，人家有灾难，你怎么可以悠闲看热闹？悠闲地看热闹便至少有隔岸观火之嫌。如果你心里想"这火势怎么这样小"，或"这场火怎么这样就扑灭了"，那你就是十足的幸灾乐祸了。

我看过几场大火。第一次是在民元，北京兵变火烧东安市场。市场离我家不远，隔一条大街，火势映红了半边天，那时候我还小，童子何知，躬逢巨劫。我当时只觉得恐怖，只觉得那么多好吃好玩的物资付之一炬，太可惜了。第二次看到大火是在重庆遭遇五四大轰炸，我逃难到海棠溪沙洲上，坐卧在沙滩上仰观重庆闹区火光冲天，还听得一阵阵爆竹响（因为房屋多为竹质），真格的是隔岸观火，心里充满了悲愤。又一次观火是在北碚的一个夏天，晚饭后照例搬出两张沙发放在门前平台上，啜茗乘凉。忽然看见对面半山腰上有房屋起火，先是一缕炊烟似的慢慢升起，俄而变成黑黑的一股烽燧狼烟，终乃演成焰焰大火。我坐下来，一面品茗，一面隔着一个山谷观火。非观不可，难道闭起眼睛非礼勿视？而且非悠闲不可，难道要顿足叹息，或是双手合十，口呼："善哉！善哉！"

　　有时候听说舟车飞机发生意外，多人殉亡，而自己阴差阳错偏偏临时因故改变行程，没有参加那一班要命的行旅，不免私下庆幸。这不是幸灾乐祸。对于那些在劫难逃的人，纵不恫伤，至少总有一些同情。对于自己的侥幸，当然大为高兴，但是这一团高兴并非建立在别人的痛苦之上。法国十七世纪的作家拉饶施福谷（La Rochefoucauld）的《箴言集》里有这样的一句名言："在我们的至交的灾难中，我们会发现一点点并不使我们不高兴的东西。"（"Dams I'adversite de nos meilleurs amis nous trouvons quelque chose, qui ne nous deplaist pas."）这一点点并不使我们不高兴的东西，就是我们才说到的那种侥幸心理吧？

　　灾难如果发生在我们的敌人头上，我们很难不幸灾乐祸。民国三十四年两颗原子弹投落在广岛、长崎，造成很大的伤害，当时饱尝日寇荼毒的我国民众几乎没有不欢欣鼓舞的，认为那是天公地道的膺惩。想想日军在南京的大屠杀，在珍珠港的偷袭，他们不该付出一点代价吗？此之谓自作孽，不可活。也许有人以为我们应该如曾子所说的"哀矜而勿喜"，可是那种修养是很难得的。

汽车

　　在大雨中，我在路边踉跄而行，路的泥泞，像一只大墨盒，坑洼处形成一片断续的小沼。忽闻汽车声，迎面而来，路上行人顿时起了骚动，纷纷地逃避，有的落荒而走，有的蹲在伞后做隐身于防御工事状，汽车过处，只听得訇然一声，泥浆四溅，腿脚慢一点的行人有的变成满脸花，有的浑身洒金，哭笑不得。这时候汽车里面坐着的士女懵然罔觉，怡然自若，士曰："雨景如绘。"女曰："凉意袭人。"风驰电掣而去，只留下受难的行人在那里怔愕、诅咒。我回想起法国大革命的前夕，巴黎贵族们的高轩驷马，在街上也是横行直撞，也是把水坑里的泥浆泼溅在行人身上，行人脸上也冒着怒火。

　　汽车是最明显的阶级标志之一。如果去拜访一位贵友或是场面较大的机关，而你是坐着汽车去的，到门无须下车敲门投刺那一套手续，只消汽车夫呜呜地揿两声喇叭，便像是《天方夜谭》里盗窟的魔术一般，两扇大门霍然而开，一个穿制服的阍人在门旁拱立，春风满面，一头不穿制服的獒犬在另一边立着，尾巴摇动，满面春风，汽车长驱直入，但如果你是人力车的乘客，甚而是安步当车者流，于按门铃之后要鹄立许久，然后大门上开一小洞，里面露出两只眼睛，向你上下扫射，用喝口令的腔调问你找谁，同时獒犬大吠，大门一扇略开小缝，阍者堵着门缝向你盘查，如果应对得体，也许放你进去，也许还要在门外鹄立，等他去报告他也不知是否在家的主人。在许多人的眼里，人分两种：一种是坐汽车的人；一种是没得汽车坐的人。至于汽车是怎样来的，租的、买的、公家的、接收的，也没有关系。汽车的样式也没有关系，四方矗耸的高轩也行，摇几十下才能开动的也行，水缸随时开锅冒热气的也行，只要是个能走动的汽车，就能保证车里面的人受到人的待遇。

从宴会出来也往往不能避免一幕悲剧，兴阑人散，主人送客，门口一大串的汽车一个个地把客人接走。这时节你若是无车阶级的便只好门前伫立，乘人不注意的时候拔步便溜，但是为顾全性命起见又不能不瞻前顾后地逡巡徘徊，好心肠的主人一眼瞥见，绝对不准你步行归家，你说想散步也不行，你说想踏月色也不行，非要仆人喊人力车不可，仆人跑到胡同口大喊："洋车！洋车！"声调凄绝，你和主人冷清清地立在门口，要说的话早已说完，该握的手早已握过，灯光惨淡，夜色阑珊，相对无言。有些更体贴的主人老早就替你安排，打听路线，求人顺便把你载回家去，这固然可以省却一番受窘，但是除了一饭之恩以外，又无端地加上了一回车送之恩！而且在车里你还不能咕嘟着嘴，须要强作欢颜，没话找话。

冯谖弹铗而歌，于食有鱼之后就叹出无车，颇有见地，不是无病呻吟。想冯谖当时，必定饱受无车之苦。

世间最艳羡汽车者，当无过于某一些个女人。浓妆淡抹之后，风摆荷叶，摇曳生姿，而犹能昂然阔步一去二三里者，实在少见，所以古宜乘以油壁香车，今宜乘以汽车。精雕细塑的造像，自然应该衬上红木架座。我知道许多女人把汽车设备列为择偶的基本条件之一，此种设备究能保持多久固不敢必，总以眼前具备此种条件为原则。汽车本身的便利自不消说，由汽车而附带发生的许多花样可以决定整个的生活方式。对于她们，婚姻减去汽车而还能相当美满是不可能的。为了汽车而牺牲其他的条件，也是值得的交易。汽车代表许多东西，优裕、娱乐、虚荣的满足，人们的青睐殷勤，都会随以俱来。至于婚姻的对方究竟是怎样的一块材料，那是次要的事，一个丈夫顶多重到二百磅，一辆汽车可以重到一吨，小疵大醇，轻重若判。

外国一位小说家新出一部作品，许多读者求他在作品上亲笔签署以为光宠，其中有一个读者不仅拿这一部新作品，而且把他过去的作品也都拿来请他签署，这个读者说他的妻子很喜欢他的作品，最近是她的生日，他想拿这一堆她所喜欢的作品作为生日礼物，小说家很是得意，欣然承诺之余，说："你想出其不意地给她一惊，是不是？""是的，她一定会大吃一惊，她原是希望生日那天能得一辆雪佛兰！"这是美国杂志上的一个小故事。在号称平均五人有一辆汽车的美国，也还有想得汽车而不可得的妻子，何况是在洋车、三轮车满街跑的国度里？

一队骆驼挂着铜铃，驮着煤袋，从城墙旁边由一个棉衣臃肿的乡下人牵着走过，那个侧影可以成为一幅很美妙的摄影题材，悬在外国人客厅里显着很朴雅可爱。外国人到中国来，喜欢坐人力车，跷起一条长腿拿着一根小杖敲着车夫的头指示他转弯，外国人喜欢看"骆驼祥子"，外国人喜欢给洋车夫照相。可是我们不愿保存这样的国粹，我们也要汽车载货，我们也要汽车代步。我们不要老牛破车，我们要舒适速度，汽车应该成为日用品。可是有一样，如果汽车几十年内还不能成为大众的日用品，只是给少数人利用享受，作为大众诅咒的对象，这时节汽车便是有一点"不合国情"。

穷

　　人生下来就是穷的，除了带来一口奶之外，赤条条的，一无所有，谁手里也没有握着两个钱。再稍稍长大一点，阶级渐渐显露，有的是金枝玉叶，有的是"杂和面口袋"。但是就大体而论，还是泥巴里打滚袖口上抹鼻涕的居多。儿童玩具本是少得可怜，而大概其中总还免不了一具"扑满"，瓦做的，像是陶器时代的出品，大的小的挂绿釉的都有，间或也有形如保险箱，有铁制的，这种玩具的用意就是警告孩子们，有钱要积蓄起来，免得在饥荒的时候受穷，穷的阴影在这时候就已罩住了我们！好容易过年赚来几块压岁钱，都被骗弄丢在里面了，丢进去就后悔，想从缝里倒出是万难，用小刀拨也是枉然。积蓄是稍微有一点，穷还是穷。而且事实证明，凡是积在扑满里的钱，除了自己早早下手摔破的以外，大概后来就不知怎样就没有了，很少能在日后发生什么救苦救难的功效。等到再稍稍长大一点，用钱的欲望更大，看见什么都要流涎，手里偏偏是空空如也，那时候真想来一个十月革命。就是富家子也是一样，尽管是绮襦纨裤，他还是恨继承开始太晚。这时候他最感觉穷，虽然他还没认识穷。人在成年之后，开始面对着糊口问题，不但糊自己的口，还要糊附属人员的口，如果脸皮欠厚心地欠薄，再加上祖上是"忠厚传家诗书继世"的话，他这一生就休想能离开穷的掌握，人的一生，就是和穷挣扎的历史。和穷挣扎的一生，无论胜利或失败，都是惨。能不和穷挣扎，或于挣扎之余还有点闲工夫做些别的事，那人是有福了。

所谓穷，也是比较而言。有人天天喊穷，不是今天透支，就是明天举债，数目大得都惊人，然后指着身上衣服的一块补丁或是皮鞋上的一条小小裂缝作为他穷的铁证。这是寓阔于穷，文章中的反衬法。也有人量入为出，温饱无虞，可是又担心他的孩子将来自费留学的经费没有着落，于是于自我麻醉中陷入于穷的心理状态。若是西装裤的后方越磨越薄，由薄而破，由破而织，由织而补上一大块布，细针密缝，老远地看上去像是一个圆圆的箭靶（说也奇怪，人穷是先从裤子破起！），那么，这个人可是真有些近于穷了。但是也不然，穷无止境。"大雪纷纷落，我住柴火垛，看你们穷人怎么过！"穷人眼里还有更穷的人。

　　穷也有好处。在优裕环境里生活着的人，外加的装饰与铺排太多，可以把他的本来面目掩没无遗，不但别人认不清他真的面目，往往对他发生误会（多半往好的方面误会），就是自己也容易忘记自己是谁。穷人则不然，他的褴褛的衣裳等于是开着许多窗户，可以令人窥见他的内容，他的荜门蓬户，尽管是穷气冒三尺，却容易令人发现里面有一个人。人越穷，越靠他本身的成色，其中毫无夹带藏掖。人穷还可落个清闲，既少"车马驻江干"，更不会有人来求谋事，讣闻请柬都不会常常上门，他的时间是他自己的。穷人的心是赤裸的，和别的穷人之间没有隔阂，所以穷人才最慷慨。金锗囊中所余无钱，买房置地都不够，反正是吃不饱饿不死，落得来个爽快，求片刻的快意，此之谓"穷大手"。我们看见过富家弟兄析产的时候把一张八仙桌子劈开成两半，不曾看见两个穷人抢食半盂残羹剩饭。

　　穷时受人白眼是件常事，狗不也是专爱对着鹑衣百结的人汪汪吗？人穷则颈易缩，肩易耸，头易垂，须发许是特别长得快，擦着墙边逡巡而过，不是贼也像是贼，以这种姿态出现，到处受窘。所以人穷则往往自然地有一种抵抗力出现，是名曰：酸。穷一经酸化，便不复是怕见人的东西。别看我衣履不整，我本来不以衣履见长！人和衣服架子本来是应该有分别的。别看我囊中羞涩，我有所不取；别看我落魄无聊，我有所不为，这样一想，一股浩然之气火辣辣地从丹田升起，腰板自然挺直，胸膛自然凸出，徘徊啸傲，无往不利。在别人的眼里，他是一块茅厕砖——臭而且硬，可是，人穷而不志短者以此，布衣之士而可以傲王侯者亦以此，所以穷酸亦不可厚非，他不得不如此，穷若没有酸支持着，它不能持久。

扬雄有逐贫之赋，韩愈有送穷之文，理直气壮地要与贫穷绝缘，反倒被穷鬼说服，改容谢过肃之上座，这也是酸极一种变化。贫而能逐，穷而能送，何乐而不为？逐也逐不掉，送也送不走，只好硬着头皮甘与穷鬼为伍。穷不是罪过，但也究竟不是美德，值不得夸耀，更不足以傲人。典型的穷人该是颜回，一箪食，一瓢饮，在陋巷，不改其乐。不改其乐当然是很好，箪食瓢饮究竟不大好，营养不足，所以颜回活到三十二岁短命死矣。孔子所说："饭疏食饮水，曲肱而枕之，乐亦在其中矣。"譬喻则可，当真如此就嫌其不大卫生。

同学

　　同学，和同乡不同。只要是同一乡里的人，便有乡谊。同学则一定要有同窗共砚的经验。在一起读书，在一起淘气，在一起挨打，才能建立起一种亲切的交情，尤其是日后回忆起来，别有一番情趣。纵不曰十年窗下，至少三五年的聚首总是有的。从前书房狭小，需要大家挤在一个窗前，窗间也许着一鸡笼，所以书房又名曰鸡窗。至于邦硬死沉的砚台，大家共用一个，自然经济合理。

　　自有学校以来，情形不一样了。动辄几十人一班，百多人一级，一批一批地毕业，像是蒸锅铺的馒头，一屉一屉地发信出去。他们是一个学校的毕业生，毕业的时间可能相差几十年。祖父和他的儿孙可能是同学校毕业，但是不便称为同学。彼此相差个十年八年的，在同一学校里根本没有碰过头的人，只好勉强解嘲自称为先后同学了。

　　小时候的同学，几十年后还能知其下落的恐怕不多。我小学同班的同学二十余人，现在记得姓名的不过四五人。其中年龄较长身材最高的一位，我永远不能忘记，他脑后半长的头发用红头绳紧密扎起的小辫子，在脑后挺然翘起，像是一根小红萝卜。他善吹喇叭，毕业后投步军统领门当兵，在"堆子"前面站岗，挂着上刺刀的步枪，蛮神气的。有一位满脸疙瘩噜苏，大家送他一个绰号"小炸丸子"，人缘不好，偏爱惹事，有一天犯了众怒，几个人把他抬上讲台，按住了手脚，扯开他的裤带，每个人在他裤裆里吐一口唾液！我目睹这惊人的暴行，难过很久。又有一位好奇心强，见了什么东西都喜欢动手，有一天迟到，见了老师为实验冷缩热胀的原理刚烧过的一只铁球，过去一把抓起，大叫一声，手掌烫出一片的溜浆大泡。功课最好写字最工的一位，规行矩步，主任老师最赏识他，毕业后，于某大书店分行由学徒做到经理。再有一位由办事员做到某部司长。此外则人海茫茫，我就都不知其所终了。

有人成年之后怕看到小时候的同学，因为他可能看见过你一脖子泥、鼻涕过河往袖子上抹的那副脏相，他也许看见过你被罚站、打手板的那副窘相。他知道你最怕人知道你的乳名，不是"大和尚"就是'二秃子'，不是"栓子"就是"大柱子"，他会冷不防地在大庭广众之中猛喊你的乳名，使你脸红。不过我觉得这也没有什么不好，小时候嬉嬉闹闹，天真率直，那一段纯稚的光景已一去而不可复得，如果长大之后还能邂逅一两个总角之交，勾起童时的回忆，不也快慰生平吗？

我进了中学便住校，一住八年。同学之中有不少很要好的，友谊保持数十年不坠，也有因故翻了脸掐过脖子的。大多数只是在我心中留下一个面貌謦欬的影子，我那一级同学有八九十人，经过八年时间的淘汰过滤，毕业时仅得六七十人，而我现在记得姓名的约六十人。其中有早夭的，有因为一时糊涂顺手牵羊而被开除的，也有不知什么缘故忽然辍学的，而这剩下的一批，毕业之后多年来天各一方，大概是"动如参与商"了。我三十八年来台湾，数同级的同学得十余人，我们还不时地杯酒联欢，恰满一桌。席间，无所不谈。谈起有一位绰号"烧饼"，因为他的头扁而圆，取其形似。在体育馆中他翻双杠不慎跌落，旁边就有人高呼："留神芝麻掉了！"烧饼早已不在，不死于抗战时，而死于胜利之日；不死于敌人之手，而死于同胞之刀，谈起来大家无不唏嘘。又谈起一位绰号"臭豆腐"，只因他上作文课，卷子上涂抹之处太多，东一团西一块的尽是墨猪，老师看了一皱眉头说："你写的是什么字，漆黑一块块的，像臭豆腐似的！"哄堂大笑（北方的臭豆腐是黑色的，方方的小块），于是臭豆腐的绰号不胫而走。如今大家都做了祖父，这样的称呼不雅，同人公议，摘除其中的一个臭字，简称他为豆腐，直到如今。还有一位绰号叫"火车头"，因为他性偏急，出语如连珠炮，气咻咻，唾沫飞溅，做事横冲直撞，勇猛向前，所以赢得这样的一个绰号，抗战期间不幸死于日寇之手。我们在台的十几个同学，轮流做东，宴会了十几次，以后便一个个地凋谢，溃不成军，凑不起一桌了。

同学们一出校门，便各奔前程。因为修习的科目不同，活动的范围自异。风云际会，拖青纤紫者有之；踵武陶朱，腰缠万贯者有之；有一技之长，出人头地者有之；而座拥皋比，以至于吃不饱饿不死者亦有之。在校的时候，品学俱佳，头角峥嵘，以后未必有成就。所谓"小时了了，大未必佳"，确是不刊之论。不过一向为人卑鄙投机取巧之辈，以后无论如何翻云覆雨，也逃不过老同学的法眼。所以有些人回避老同学唯恐不及。

杜工部漂泊西南的时候，叹老嗟贫，咏出"同学少年多不贱，五陵衣马自轻肥"的句子。那个"自"字好令人惨然！好像是衮衮诸公衣马轻肥，就是不管他"一家都在秋风里"。其实同学少年这一段交谊不攀也罢。"衣敝缊袍，与衣狐貉者立"，纵然不以为耻，可是免不了要看人的嘴脸。

大学教授

有许多人，把所有的大学教授都看得很重，以为他们在品行上都是很清高的，在学问上更不消说。只要认清"博士""硕士"的招牌，便不致误。其实这是误会。由这种误会还许产生出许多失望和悲剧。

大学教授是一种职业，比较的还算是赚钱的职业。要说干这种生意，也不容易。从小的时候，父母就要下本钱，由买石板粉笔以至于出洋旅费，纵然不致倾家荡产，也要元气大伤。学成之后，应该不难于立身扬名以显父母，设若遭逢非时，沦为大学教授，总算是屈尊俯就，很委屈了。

一般的人若是生来没有什么大毛病，谁愿意坐冷板凳？但是"得天下之英才，而教育之，一乐也"！而天下之英才往往不在一个学校，所以身为大学教授者，也就往往身兼数校教授，多多益善，这完全是热心服务，薪金多寡，倒是一件小事。以现代人的眼光论，谁要是一辈子做大学教授，谁就是没出息！他们以为大学教授本是升官发财的路上的驻足之所。所以肯长进的人，等到有官可做，有财可发的时候，区区教授，便视如敝屣了。

若有思想迂腐的人说："先生，你这不是误人子弟吗？"他将回答说："是的，是的，不过当初人家也是照样误我来的，否则我也不来做教授了！"

乞丐

在我住的这一个古老的城里，乞丐这一种光荣的职业似乎也式微了。从前街头巷尾总点缀着一群三分像人七分像鬼的家伙，缩头缩脑地挤在人家房檐底下晒太阳，捉虱子，打瞌睡，啜冷粥，偶尔也有些个能挺起腰板，露出笑容，老远地就打躬请安，满嘴的吉祥话，追着洋车能跑上一里半里，喘得像只风箱。还有些扯着哑嗓穿行街巷大声地哀号，像是担贩的吆喝。这些人现在都到哪里去了？

据说，残羹剩饭的来源现在不甚畅了，大概是剩下来的鸡毛蒜皮和一些汤汤水水的东西都被留着自己度命了，家里的一个大坑还填不满，怎能把余沥去滋润别人！一个人单靠喝西北风是维持不了多久的。追车乞讨吗？车子都渐渐现代化，在沥青路上风驰电掣，飞毛腿也追不上。汽车停住，砰的一声，只见一套新衣服走了出来，若是一个乞丐赶上前去，伸出胳臂，手心朝上，他能得到什么？给他一张大票，他找得开吗？沿街托钵，呼天抢地也没有用。人都穷了，心都硬了，耳都聋了。偌大的城市已经养不起这种近于奢侈的职业。不过，乞丐尚未绝种，在靠近城市的大垃圾山上，还有不少同志在那里发掘宝藏，埋头苦干，手脚并用，一片喧阗。他们并不扰乱治安，也不侵犯产权，但是，说老实话，这群乞丐，无益税收，有碍市容，所以难免不像捕捉野犬那样地被提了去。饿死的饿死，老成凋谢，继起无人，于是乞丐一业逐渐衰微。

在乞丐的艺术还很发达的时候，有一个乞讨的妇人给我很深的

164

印象。她的巡回的区域是在我们学校左边。她很知道争取青年，专以学生为对象。她看见一个学生远远地过来，她便在路旁立定，等到走近，便大喊一声"敬礼"，举手、注视、一切如仪。她不喊"爷爷""奶奶"，她喊"校长"，她大概知道新的升官图上的晋升的层次。随后是她的申诉，其中主要的一点是她的一个老母，年纪是八十。她继续乞讨了五六年，老母还是八十。她很机警，她追随几步之后，若是觉得话不投机，她的申诉便戛然而止，不像某些文章那样啰唆。她若是得到一个铜板，她的申诉也戛然而止，像是先生听到下课铃声一般。这个人如果还活着，我相信她一定能编出更合时代潮流的一套新词。

我说乞丐是一种光荣的职业，并不含有鼓励懒惰的意思。乞丐并不是不劳而获的人，你看他晒得黧黑干瘦，跑得上气不接下气，何曾安逸。而且他取不伤廉，勉强维持他的灵魂与肉体不至涣散而已。他的乞食的手段不外两种：一种是引人怜，一是讨人厌。他满口"祖宗""奶奶"地乱叫，听者一旦发生错觉，自己的孝子贤孙居然沦落到这地步，恻隐之心就会油然而起。他若是背有瞎眼的老妈在你背后亦步亦趋，或是把畸形的腿露出来给你看，或是带着一窝的孩子环绕着你叫唤，或是在一块硬砖上稽颡在额上撞出一个大包，或是用一根草棍支着那有眼无珠的眼皮，或是像一个"人彘"似的就地擦着，或者申说遭遇，比"舍弟江南死，家兄塞北亡"还要来得凄怆，那么你那磨得邦硬的心肠也许要露出一丝的怜悯。怜悯不能动人，他还有一套讨厌的办法。他满脸的鼻涕眼泪，你越厌烦，他挨得越近，看看随时都会贴上去的样子，这时你便会情愿出钱打发他走开，像捐款做一桩卫生事业一般。不管是引人怜或是讨人厌，不过只是略施狡狯，无伤大雅。他不会伤人，他不会犯法；从没有一个人想伤害一个乞丐，他的那一把骨头，不足以当尊臂，从没有一种法律要惩治乞丐，乞丐不肯触犯任何法律所以才成为乞丐。乞丐对社会无益，至少也是并无大害，顶多是有一点有碍观瞻，如有外人参观，稍稍避一下也就罢了。有人认为乞丐是社会的寄生虫，话并不错，不过在寄生虫这一门里，白胖的多得是，一时怕数不到他吧？

　　从没有听说过什么人与乞丐为友，因而亦流于乞丐。乞丐永远是被认为现世报的活标本。他的存在饶有教育意义。无论交友多么滥的人，交不到乞丐，乞丐自成为一个阶级，真正的"无产"阶级（除了那只砂锅），乞丐是人群外的一种人。他的生活之最优越处是自由；鹑衣百结，无拘无束，街头流浪，无签到请假之烦，只求免于冻馁，富贵于我如浮云。所以俗语说："三年要饭，给知县都不干。"乞丐也有他的穷乐。我曾想象一群乞丐享用一只"花子鸡"的景况，我相信那必是一种极纯洁的快乐。Charles Lamb对于乞丐有这样的赞颂：

　　　　褴褛的衣衫，是贫穷的罪过，却是乞丐的袍褂，他的职业的优美的标志，他的财产，他的礼服，他公然出现于公共场所的服装。他永远不会过时，永远不追在时髦后面。他无须穿着宫廷的丧服。他什么颜色都穿，什么也不怕。他的服装比桂格教派的人经过的变化还少。他是宇宙间唯一可以不拘外表的人。世间的变化与他无干。只有他屹然不动。股票与地产的价格不影响他。农业的或商业的繁荣也与他无涉，最多不过是给他换一批施主。他不必担心有人找他作保。没有人肯过问他的宗教或政治倾向。他是世界上唯一的自由人。

话虽如此，不到山穷水尽谁也不肯做这样的自由人。只有一向做神仙的，如李铁拐和济公之类，游戏人间的时候，才肯短期地化身为一个乞丐。

诗人

　　有人说："在历史里一个诗人似乎是神圣的，但是一个诗人在隔壁便是个笑话。"这话不错。看看古代诗人画像，一个个的都是宽衣博带，飘飘欲仙，好像不食人间烟火的样子。《辋川图》里的人物，弈棋饮酒，投壶流筋，一个个的都是儒冠羽衣，意态萧然，我们只觉得摩诘当年，千古风流，而他在苦吟时堕入醋瓮里的那副尴尬相，并没有人给他写画流传。我们凭吊浣花溪畔的工部草堂，遥想杜陵野老典衣易酒卜居茅茨之状，吟哦沧浪，主管风骚，而他在来阳狂啖牛炙白酒胀饫而死的景象，却不雅观。我们对于死人，照例是隐恶扬善，何况是古代诗人，篇章遗传，好像是痰唾珠玑，纵然有些小小乖僻，自当加以美化，更可资为谈助。王摩诘堕入醋瓮，是他自己的醋瓮，不是我们家的水缸，杜工部旅中困顿，累的是来阳知县，不是向我家叨扰。一般人读诗，犹如观剧，只是在前台欣赏，并无须侧身后台打听优伶身世，即使刺听得多少奇闻逸事，也只合作为梨园掌故而已。

　　假如一个诗人住在隔壁，便不同了。虽然几乎家家门口都写着"诗书继世长"，懂得诗的人并不多。如果我是一个名利中人，而隔壁住着一个诗人，他的大作永远不会给我看，我看了也必以为不值一文钱，他会给我以白眼，我看他一定也不顺眼。诗人没有常光顾理发店的，他的头发做飞蓬状，做狮子狗状，做艺术家状。他如果是穿中装的，一定像是算命瞎子，两脚泥；他如果是穿西装的，一定像卖毛毯子的白俄，一身灰；他游手好闲；他白昼做梦；他无病呻吟；他有时

168

深居简出，闭门谢客；他有时终年流浪，到处为家；他哭笑无常；他饮食无度；他有时贫无立锥；他有时挥金似土；如果是个女诗人，她口里可以衔支大雪茄；如果是男的，他向各形各色的女人去膜拜；他喜欢烟、酒、小孩、花草、小动物——他看见一只老鼠可以作一首诗；他在胸口上摸出一只虱子也会作成一首诗。他的生活习惯有许多与人不同的地方。有一个人告诉我，他曾和一个诗人比邻，有一次同出远游，诗人未带牙刷，据云留在家里为太太使用，问之曰："你们原来共用一把吗？"诗人大惊曰："难道你们是各用一把吗？"

诗人住在隔壁，是个怪物，走在街上尤易引起误会。勃朗宁有一首诗《当代人对诗人的观感》，描写一个西班牙的诗人性好观察社会人生，以致被人误认为是一个特务，这是何等的讥讽！他穿的是一身破旧的黑衣服，手杖敲着地，后面跟着一条秃瞎老狗，看着鞋匠修理皮鞋，看人切柠檬片放在饮料里，看焙咖啡的火盆，用半只眼睛看书摊，谁虐打牲畜谁咒骂女人都逃不了他的注意——所以他大概是个特务，把观察所得呈报国王。看他那个模样儿，上了点年纪，那两道眉毛，亏他的眼睛在下面住着！鼻子的形状和颜色都像鹰爪。某甲遇难，某乙失踪，某丙得到他的情妇——还不都是他干下的事？他费这样大的心机，也不知得多少报酬。大家都说他回家用晚膳的时候，灯火辉煌，墙上挂着四张名画，二十名裸体女人给他捧盘换盏。其实，这可怜的人过的乃是另一种生活，他就住在芒桥边第三家，新油刷的一幢房子，全街的人都可以看见他交叉着腿，把脚放在狗背上，和他的女仆在打纸牌，吃的是酪饼水果，十点钟就上床睡了。他死的时候还穿着那件破大衣，没膝的泥，吃的是面包壳，脏得像一条熏鱼！

这位西班牙的诗人还算是幸运的，被人当作特务，在另一个国度里，这样一个形迹可疑的诗人可能成为特务的对象。

变戏法的总要念几句咒，故弄玄虚，增加他的神秘，诗人也不免几分江湖气，不是谪仙，就是鬼才，再不就是梦笔生花，总有几分阴阳怪气。外国诗人更厉害，作诗时能直接地祷求神助，好像是仙灵附体的样子。

一颗沙里看出一个世界，
一朵野花里看出一个天堂，
把无限抓在你的手掌里，
把永恒放进一刹那的时光。

若是没有一点慧根的人，能说出这样的鬼话吗？你不懂？你是蠢材！你说你懂，你便可跻身于风雅之林，你究竟懂不懂，天知道。

大概每个人都曾经有过做诗人的一段经验。在"怨黄莺儿作对，怪粉蝶儿成双"的时节，看花谢也心惊，听猫叫也难过，诗就会来了，如枝头舒叶那么自然。但是入世稍深，渐渐煎熬成为一颗"煮硬了的蛋"，散文从门口进来，诗从窗户出去了。"嘴唇在不能亲吻的时候才肯唱歌"。一个人如果达到相当年龄，还不失赤子之心，经风吹雨打，方寸间还能诗意盎然，他是得天独厚，他是诗人。

诗不能卖钱。一首新诗，如捻断数根须即能脱稿，那成本还是轻的，怕的是像牡蛎肚里的一颗明珠，那本是一块病，经过多久的滋润涵养才能磨炼孕育成功，写出来到哪里去找顾主？诗不能给富人客厅里摆设做装潢，诗不能给广大的读者以娱乐。富人要的是字画珍玩，大众要的是小说戏剧。诗，短短一橛，充篇幅都不中用。诗是这样无用的东西，所以以诗为业的诗人，如住在你的隔壁，自然是个笑话。将来在历史上能否就成为神圣，也很渺茫。

医生

　　医生是一种神圣的职业，因为他能解除人的痛苦，着手成春。有一个人，有点老毛病，常常发作，闹得死去活来，只要一听说延医，病就先去了八分，等到医生来到，霍然而愈，试脉搏听心跳完全正常，医生只好愕然而退，延医的人真希望病人的痛苦稍延长些时。这是未着手就已成春的一例，可是医生一不小心，或是虽已小心而仍然错误，他随时也有机会减短人的寿命。据说庸医的药方可以辟鬼，比钟馗的像还灵，胆小的夜行人举着一张药方就可以通行无阻，因为鬼中有不少生前吃过那样药方的亏的，死后还是望而生畏。医生以济世活人为职志，事实上是掌握着生杀的大权的。

　　说也奇怪，在舞台上医生大概总是由丑角扮演的。看过《老黄请医》的人总还记得那个医生的脸上是涂着一块粉的。在外国也是一样，在莫里哀或是拉毕施的笔下，医生也是令人啼笑皆非的人物。为什么医生这样的不受人尊敬呢？我常常纳闷。

　　大概人在健康的时候，总把医药看作不祥之物，就是有点头昏脑热，也并不慌，保国粹者喝午时茶，通洋务者服阿司匹林，然后蒙头大睡，一汗而愈。谁也不愿常和医生交买卖。一旦病势转剧，伏枕哀鸣，深为造物小儿所苦，这时候就不能再忘记医生了。记得小时候家里延医，大驾一到，家人真是倒屣相迎，请人上座，奉茶献烟，环列伺候，毕恭毕敬，医生高踞上座并不谦让，吸过几十筒水烟，品过几盏茶，谈过了天气，叙过了家常，抱怨过了病家之多，此后才能开始他那一套望闻问切君臣佐使。再倒茶，再装烟，再扯几句淡话（这时节可别忘了偷偷地把"马钱"送交给车夫），然后恭送如仪。我觉得那威风不小。可是奉若神明也只限于这一短短的时期，一俟病人霍然，医生也就被丢在一旁。至于登报鸣谢悬牌挂匾的事，我总怀疑究竟是何方主使，我想事前总有一个协定。有一个病人住医院，一只脚已经伸进了棺木，在病人看来这是一件至关重要的事，在医生看来这是常见的事，老实说医生心里也是很着急的，他不能露出着急的样子，病人的着急是不能隐藏的，于是许愿说如果病廖要捐赠医院若干若干，等到病愈出院早把愿心抛到九霄云外，医生追问他时，他说："我真说过这样的话吗？你看，我当时病得多厉害！"大概病人对医生没有多少好感，不病时以医生为不祥，既病则不能不委曲逢迎他，病好了，就把他一脚踢开，人是这样忘恩负义的一种动物，有几个人能像Androclus遇见的那只狮子？所以医生以丑角的姿态在舞台上出现，正好替观众发泄那平时不便表示的积愤。

可是医生那一方面也有许多别扭的地方。他若是登广告，和颜悦色地招徕主顾，立刻有人要挖苦他："你们要找庸医嘛，打开报纸一看便是。"所以他被迫采取一种防御姿势，要相当的傲岸。尽管门口鬼多人少，也得做出忙的样子。请他去看病，他不能去得太早，要等你三催六请，像大旱后之云霓一般而出现。没法子，忙。你若是登门求治，挂号的号码总是第九十几号，虽然不至于拉上自己的太太小姐，坐在候诊室里来壮声势，总得摆出一种排场，令你觉得他忙，忙得不能和你多说一句话。好像是算命先生如果要细批流年须要卦金另议一般。不过也不能一概而论，医生也有健谈的，病人尽管愁眉苦脸，他能谈笑风生。我还知道一些工于应酬的医生，在行医之前，先实行一套相法，把病人的身份打量一番，对什么样的人说什么样的话。明明是西医，他对一位老太婆也会说一套阴阳五行的伤寒论，对于愿留全尸的人他不坚持打针，对于怕伤元气的人他不用泻药。明明地不知病原所在，他也得撰出一篇相当的脉案的说明，不能说不知道，"你不知道就是你没有本事"，说错了病原总比说不出病原令出诊费的人觉得不冤枉些。大概发烧即是火，咳嗽就是风寒，有痰就是肺热，腰疼即是肾亏，大致总没有错。摸不清病原也要下药，医生不开方就不是医生，好在符箓一般的药方也不容易被病人辨认出来。因为这种种情形的逼迫，医生不能不有一本生意经。

生意经最精的是兼营药业，诊所附设药房，开了方子立刻配药，几十个瓶子配来配去变化无穷，最大的成本是那盛药水的小瓶，收费言无二价。出诊的医生随身带着百宝箱，灵丹妙药一应俱全，更方便，连药剂师都自兼了。

天下是有不讲理的人，"医生治病不治命"，但是打医生摘匾的事却也常有。所以话要说在前头，芝麻大的病也要说得如火如荼不可轻视，病好了是他的功劳，病死了怪不得人。如果真的疑难大症撞上门来，第一步先得说明来治太晚，第二步要模棱地说如果不生变化可保无虞，第三步是姑投以某某药剂以观后果，第四步是敬谢不敏另请高明，或是更漂亮地给介绍到某某医院，其诀曰"推"。

我并不责难医生。我觉得医生里面固然庸医不少，可是病人里面浑虫也很多。有什么样子的病人就有什么样的医生，天造地设。

174

警 察

我从小对警察有好感。

北平之有警察，大概是庚子以后的事。维持地方治安的机构本是步军统领衙门。所谓步军统领，又称九门提督，是前清官名，负保卫治安肃清辇毂的重责，一向都是由满洲亲信大臣兼任，所统率的士兵也是以满洲子弟为主体。在我二十岁左右的时候，步军在大街上隔不远的地方犹有三间一栋的小房，为驻扎之所，名为"堆子"。堆子前面照例有兵站岗。我的小学同学之属于旗籍的就颇有几位在小学毕业之后投效步军。我看着他们穿着褪色的皱褶的灰色制服，挂着上了刺刀的步枪，足踏各式各样的破布鞋，在"堆子"前面停立，还蛮神气的呢。

警察代兴之后，步军仍然苟延残喘于一时，清室既屋，步兵已无拱卫辇毂的责任，更没有综理民事的能力。当初京师有"巡捕营"，掌管橄巡地方诘禁奸究之事，在乾隆年间设有五营之多，在步军统领统率之下，日久废弛，形同虚设。到了清季，巡警总厅正式设立，民初改称警察厅。警察一向以北平为中心，巡警总厅于各省设有巡警道。警察厅办理警政为全国模范。北平很久以来沿称警察为巡警。

北京市井谑称巡警为"臭脚巡"，大概是因为他们终日在街上巡查，以致两脚发臭之故。我对于他们很有同情。他们的待遇太低，仅足糊口。我想其中不少是啃窝头的。有一阵子，我的右邻是左二区的警察分局，只隔一道墙，什么声音都听得见。星期日午间常有呼噜呼噜之声自墙外传来，间以咔嚓咔嚓之声，欢呼笑语不绝。细辨之，是警察先生们吃炸酱面，呼噜声是吸面条，咔嚓声是咬蒜瓣，大概是打牙祭。听他们的欢笑，我也分享他们的快乐。他们的两套制服，夏季黄的，冬季黑的，永远是洗得褪了色，皱皱巴巴的。看那份褴褛样子，怎能让人起敬？但是我们不可小觑他们。北平的警察几乎个个彬彬有礼，而且能言善道，民众发生纠纷，他们权充和事佬，时常真能排难解纷息事宁人。警察在一定的区域服务，一干就是多少年。没听说什么不时轮调之说，所以警察和当地人民相处相当融洽。很少看到他们身怀武器，不过他们身上少不了一根白绳，像童子军身上的白绳，他们名之曰法绳，是系犯人用的。我没见过手铐，我看见过警察用一根白绳系起一串犯人，像童子牵着一串骆驼似的，牵着他们在街上行走。

上海的印度阿三、安南巡捕，给我另一种印象，前者像凶神，后者像小鬼，最好离他们远远的。安南巡捕最可恶，他们专门欺侮平民小贩。他们腰间经常挂着一个利器，两根小木棒，连着一条铁链子，我先还不知道这刑具如何使用。有一天看到一个安南巡捕在菜场门前抓住一个违规卖菜的乡下人，他把铁链绕在那人的腕上，然后把那两根木棒旋扭起来，铁链登时陷入肉里，只见那乡下人痛得在地上打滚，呼天抢地。安南巡捕固然穷凶极恶，捕房里的法国警官也不是东西，里面设有行刑的专室，我在善钟路捕房亲眼看到，一个警官用手枪抵住一个犯人，另一警官就像在沙袋前练拳一样，两拳齐施，直打得犯人鼻青脸肿，然后像拖死猪一样往铁笼里一丢，听候审判。这一顿揍，只能算是杀威。老虎可怕，伥也可恨。这是租界，有什么说的？

台湾的警察，我觉得很值得称赞。警察是维护法律秩序的。他们至少在外表形象上魁梧健壮，才能给人好的印象。纽约的警察号称"纽约人的精华"（New York Best），因为他们经过精挑细选，各个高大俊美。美国其他城市的警察无不皆然。他们的服装也好，永远是笔挺整洁。身上带的零件也多。但是警察驾车出外巡逻，停在路边，立刻就有小孩子围拢起来，摸摸他的警徽，摸摸他的手枪，他有时还会和他们讲个小故事。我问过好几个小孩子："你们长大了想做什么？"他们异口同声地说："做警察。"在他们心目中，警察是英雄，代表好人（good guy）打击坏人（bad guy）。我们台湾的警察，外形也很不错，还没有到和儿童打成一片的程度，但是也很受尊敬。

　　我说台湾的警察好，是因为我和他们有过较密切的接触。有一年，一个独行盗入寒家。在持枪威胁之下劫去少许财物。损失不大，惊吓不小。家人及时报警，警至而盗已远扬。盗曾扬言如果报警必来报复，所以心里不无惴惴。四五位警察在我家里保护我。我给他们泡一壶茶，拿一包烟，送上一副跳棋，这就是全部的招待。到了九点，他们叫我睡觉。十点，电话来，赃已在一个当铺找到。十二点，电话又来，说盗已在一个赌场就逮，要我起来到分局指认。然后又把我送回家。前后十二小时破案。盗有特殊身份，十二天后伏法。警察的热心、亲切、机智、勇敢，使我甚为感动。没有警察，社会将要成为什么样子？

　　任何机构不可能没有害群之马。知法犯法的警察是少数而又少数。我看到警察在烈日之下站在街头指挥交通，驾着警车在街上巡逻，辄肃然起敬。

　　我们要善待警察，尊敬警察。

暴发户

暴发户，外国也有，叫作parvenu或nouveau riche，意为新贵新富。这一种人，有鲜明的特征，在人群中自成一格，令人一眼就可以辨认出来。旧戏里有一个小丑曾说过这样的一句话："树小墙新画不古，此人必是内务府。"挖苦暴发户，入木三分。

内务府是前清的一个衙门，掌管大内的财务出纳，以及祭礼、宴飨、膳馐、衣服、赐予、刑法、工作、教习，职务繁杂，组织庞大，下分七司三院，其长官名为总理大臣。凡能厕身其间者，无不被人艳羡，视为肥缺。"三年清知府，十万雪花银"，何况是给皇帝佬儿办总务？经手三分肥，内务府当差的几乎个个暴发。

人在暴发之后，第一桩事多半是求田问舍。锯木头，盖房子，叱咤立办；山节藻棁，玉砌雕栏，亦非难致。唯独想在庭院之中立即拥有三槐五柳，婆娑掩映于朱门绣户之间，则非人力财力所能立即实现。十年树木，还是保守的说法，十年过后也许几株龙柏可以不再需要木架扶持，也许那些七杈八权韵味毫无的油加利猛蹿三两丈高，时间没有成熟之前，房子尽管富丽堂皇，堂前也只好放四盆石榴树，几棵夹竹桃，南墙脚摆几盆秋海棠。树，如果有，一定是小的。新盖的房子，墙也一定是新的，丹、青、赭、垩，光艳照人，还没来得及风雨剥蚀，还没来得及接受行人题名、顽童刻画、野狗遗溺。此之谓树小墙新。

暴发户对于室内装潢是相当考究的。进得门来，迎面少不得一个

178

特大号的红地洒金的福字斗方，是倒挂着的，表示福到了。如果一排五个斗方当然更好，那是五福临门。室内灯饰，不比寻常。通常是八盏粗制滥造的仿古宫灯，因为楠木框花毛玻璃已不可得，象牙饰丝线穗更不必说。此外墙上、柱上、梁上、天花板上，还有无数的大大小小的电灯，甚至还有一串串的跑灯、霓虹灯，略似电视综艺节目之豪华场面。墙上也许还挂起一两幅政要亲笔题款的玉照，主人借以对客指点曰："某公厚我，某公厚我。"但是墙上没有画是不行的，乃斥巨资定绘牡丹图，牡丹是五色的，象征五福临门，未放的花苞要多，象征多子多孙，题曰："富贵满堂。"如果这一幅还不够，可再加一幅猫蝶图，或是一幅"鹤鹿同春"，鹤要红顶，鹿要梅花。总之是画不古，顶多也许有一张仇十洲的仕女或是郑板桥的墨竹，好像稍微为古一点点，但是谁愿说穿是真迹还是赝品？

新屋落成而不宴宾客，那简直是衣锦夜行。于是詹吉折简，大张盛筵，席开三桌，座位次序都经过审慎的考虑安排，中间一桌是政界，大小首长；右边一桌是商界，公司大亨；左边一桌只能算是"各界"，非官非商的一些闲杂人等。整套的银器出笼，也许是镀银，光亮耀眼，大型的器皿都是下有保温的热水屉，上有覆罩的碗盖。如果是鸡鸭，碗盖雕塑成鸡鸭形，如果是鱼，则成鱼形。碗足上、筷子上都刻有题字曰"某某自置"。一旁伺候的男女用人，全穿制服，白布长衫旗袍，领口、袖口、下摆还绲着红边。至于席上的珍馐，则觳觫重叠，燔炙满案。客人连声夸好，主人则忙不迭地说："家常便饭不成敬意。"

饭前饭后少不得要引导宾客参观新居，这是宴客的主要项目。先从客厅看起，长廊广庑，敞豁有容，中间是一块大地毯，主人说明是波斯制品，可是很明显的图案不像。几套皮垫大沙发之外，有一套远看像是楠木雕花长案、小几、太师椅之类的古老家具。长案之上有百古架、玉如意、百鹿敦、金钟、玉磬，挤得密密杂杂。小几前面居然还有蓝花白瓷的痰盂。旁边可能有一大箱热带鱼，另一边可能有大型立体音响。至于电视机，那就一定不止一台了。寝室里四壁至少有两面全是镜子，花灯照耀之下，有如置身水晶宫中。高广大床，锦帱绣帐，松软的弹簧床垫像是一大块天使蛋糕。浴缸则像是小型游泳池。书房也有一间，几净窗明，文房四宝罗列井然。书柜里有廿五史、百科全书，以及六法全书，一律布面烫金，金光熠熠。后院有温室一间，里面挂着几盆刚开败了的洋兰。众宾客参观完毕，啧啧称赞，可是其中也有一位冷冷地低声地说："这全是等闲之功！"人问其语出何典，他说："不记得《水浒传》王婆贪贿说风情，有所谓五字诀吗？"众皆粲然，主人也似懂非懂地跟着大家哈、哈、哈。

主人在仰着头打哈哈的时候，脖梗子上明显地露出三道厚厚的肥肉折叠起来的沟痕。大腹便便，虽不至"垂腴尺余"，也够瞧老大半天。"乐然后笑"，心里欢畅，自然就面团团，不时地辗然而笑。常言道："人无横财不富，马无夜草不肥。"横财自何处来？没有人事前知道，只能说是逼人而来，说得玄虚一点便是自来处来。不过事后分析，也可找出一些蛛丝马迹，不会没有因缘。大抵其人投机冒险，而又遭逢时会，遂令竖子暴发。"君子之泽，五世而斩。"暴发户呢？其兴也暴，很可能"眼看他起高楼，眼看他宴宾客，眼看他楼塌了"！

好汉

从前北平每逢囚犯执行死刑之前，照例游街示众，囚犯五花大绑，端坐大敞车上，背上插着纸标，左右前后都有士兵簇拥，或捧大令，或持大刀，招摇过市，直赴刑场。刑场早先在珠市口，到了民国改在天桥。沿途有游手好闲的人一大群，尾随着囚车到天桥去看热闹。押着死囚去就戮，这一行叫作"出大差"，又称"出红差"。

我从未去过天桥，可是在路上遇见过出大差的场面。囚犯面色如土，一副股栗心悸的样子，委实令人看了心伤，不过我们也只能报以一声叹息。有些囚犯，犯了滔天大罪，而犹强项到底，至死不悔，对着群众大吼大叫："这算不了什么，过二十年又是一条好汉！大家给我捧个场吧！"于是群众就轰然地齐声报以"好！"囚犯脸上微微露出一抹苦笑。他以好汉自命，还想下一辈子投生为人，再度做违法乱纪的勾当，再充好汉。群众报以一声好，隐隐含着一点同情的意思。好像是颇近于匪徒杀人伏法之后还有人致送"宁死不屈""天妒英才"之类的挽幛一般。

一般的说法，仗义任侠的人才算是好汉。《水浒传》二十一回："江湖上久闻他是个及时雨宋公明——是个天下闻名的好汉。"宋江算不算得好汉，似乎值得研讨。说他及其一伙是江湖上的好汉，大致是不错的。他在浔阳楼上醉后题反诗：有什么"他年若遂凌云志，耻笑黄巢不丈夫"之句，口气好大，就不仅是仗义任侠，他想造反，并且想要和黄巢较量一下杀人的纪录。造反不一定就是错，"官逼民反"的时候多半错在官。造反而能有宗旨，有计划，有气度，若是成功便是王侯，败就是贼。如果仅是激于义愤，杀人放火，不择手段，不计后果，虽然打着"替天行道"的幌子，最多只能算是江湖上的好汉。然而江湖好汉亦不易为，盗亦有道，好汉也有他一套的规律。宋江自有他不可及处。至少他个人不大贪财。弄到大笔财物之后大家分，他并不独吞，所以不发生分赃不均或黑吃黑的情事。大块肉、大碗酒，大家平起平坐，谁也没有贵宾卡。

英国有一套传统的有关罗宾汉的歌谣。据说罗宾汉是个亡命徒，精于射箭，藏身在森林之中，神出鬼没，玩弄警长于股掌之上，但是他有义气，他劫富济贫，他保护妇孺，有些像是我们所熟悉的江湖好汉。但是这一伙强人并无大志，一味地乐天放肆，和官府豪富作对，吐一口胸中闷气而已。有人说罗宾汉根本无其人，是好事者诌出来的故事，但是也有人说确有其人，本来是亨丁顿伯爵，化名为罗宾汉，据说他被人陷害之后，墓地还有一块石碑，写明死期是一二四六年十二月二十四日。无论如何，罗宾汉算是好汉。

我国古时有较为高级而且正派的好汉。《旧唐书》卷八十九《狄仁杰传》，有这样一段：

> 则天尝问仁杰曰："朕要一好汉任使，有乎？"
>
> 仁杰曰："陛下作何任使？"
>
> 则天曰："朕欲待以将相。"
>
> 对曰："臣料陛下若求文章资历，则今之宰臣李峤苏味道亦足为文吏矣。岂非文士龌龊，思得奇才，用之以成天下之务者乎？"

则天悦曰："此朕心也。"

仁杰曰："荆州长史张柬之，其人虽老，真宰相才也。且久不遇。若用之，必尽节于国家矣。"

则天……后竟召为相。柬之果能复兴中宗……

　　武则天虽然有些地方不理于人口，但是她知人善任，她想求一好汉任使，使为将相，而且她肯听狄仁杰的话！能"成天下之务"的奇才，才算是好汉。这种好汉不但志节高超，远在任侠使气的好汉之上，亦非气量局狭拘于小节的"龌龊"文士所能望其项背。但是这种好汉也要风云际会才能有所作为。

　　我们现在心目中的好汉，其标准不太高。俗语说："好汉不怕出身低。"这句话有多方面的暗示，其中之一是挑筐卖菜者流只要勤俭奋发，有朝一日，也可能会跻身于豪富之列。如果他长袖善舞，广为结纳，也可成为翻云覆雨炙手可热的好汉。凡是能屈能伸，欺软怕硬，顺风转舵，蝇营狗苟的人，此人也常目之为好汉，因为"好汉不吃眼前亏"。时来运转，好汉也有惨遭挫败的时候，他就该闭关却扫，往日的荣华不必再提，因为"好汉不提当年勇"，如果觉得筋斗栽得冤枉，也不必推诿抱怨，因为"好汉打落牙，和血吞"。好汉固当如是。无论就哪一个层面上讲，好汉应该是特立独行敢做敢当的顶天立地的一条汉子，"富贵不能淫，贫贱不能移，威武不能屈"。

观光

　　一位外国教授休假旅行，道出台湾，事前辗转托人来信要我予以照料，导游非我副业，但情不可却。事实证明"马路翻译"亦不易为，因为这一对老夫妇要我带他们到一条名为Hagglers Alley的地方去观光一番，我当时就踌躇起来，不知是哪一条街能有独享这样的一个名称的光荣。所谓haggler，就是"讨价还价的人"。他们没有见过这种场面，想见识一下，亦人情之常。我们在汉朝就有一位韩康，卖药长安，言不二价，名列青史，传为美谈。他若是和我谈起这段故事，我当然会比较地觉得面上有光，我再一想，韩康是一位逸士，在历史上并不多见，到如今当然更难找到。不提他也罢。一条街以"讨价还价"为名，足以证明其他的街道之上均不讨价还价，这也还是相当体面之事。好，就带他们到城里去走一遭。来客看出我有一点踌躇，便从箱箧中寻出一个导游小册，指给我看，台北八景之一的"讨价还价之街"赫然在焉。幸好其中没有说明中文街名，也没有说明在什么地方。在几乎任何一条街上都可以进行讨价还价之令人兴奋的经验。

　　按照导游小册，他们还要看山胞跳舞。讲到跳舞，我们古已有之，可惜"舞雩归咏"的情形只能在书卷里依稀体会之，就是什么霓裳羽衣剑器浑脱之类，我们也只有其名。观光客要看的是更古老的原始的遗留！越简陋的越好！"祝发文身错臂左衽"，都是有趣的。我告诉他们这种山胞跳舞需要到山地方能看到，这使他们非常失望。（我心里明白，虽然他们口里没有说出，他们也一定很想看看"出草"的盛况哩。读过Swift的《一个小小的建议》的人，谁不想参观一下福尔摩萨的生吃活人肉的风俗习惯？）后来他们在出卖"手工艺"的地方看到袖珍型的"国剧脸谱"，大喜过望，以为这必定是几千年几万年前的古老风俗的遗留。我虽然极力解释这只是"国剧"的"脸谱"，不同于他们在非洲内地或南海岛屿上所看到的土人的模型，但是他们仍很固执地表示衷心喜悦，嘴角上露出了所谓a serendipitous smile（如获至宝的微笑），慷慨解囊，买了几份，预备回国去分赠亲友，表示他们看到一些值得一看的东西。

我有一个朋友，他家里曾经招待过一位观光女客。她饱餐了我们的世界驰名的佳肴之后，忽然心血来潮想要投桃报李，坚持要下厨房亲手做一顿她们本国的饭食，以娱主人。并且表示非亲自到市场采办不可。到我们的菜市场去观光！我们的市场里的物资充斥，可以表示出我们的生活的优裕，不需要配给券，人人都可以满载而归，个个菜筐都可以"青出于蓝"，而且当场杀鸡宰鱼，表演精彩不另收费。市场里虽然顾客摩肩接踵，依然可以撑着雨伞，任由雨水滴到别人的头上，依然可以推着脚踏车在人丛中横冲直撞，把泥水擦在别人的身上，因为彼此互惠之故，亦能相安。薄施脂粉的一位太太顺手把额外的一条五花三层的肉塞进她的竹篮里，眼明手快的屠商很迅速地就把那条肉又抽了出来，起初是两人怒目而视，随后不知怎地又相视而笑，适可而止，不伤和气。市场里的形形色色实在是大有可观，直把我们的观光客看得不仅目瞪口呆，而且心旷神怡。主人很天真，事后问她我们的菜市与她们国家的菜市有何分别，她很扼要地回答说："敝国的菜市地面上没有泥水。"

这位观光客又被招待到日月潭，下榻于落成不久的一座大厦中之贵宾室，一切都很顺利，即使拖人的船夫和钉人的照相师都没有使她丧胆，但是到了深更半夜一只贼光溜亮的大型蟑螂舞着两根长须爬上被单，她便大叫一声惊动了全楼的旅客。事情查明之后，同情似乎都在蟑螂那一方面。蟑螂遍布全世界，它的历史比人类的还要久远，这种讨厌的东西酷爱和平，打它杀它，永不抵抗，它唯一的武器是反对节育，努力生产。外国女人看见一只老鼠都会晕倒，见蟑螂而失声大叫又何足奇？舞龙舞狮可以娱乐嘉宾，小小一只蟑螂不成敬意。

　　来台观光而不去看故宫古物，岂不等于是探龙颔而遗骊珠？可是我真希望观光客不要遇到那大排长队的背着水壶拿着豆沙面包的小学生，否则他们会要误会我们的小学生已经恶补收效到能欣赏周彝汉鼎的程度了。江山无论多么秀美壮丽，那是"天开图画"，与人无关，讲到文化，那都是人为的。我们中国文化，在故宫古物中间可以找到实证。也可以说中国文化几尽萃于是。这样的文物展览，当然傲视全球，唯一遗憾的是，祖先的光荣无助于孝子贤孙之飘蓬断梗！而且纵然我知道奋发，也不能再制"武丁甗"来炊饭，仍须乞灵于电锅。

音乐

一个朋友来信说："……我从来没有像现在这样烦恼过。住在我的隔壁的是一群在×××服务的女孩子，一回到家便大声歌唱，所唱的无非是些××歌曲，但是她们唱的腔调证明她们从来没有考虑过原制曲者所要产生的效果。我不能请她们闭嘴，也不能喊'通'！只得像在理发馆洗头时无可奈何地用棉花塞起耳朵来……"

我同情这位朋友，但是他的烦恼不是他一个人有的。我常想，音乐这样东西，在所有的艺术里，是最富于侵略性的。别种艺术，如图画雕刻，都是固定的，你不高兴欣赏便可以不必寓目，各不相扰；唯独音乐，声音一响，随着空气波荡而来，照直侵入你的耳朵，而耳朵平常都是不设防的，只得毫无抵御地任它震荡刺激。自以为能书善画的人，诚然也有令人不舒服的时候；据说有人拿着素扇跪在一位书画家面前，并非敬求墨宝，而是求他高抬贵手，别糟蹋他的扇子。这究竟是例外情形。书家画家并不强迫人家瞻仰他的作品，而所谓音乐也者，则对于凡是在音波所及的范围以内的人，一律强迫接受，也不管其效果是沁人肺腑，抑是令人作呕。

我的朋友对隔壁音乐表示不满，那情形还不算严重。我曾经领略过一次四人合唱，使我以后对于音乐会一类的集会轻易不敢问津。一阵彩声把四位歌者送上演台，钢琴声响动，四位歌者同时张口，我登时感觉到有五种高低疾徐全然不同的调子乱播我的耳鼓，四位歌者唱出四个调子，第五个声音是从钢琴里发出来的！五缕声音搅作一团，全不和谐。当时我就觉得心旌战动，飘飘然如失却重心，又觉得身临歧路，彷徨无主的样子。我回顾四座，大家都面面相觑，好像都各自准备逃生，一种分崩离析的空气弥漫于全室。像这样的音乐是极伤人的。

"音乐的耳朵"不是人人有的，这一点我承认，也许我就是缺乏这种耳朵。也许是我的环境不好，使我的这种耳朵，没有适当地发育。我记得在学校宿舍里住的时候，对面楼上住着一位音乐家，还是"国乐"，每当夕阳下山，他就临窗献技，引吭高歌，配着胡琴他唱："我好比……"在这时节我便按捺不住，颇想走到窗前去大声地告诉他，他好比什么。我顶怕听胡琴，北平最好的名手××我也听过多少次数，无论他技巧怎样纯熟，总觉得唧唧的声音像是指甲在玻璃上抓。别种乐器，我都不讨厌，曾听古琴弹奏一段《梧桐雨》，琵琶乱弹一段《十面埋伏》，都觉得那确是音乐，唯独胡琴与我无缘。莎士比亚的《威尼斯商人》里曾说起有人一听见苏格兰人的风笛便要小便，那只是个人的怪癖。我对胡琴的反感亦只是一种怪癖吧？皮黄戏里的青衣花旦之类，在戏院广场里令人毛发倒竖，若是清唱则尤不可当，嘤然一叫，我本能地要抬起我的脚来，生怕是脚底下踩了谁的脖子！近听汉戏，黑头花脸亦唧唧锐叫，令人坐立不安；秦腔尤为激昂，常令听者随之手忙脚乱，不能自已。我可以听音乐，但若声音发自人类的喉咙，我便看不得粗了脖子红了脸的样子。我看着危险！我着急。

真正听京戏的内行人怀里揣着两包茶叶，踱到边厢一坐，听到妙处，摇头摆尾，随声击节，闭着眼睛体味声调的妙处，这心情我能了解，但是他付了多大的代价！他听了多少不愿意听的声音才能换取这一点音乐的陶醉！到如今，听戏的少，看戏的多。唱戏的亦竟以肺壮气长取胜，而不复重韵味，唯简单节奏尚是多数人所能体会，铿锵的锣鼓，油滑的管弦，都是最简单不过的，所以缺乏艺术教养的人，如一般大腹贾、大人先生、大学教授、大家闺秀、大名士、大豪绅，都趋之若鹜，自以为是在欣赏音乐！

在中西文化的交流中，我们的音乐（戏剧除外）也在蜕变，从"毛毛雨"起以至于现在流行×××之类，都是中国小调与西洋某一级音乐的混合，时而中菜西吃，时而西菜中吃，将来成为怎样的定型，我不知道。我对音乐既不能做丝毫贡献，所以也很坦然地甘心放弃欣赏音乐的权利，除非为了某种机缘必须"共襄盛举"不得不到场备员。至于像我的朋友所抱怨的那种隔壁歌声，在我则认为是一种不可避免的自然现象，恰如我们住在屠宰场的附近便不能不听见猪叫一样，初听非常凄绝，久后亦就安之。夜深人静，荒凉的路上往往有人高唱："一马离了西凉界……"我原谅他，他怕鬼，用歌声来壮胆，其行可恶，其情可悯。但是在天微明时练习吹喇叭，则是我所不解。"打——答——大——滴——"一声比一声高高到声嘶力竭，吹喇叭的人显然是很吃苦，可是把多少人的睡眠给毁了，为什么不在另一个时候练习呢？

在原则上，凡是人为的音乐，都应该宁缺毋滥。因为没有人为的音乐，顶多是落个寂寞。而按其实，人是不会寂寞的。小孩的哭声、笑声、小贩的吆喝声、邻人的打架声、市里的喧嚣声，到处"吃饭了吗？""吃饭了吗？"的原是应酬而现在变成性命攸关的问答声——实在寂寞极了，还有村里的鸡犬声！最令人难忘的还有所谓天籁。秋风起时，树叶飒飒的声音，一阵阵袭来，如潮涌；如急雨；如万马奔腾；如衔枚疾走；风定之后，细听还有枯干的树叶一声声地打在阶上。秋雨落时，初起如蚕食桑叶，窸窸窣窣，继而淅淅沥沥，打在蕉叶上清脆可听。风声雨声，再加上虫声鸟声，都是自然的音乐，都能使我发生好感，都能驱除我的寂寞，何贵乎听那"我好比……我好比……"之类的歌声？然而此中情趣，不足为外人道也。

脸谱

我要说的脸谱不是旧剧里的所谓"整脸""碎脸""三块瓦"之类，也不是麻衣相法里所谓观人八法"威、厚、清、古、孤、薄、恶、俗"之类。我要谈的脸谱乃是每天都要映入我们眼帘的形形色色的活人的脸。旧戏脸谱和麻衣相法的脸谱，那乃是一些聪明人从无数活人脸中归纳出来的几个类型公式，都是第二手的资料，可以不管。

古人云"人心不同，各如其面"，那意思承认人面不同是不成问题的。我们不能不叹服人类创造者的技巧的神奇，差不多的五官七窍，但是部位配合，变化无穷，比七巧板复杂多了。对于什么事都讲究"统一""标准化"的人，看见人的脸如此复杂离奇，恐怕也无法训练改造，只好由它自然发展吧？假使每一个人的脸都像是从一个模子里翻出来的，一律的浓眉大眼，一律的虎额隆准，在排起队来检阅的时候固然甚为壮观整齐，但不便之处必定太多，那是不可想象的。

人的脸究竟是同中有异，异中有同，否则也就无所谓谱。就粗浅的经验说，人的脸大致为两种，一种是令人愉快的，一种是令人不愉快的。凡是常态的、健康的、活泼的脸，都是令人愉快的，这样的脸并不多见。令人不愉快的脸，心里有一点或很多不痛快的事，很自然地把脸拉长一尺，或是罩上一层阴霾，但是这张脸立刻形成人与人之间的隔阂，立刻把这周围的气氛变得阴沉。假如，在可能范围之内，努力把脸上的筋肉松弛一下，嘴角上挂出一个微笑，自己费力不多，而给予人的快感甚大，可以使得这人生更值得留恋一些。我永不能忘记那永长不大的孩子潘彼得，他嘴角上永远挂着一丝微笑，那是永恒的象征。一个成年人若是完全保持一张孩子脸，那也并不是理想的事，除了给"婴儿自己药片"做商标之外，也不见得有什么用处。不过赤子之天真，如在脸上还保留一点痕迹，这张脸对于人类的幸福是有贡献的。令人愉快的脸，其本身是愉快的，这与老幼妍媸无关。丑一点，黑一点，下巴长一点，鼻梁塌一点，都没有关系，只要上面漾着充沛的活力，便能辐射出神奇的光彩，不但有光，还有热，这样的脸能使满室生春，带给人们兴奋、光明、调谐、希望、欢欣。一张眉清目秀的脸，如果恹恹无生气，我们也只好当作石膏像来看待了。

我觉得那是一个很好的游戏：早起出门，留心观察眼前活动的脸，看看其中有多少类型，有几张使你看了一眼之后还想再看？

不要以为一个人只有一张脸。女人不必说，常常"上帝给她一张脸，她自己另造一张"。不涂脂粉的男人的脸，也有"卷帘"一格，外面摆着一副面孔，在适当的时候呱嗒一声如帘子一般卷起，另露出一副面孔。"杰克博士与海德先生"（Dr. Jekyll and Mr. Hyde）那不是寓言。误入仕途的人往往养成这一套本领。对下司道貌岸然，或是面部无表情，像一张白纸似的，使你无从观色，莫测高深，或是面皮绷得像一张皮鼓，脸拉得驴般长，使你在他面前觉得矮好几尺！但是他一旦见到上司，驴脸得立刻缩短，再往瘪里一缩，马上变成柿饼脸，堆下笑容，直线条全变成曲线条，如果见到更高的上司，连笑容都凝结得堆不下来，未开言嘴唇要抖上好大一阵，脸上做出十足的诚惶诚恐之状。帘子脸是傲下媚上的主要工具，对于某一种人是少不得的。

不要以为脸和身体其他部分一样地受之父母，自己负不得责。

不，在相当范围内，自己是可以负责的，大概人的脸生来都是和善的，因为从婴儿的脸看来，不必一定都是颜如握丹，但是大概都是天真无邪，令人看了喜欢的。我还没见过一个孩子带着一副不得善终的脸，脸都是后来自己作践坏了的，人们多半不体会自己的脸对于别人发生多大的影响。脸是到处都有的。在送殡的行列中偶然发现的哭丧脸，做讣闻纸色，眼睛肿得桃儿似的，固然难看。一行行的囚首垢面的人，如稻草人，如丧家犬，脸上做黄蜡色，像是才从牢狱里出来，又像是要到牢狱里去，凸着两只没有神的大眼睛，看着也令人心酸。还有一大群心地不够薄脸皮不够厚的人，满脸泛着平价米色，嘴角上也许还沾着一点平价油，身穿着一件平价布，一脸的愁苦，没有一丝的笑容，这样的脸是颇令人不快的。但是这些贫病愁苦的脸还不算是最令人不愉快，因为只是消极得令人心里堵得慌，而且稍微增加一些营养（如肉糜之类）或改善一些环境，脸上的神情还可以渐渐恢复常态。最令人不快的是一些本来吃得饱，睡得着，红光满面的脸，偏偏带着一股肃杀之气，冷森森地拒人千里之外，看你的时候眼皮都不抬，嘴撇得瓢儿似的，冷不防抬起眼皮给你一个白眼，黑眼球不知翻到哪里去了，脖梗子发硬，脑壳朝天，眉头皱出好几道熨斗都熨不平的深沟——这样的神情最容易在官办的业务机关的柜台后面出现。遇见这样的人，我就觉得惶惑：这个人是不是昨天赌了一夜以致睡眠不足，或是接连着腹泻了三天，或是新近遭遇了什么冥凶，否则何以乖戾至此，连一张脸的常态都不能维持了呢？

厌恶女性者

不要以为男人都是好色之徒，也有厌恶女性者。

《周书·列传》第四十，萧统三子萧詧，曾在江陵称帝八载，据说他"少有大志，不拘小节……性不饮酒，安于俭素……尤恶见妇人，虽相去数步，遥闻其臭。经御妇人之衣，不复更着"。

一个曾临九五的人，无论在位如何短暂，疆土如何狭小，我们可以想象内宫粉黛，必极其妍。而萧詧恶见妇人，事属不经，似难索解。女人离他数步之遥，他就闻到她的臭味，更是离奇，难道他遇到的妇人个个都患狐臭？因思古时淳于髡一斗亦醉，一石亦醉，最欢畅的时候是"州闾之会，男女杂坐……前有堕珥，后有遗簪""男女同席，履舄交错……主人留髡而送客，罗襦襟解，微闻芗泽"。芗泽就是指女人身上散发出来的一股特殊的香气。淳于髡说的大概是实话。这种香气须在相当亲近肌肤的时候才能闻到。《红楼梦》里宝玉不是就曾一再勉强地要闻黛玉的袖口吗？只因袖口里有芗泽。这种香气，萧詧大概是无缘消受。不过萧詧雅好佛理，曾有内典《华严》《般若》《法华》《金光明义疏》四十六卷的著作行世，也许因潜心佛理而厌恶女色，亦未可知。可是事实上他生了八个儿子，死时才四十四岁，这又怎么说？

厌恶女性者，英文叫作misogynist，在文学作品中有时也有很率直的描述。例如，十六世纪作家约翰·黎利（John Lyly）所作《优浮绮斯》（*Euphues*），其中有一封长信，是优浮绮斯在离开那不利斯返回雅典时写给他的一位朋友及一般痴情男子的。这封信号称为"戒色指南"（The Cooling Card）。其言曰：

> 她如果贞洁，必定拘谨；如果轻佻，必定淫荡；如是严肃的
> 婆娘，谁肯爱她？如是放浪的泼妇，谁愿娶她？如是侍奉灶神的
> 处女，她们是誓不嫁人的；如是追随爱神的信徒，她们是势必荒
> 淫的。如果我爱一个美貌的，势必引起嫉妒；如果我爱一个貌寝
> 的，会要使我疯狂。如果生育频繁，则负担有增无已；如果不能
> 生育，则我的罪孽越发深重；如果贤淑，我会担心她早死；如果
> 不淑，我会厌恶她长寿。

把女人说得一无是处，其结论是"避免接近女人"。优浮绮斯的
私行并不谨饬，被蛇咬过一回，以后见了绳子也怕。所以他的厌恶女
性的论调实是有感而发。

异性相吸，男女相悦，乃是常情。至于溺于女色者，如纣王之宠
妲己，幽王之宠褒姒，以至于亡国，则罪不全在妲己与褒姒，纣王、
幽王须负更大之责任。只因佳人难再得，遂任其倾城倾国，昏君本人
之罪责岂容推诿？赵飞燕的女弟刚接进宫，就有人在背后议论："此祸
水也，必将灭火。"汉得火德而兴，是否因此一女子而澌灭，且不去
管它，"祸水"一词从此成了某些女性的代名词。西谚有云："任何事
故，追根问底，必定有个女人。"话并不错，不过要看怎样解释。一个
人在事业上有所成就，很大部分是因为家有贤妻，一个人一生中不闯大
祸，也很大部分是因为家有贤妻。"女人是水做的，男人是泥做的"，
是女性崇拜的说法，指女人为祸水，是厌恶女性者的口头禅。

女人

　　有人说女人喜欢说谎。假如女人所捏撰的故事都能抽取版税，便很容易致富。这问题在什么叫作说谎。若是运用小小的机智，打破眼前小小的窘僵，获取精神上小小的胜利，因而牺牲一点点真理，这也可以算是说谎，那么，女人确是比较的富于说谎的天才。有具体的例证。你没有陪过女人买东西吗？尤其是买衣料，她从不干干脆脆地说要做什么衣，要买什么料，准备出多少钱。她必定要东挑西拣，翻天覆地，同时口中念念有词，不是嫌这匹料子太薄，就是怪那匹料子花样太旧，这个不禁洗，那个不禁晒，这个缩头大，那个门面窄，批评得人家一文不值。其实，满不是这么一回事，她只是嫌价码太贵而已！如果价钱便宜，其他的缺点全都不成问题，而且本来不要买的也要购储起来。一个女人若是因为炭贵而不生炭盆，她必定对人解释说："冬天生炭盆最不卫生，到春天容易喉咙痛！"屋顶渗漏，塌下盆大的灰泥，在未修补之前，女人便会向人这样解释："我预备在这地方安装电灯。"自己上街买菜的女人，常常只承认散步和呼吸新鲜空气是她上市的唯一理由。艳羡汽车的女人常常表示她最厌恶汽油的臭味。坐在中排看戏的女人常常说前排的头等座位最不舒适。一个女人馈赠别人，必说："实在买不到什么好的……"其实这东西根本不是她买的，是别人送给她的。一个女人表示愿意陪你去上街走走，其实是她顺便要买东西。总之，女人总欢喜拐弯抹角的，放一个小小的烟幕，无伤大雅，颇占体面。这也是艺术，王尔德不是说过"艺术即是说谎"吗？这些例证还只是一些并无版权的谎话而已。

女人善变，多少总有些哈姆雷特式，拿不定主意；问题大者如离婚结婚，问题小者如换衣换鞋，都往往在心中经过一读二读三读，决议之后再复议，复议之后再否决，女人决定一件事之后，还能随时做一百八十度的大转弯，做出那与决定完全相反的事，使人无法追随。因为变得急速所以容易给人以"脆弱"的印象。莎士比亚有一名句："'脆弱'呀，你的名字叫作'女人'！"但这脆弱，并不永远使女人吃亏。越是柔韧的东西越不易摧折。女人不仅在决断上善变，即便是一个小小的别针位置也常变，午前在领扣上，午后也许移到了头发上。三张沙发，能摆出若干阵势，几根头发，能梳出无数花头。讲到服装，其变化之多，常达到荒谬的程度。外国女子的帽子，可以是一根鸡毛，可以是半只铁锅，或是一个畚箕。中国女人的袍子，变化也就够多，领子高的时候可以使她像一只长颈鹿，袖子短的时候恨不得使两腋生风，至于纽扣盘花，滚边镶绣，则更加是变幻莫测。"上帝给她一张脸，她能另造一张出来""女人是水做的"，是活水，不是止水。

女人善哭，从一方面看，哭常是女人的武器，很少人能抵抗她这泪的洗礼。俗语说"一哭二闹三上吊"，这一哭确实其势难挡。但从另一面看，哭也常是女人内心的"安全瓣"。女人的忍耐的力量是伟大的，她为了男人，为了小孩，能忍受难堪的委屈。女人对于自己的享受方面，总是属于"斯多亚派"的居多。男人不在家时，她能立刻变成为素食主义者，火炉里能爬出老鼠，开电灯怕费电，再关上又怕费开关。平素既已极端刻苦，一旦精神上再受刺激，便忍无可忍，一腔悲怨天然地化作一把把的鼻涕眼泪，从"安全瓣"中汩汩而出，腾出空虚的心房，再来接受更多的委屈。女人很少破口骂人（骂街便成泼妇，其实甚少），很少挽袖挥拳，但泪腺就比较发达。善哭的也就常常善笑，眯眯地笑，咝咝地笑，咯咯地笑，哈哈地笑，笑是常驻在女人脸上的，这笑脸常常成为最有效的护照。女人最像小孩，她能为了一个滑稽的姿态而笑得前仰后合，肚皮痛，淌眼泪，以至于翻筋斗！哀与乐都像是常川有备，一触即发。

女人的嘴，大概是用在说话方面的时候多。女孩子从小就往往口齿伶俐，就是学外国语也容易朗朗上口，不像嘴里含着一个大舌头。等到长大之后，三五成群，说长道短，声音脆，嗓门高，如蝉噪，如蛙鸣，真当得好几部鼓吹！等到年事再长，万一堕入"长舌"型，则东家长，西家短，飞短流长，搬弄多少是非，惹出无数口舌；万一堕入"喷壶嘴"型，则琐碎繁杂，絮聒唠叨，一件事要说多少回，一句话要说多少遍，如喷壶下注，万流齐发，挡者披靡，不可向迩！一个人给他的妻子买一件皮大衣，朋友问他："你是为使她舒适吗？"那人回答说："不是，为使她少说些话！"

女人胆小，看见一只老鼠而当场昏厥，在外国不算是奇闻。中国女人胆小不致如此，但是一声霹雳使得她拉紧两个老妈子的手而仍战栗不止，倒是确有其事。这并不是做作，并不是故意在男人面前作态，使他有机会挺起胸脯说："不要怕，有我在！"她是真怕。在黑暗中或荒僻处，没有人，她怕；万一有人，她更怕！屠牛宰羊，固然不是女人的事，杀鸡宰鱼，也不是不费手脚。胆小的缘故，大概主要的是体力不济。女人的体温似乎较低一些，有许多女人怕发胖而食无求饱，营养不足，再加上怕臃肿而衣裳单薄，到冬天瑟瑟打战，袜薄如蝉翼，把小腿冻得做"浆米藕"色，两只脚放在被里一夜也暖不过来，双手捧热水袋，从八月捧起，捧到明年五月，还不忍释手。抵抗饥寒之不暇，焉能望其胆大。

女人的聪明，有许多不可及处，一根棉线，一下子就能穿入针孔，然后一下子就能在线的尽头处打上一个结子，然后扯直了线在牙齿上砰砰两声，针尖在头发上擦抹两下，便能开始解决许多在人生中并不算小的苦恼，例如，缝上衬衣的扣子，补上袜子的破洞之类。至于几根篾棍，一上一下地编出多少样物事，更是令人叫绝。有学问的女人，创辟"沙龙"，对任何问题能继续谈论至半小时以上，不但不令人入睡，而且令人疑心她是内行。

男人

　　男人令人首先感到的印象是脏！当然，男人当中亦不乏刷洗干净洁身自好的，甚至还有油头粉面衣裳楚楚的，但大体讲来，男人消耗肥皂和水的数量要比较少些。某一男校，对于学生洗澡是强迫的，入浴签名，每周计核，对于不曾入浴的初步惩罚是宣布姓名，最后的断然处置是定期强迫入浴，并派员监视，然而日久玩生，签名簿中尚不无浮冒情事。有些男人，西装裤尽管挺直，他的耳后脖根，土壤肥沃，常常宜于种麦！袜子手绢不知随时洗涤，常常日积月累，到处塞藏，等到无可使用时，再从那一堆污垢存货当中拣选比较干净的去应急。有些男人的手绢，拿出来硬像是土灰面制的百果糕，黑乎乎黏成一团，而且内容丰富。男人的一双脚，多半好像是天然地具有泡菜霉干菜再加糖蒜的味道，所谓"濯足万里流"是有道理的，小小的一盆水确是无济于事，然而多少男人却连这一盆水都吝而不用，怕伤元气。两脚既然如此之脏，偏偏有些"逐臭之夫"喜于脚上藏垢纳污之处往复挖掘，然后嗅其手指，引以为乐！多少男人洗脸都是专洗本部，边疆一概不理，洗脸完毕，手背可以不湿，有的男人是在结婚后才开始刷牙。"扪虱而谈"的是男人。还有更甚于此者，曾有人当众搔背，结果是从袖口里面摔出一只老鼠！除了不可挽救的脏相之外，男人的脏大概是由于懒。

　　对了！男人懒。他可以懒洋洋坐在旋椅上，五官四肢，连同他的脑筋（假如有），一概停止活动，像呆鸟一般；"不闻夫博弈者乎……"那段话是专对男人说的，他若是上街买东西，很少时候能令他的妻子满意，他总是不肯多问几家，怕跑腿，怕费话，怕讲价钱。什么事他都嫌麻烦，除了指使别人替他做的事之外，他像残废人一样，对于什么事都愿坐享其成，而名之曰"室家之乐"。他提前养老，至少提前三二十年。

紧毗连着"懒"的是"馋"。男人大概有好胃口的居多。他的嘴，用在吃的方面的时候多，他吃饭时总要在菜碟里发现至少一英寸见方半英寸厚的肉，才能算是没有吃素。几天不见肉，他就喊："嘴里要淡出鸟儿来！"若真个三月不知肉味，怕不要淡出毒蛇猛兽来！有一个人半年没有吃鸡，看见了鸡毛帚就流涎三尺。一餐盛馔之后，他的人生观都能改变，对于什么都乐观起来。一个男人在吃一顿好饭的时候，他脸上的表情硬是在感谢上天待人不薄；他饭后衔着一根牙签，红光满面，硬是觉得可以骄人。主中馈的是女人，修食谱的是男人。

男人多半自私。他的人生观中有一基本认识，即宇宙一切均是为了他的舒适而安排下来的。除了在做事赚钱的时候不得不忍气吞声地向人奴膝婢颜外，他总是要做出一副老爷相。他的家便是他的国度，他在家里称王。他除了为赚钱而吃苦努力外，他是一个"伊比鸠派"，他要享受。他高兴的时候，孩子可以骑在他的颈上，他引颈受骑，他可以像狗似的满地爬；他不高兴时，他看着谁都不顺眼，在外面受了闷气，回到家里来加倍地发作。他不知道女人的苦处。女人对于他的殷勤委曲，在他看来，就如同犬守户鸡司晨一样的稀松平常，都是自然现象。他说他爱女人，其实他不爱，是享受女人。他不问他给了别人多少，但是他要在别人身上尽量榨取。他觉得他对女人最大的恩惠，便是把赚来的钱全部或一部拿回家来，但是当他把一卷卷的钞票从衣袋里掏出来的时候，他的脸上的表情是骄傲的成分多，亲爱的成分少，好像是在说："看我！你行吗？我这样待你，你多幸运！"他若是感觉到这家不复是他的乐园，他便有多样的借口不回到家里来。他到处云游，他另辟乐园。他有聚餐会，他有酒会，他有桥会，他有书会、画会、棋会，他有夜会，最不济的还有个茶馆。他的享乐的方法太多。假如轮回之说不假，下世侥幸依然投胎为人，很少男人情愿下世做女人的。他总觉得这一世生为男身，而享受未足，下一世要继续努力。

"群居终日，言不及义"，原是人的通病，但是言谈的内容，却男女有别。女人谈的往往是："我们家的小妹又病了！""你们家每月开销多少？"之类。男人谈的是另一套，普通的方式，男人的谈话，最后不谈到女人身上便不会散场。这一个题目对男人最有兴味。如果有一个桃色案他们唯恐其和解得太快。他们好议论人家的隐私，好批评别人的妻子的性格相貌。"长舌男"是到处有的，不知为什么这名词尚不甚流行。

孩子

　　兰姆是终身未娶的，他没有孩子，所以他有一篇《未婚者的怨言》收在他的《伊利亚随笔》里。他说孩子没有什么稀奇，等于阴沟里的老鼠一样，到处都有，所以有孩子的人不必在他面前炫耀。他的话无论是怎样中肯，但在骨子里有一点酸——葡萄酸。

　　我一向不信孩子是未来世界的主人翁，因为我亲见孩子到处在做现在的主人翁。孩子活动的主要范围是家庭，而现代家庭很少不是以孩子为中心的。一夫一妻不能称为家，没有孩子的家像是一株不结果实的树，总缺点什么；必定等到小宝贝呱呱坠地，家庭的柱石才算放稳，男人开始做父亲，女人开始做母亲，大家才算找到各自的岗位。我问过一个并非"神童"的孩子："你妈妈是做什么的？"他说："给我缝衣的。""你爸爸呢？"小宝贝翻翻白眼："爸爸是看报的！"但是他随即更正说："是给我们挣钱的。"孩子的回答全对。爹妈全是在为孩子服务。母亲早晨喝稀饭，买鸡蛋给孩子吃；父亲早晨吃鸡蛋，买鱼肝油精给孩子吃。最好的东西都要献呈给孩子，否则，做父母的心里便起惶恐，像是做了什么大逆不道的事一般。孩子的健康及其舒适，成为家庭一切设施的一个主要先决问题。这种风气，自古已然，于今为烈。自有小家庭制以来，孩子的地位顿形提高。以前的"孝子"是孝顺其父母之子，今之所谓"孝子"乃是孝顺其孩子之父母。孩子是一家之主，父母都要孝他！

　　"孝子"之说，并不偏激。我看见过不少的孩子，鼓噪起来能像一营兵；动起武来能像械斗；吃起东西来能像饿虎扑食；对于尊长宾客有如生番；不如意时撒泼打滚有如羊痫；玩得高兴时能把家具什物狼藉满室，有如惨遭洗劫……但是"孝子"式的父母则处之泰然，视若无睹，顶多皱起眉头，但皱不过三四秒钟仍复堆起笑容，危及父母的生存和体面的时候，也许要狠心咒骂几声，但那咒骂大部分是哀怨乞怜的性质，其中也许带一点威吓，但那威吓只能得到孩子的讪笑，因为那威吓是向来没有兑现过的。

"孟懿子问孝，子曰：'无违。'"今之"孝子"深谙是说。凡是孩子的意志，为父母者宜多方体贴，勿使稍受挫阻；近代儿童教育心理学者又有"发展个性"之说，与"无违"之说正相符合。

体罚之制早已被人唾弃，以其不合儿童心理健康之故。我想起一个外国的故事：

> 一个母亲带孩子到百货商店。经过玩具部，看见一匹木马，孩子一跃而上，前摇后摆，踌躇满志，再也不肯下来，那木马不是为出售的，是商店的陈设。店员们叫孩子下来，孩子不听；母亲叫他下来，加倍不听；母亲说带他吃冰激凌去，依然不听；买朱古力糖去，格外不听。任凭许下什么愿，总是还你一个不听；当时演成僵局，顿成胶着状态。最后一位聪明的店员建议说："我们何妨把百货商店特聘的儿童心理学专家请来解围呢？"众谋金同，于是把一位天生成有教授面孔的专家从八层楼请了下来。专家问明原委，轻轻走到孩子身边，附耳低声说了一句话，那孩子便像触电一般，滚鞍落马，牵着母亲的衣裙，仓皇遁去。事后有人问那专家到底对孩

子说的是什么话，那专家说："我说的是：'你若不下马，我打碎你的脑壳！'"

这专家真不愧为专家，但是颇有不孝之嫌。这孩子假如平常受惯了不兑现的体罚、威吓，则这专家亦将无所施其技了。约翰逊博士主张不废体罚，他以为体罚的妙处在于直截了当，然而约翰逊博士是十八世纪的人，不合时代潮流！

哈代有一首小诗，写孩子初生，大家誉为珍珠宝贝，稍长都夸作玉树临风，长成则为非作歹，终至于陈尸绞架。这老头子未免过于悲观。但是"幼有神童之誉，少怀大志，长而无闻，终乃与草木同朽"——这确是个可以普遍应用的公式。"小时聪明，大时未必了了。"究竟是知言，然而为父母者多属乐观。孩子才能骑木马，父母便幻想他将来指挥十万貔貅时之马上雄姿；孩子才把一曲抗战小歌哼得上口，父母便幻想着他将来喉声一啭彩声雷动时的光景；孩子偶然拨动算盘，父母便暗中揣想他将来或能掌握财政大权，同时兼营投机买卖……这种乐观往往形诸言语，成为炫耀，使旁观者有说不出的感想。曾见一幅漫画：一个孩子跪在他父亲的膝头用他的玩具敲打他父亲的头，父亲眯着眼在笑，那表情像是在宣告："看看！我的孩子！多么活泼，多么可爱！"旁边坐着一位客人咧着大嘴做傻笑状，表示他在看着，而且感觉兴趣。这幅画的标题是"演剧术"。一个客人看着别人家的孩子而能表示感觉兴趣，这真确实需要良好的"演剧术"。兰姆显然是不欢喜演这样的戏。

孩子中之比较最蠢、最懒、最刁、最泼、最丑、最弱、最不讨人欢喜的，往往最得父母的钟爱。此事似颇费解，其实我们应该记得《西游记》中唐僧为什么偏偏欢喜猪八戒。

谚云："树大自直。"意思是说孩子不需管教，小时恣肆些，大了自然会好。可是弯曲的小树，长大是否会直呢？我不敢说。

哈佛的嬉皮少年

在西雅图的街头，偶然有三五成群的青年披着土黄色的粗布袈裟，穿着破烂的胶鞋，头上剃得光光的，顶上蓄留一小撮毛发梳成细细的小辫，有时候脸上还抹几条油彩，手敲着一面小鼓，摇摇摆摆跳跳蹦蹦的，口中念念有词。行人并不注意他们，他们也不干扰行人。他们拿着一些传单，但是也不热心散发。我觉得好奇怪，士耀告诉我："他们是模仿越南僧徒的服装，他们是反战分子。"

在华盛顿大学校园里，我看见一个青年大汉，胳膊底下夹着几本书，从图书馆门前石阶上走了下来，昂首阔步，旁若无人，但是他的鼻隼上抹了一条白灰，印堂上涂了一朵紫色小花，像是一位刚要下山"出草"的山胞。文蔷告诉我："这不稀奇，前些日子图书馆门前平台上有一位女生脱得一丝不挂，玉体横陈，任人拍照。"

所谓嬉皮也者，我久耳其名，以我所知他们是一个组织并不严密的团体，提倡泛爱，反对传统的社会、习俗、礼法，装束诡异，玩世不恭，向往的是原始的自然的生活。假如他们像梭罗（Thoreau）似的遁迹山林，远离尘嚣，甚至抗税反战，甘愿坐牢，那种浪漫的个人主义不是不可以了解的。假如他们像刘伶似的"以天地为栋宇，屋室为裈衣"，在屋里"脱衣裸形"，我们也可认为无伤大雅，不必以世俗的礼法绳之。不过我在西雅图街头校园所见所闻，似乎尚非正宗嬉皮，只是一些浅薄的东施效颦者流，以诡异的服装行径招摇于世罢了。

哈佛大学是我旧游之地，四十余年之后旧地重游，馆舍仍旧，人事全非。哈佛广场仍然是那样的逼仄，魏德纳图书馆旁边添了一道中国学生捐赠的石碑。最令人触目惊心的是哈佛校园里里外外有形似嬉皮的男男女女。他们的头发很长，不是"髧彼两髦"美而且鬈的样子，而是满头蓬松，有时候难分男女。男的满脸络腮胡子，有蓬首垢面而谈诗书的神气。女的有穿破烂裤子者，故意地在裤腿的上方留一两个三角破绽，里面没有内裤，做局部的裸裎。穿袜子的很少，穿凉鞋的很多。我不知道四十几年前的吉退之教授（Kittredge）和白璧德教授（Babbitt）若是现在还活着，看了这种样子将有何等感想。四十几年前哈佛校园以内是不准吸烟的，瘾君子们只能趁两堂课中间休息的十分钟跑到哈佛街上，一面倚墙晒太阳，一面吞烟吐雾。如今校园里到处是烟蒂。从前哈佛是一个最保守的学校，如今成了嬉皮型的学生们的大本营，比起我在西雅图街头校园所见所闻，有如小巫见大巫了。

有人说，嬉皮也有嬉皮的哲学。近代西方文明的发展使得社会人生机械化，人的生活被科学技术所支配，失掉了自由和个性，失掉了人生的情趣。所以嬉皮思想就是要在科学技术高度发达的社会里激起反抗，反抗一切传统礼法习俗，以求返回自然，恢复自我的存在。这一番话当然有一部分道理，不过据我看，反抗传统的思想在历史上是常有的，并不是一定在某时某地某种环境下才能突发的现象。文明的发展一直在进行，反抗文明也一直地有人在提倡。我们中国的《世说新语》记载着好多狂放任诞的故事，类似的情形亦不仅以六朝人为然，前前后后何代无之？在西洋从希腊的犬儒之玩世不恭，以至于十九世纪末的颓废主义者的震世骇俗的作风，也都是传统的反动。文明是时常呈现病态的，社会上是不乏不合理的现象，有心人应该对症下药，治本治标。若是逃避现实，消极地隐遁，甚至愤世嫉俗，玩世不恭，也可称之为洁身自好，仍不失为君子。唯有所见所闻的嬉皮少年，则徒袭嬉皮之皮毛，长发蓄须，鹑衣百结，恐怕只是惹人讨人厌的人中渣滓而已。

老年

时间走得很均匀，说快不快，说慢不慢。不知从什么时候起在宴会中总是有人簇拥着你登上座，你自然明白这是离入祠堂之日已不太远。上下台阶的时候常有人在你肘腋处狠狠地搀扶一把，这是提醒你，你已到达了杖乡杖国的高龄，怕你一跤跌下去，摔成好几截。黄口小儿一晃的工夫就蹿高好多，在你眼前跌跌跄跄地跑来跑去，喊着阿公阿婆，这显然是在催你老。

其实人之老也，不需人家提示。自己照照镜子，也就应该心里有数。乌溜溜毛毿毿的头发哪里去了？由黑而黄，而灰，而斑，而毫髦然，而稀稀落落，而牛山濯濯，活像一只秃鹫。瓠犀一般的牙齿哪里去了？不是熏得焦黄，就是咧着罅隙，再不就是露出七零八落的豁口。脸上的肉七棱八瓣，而且平添无数雀斑，有时排列有序如星座，这个像大熊，那个像天蝎。下巴颏儿底下的垂肉变成了空口袋，捏着一揪，两层松皮久久不能恢复原状。两道浓眉之间有毫毛秀出，像是麦芒，又像是兔须。眼睛无端淌泪，有时眼角上还会分泌出一堆堆的桃胶凝聚在那里。总之，老与丑是不可分的。《尔雅》："黄发、鲵齿、鲐背、耇老，寿也。"寿自管寿，丑还是丑。

老的征象还多得是。还没有喝忘川水，就先善忘。文字过目不旋踵就飞到九霄云外，再翻寻有如海底捞针。老友几年不见，觌面说不出他的姓名，只觉得他好生面善。要办事超过三件以上，需要结绳，又怕忘了哪一个结代表哪一桩事，如果笔之于书，又可能忘记备忘录放在何处。大概是脑髓用得太久，难免漫漶，印象当然模糊。目视茫茫，眼镜整天价戴上又摘下，摘下又戴上。两耳聋聩，无以辨乎钟鼓之声，倒也罢了，最难堪是人家说东你说西。龅牙动摇，咀嚼的时候像反刍，而且有时候还需要戴围嘴。至于登高腿软，久坐腰痠，睡一夜浑身关节滞涩，而且睁着大眼睛等天亮，种种现象不一而足。

老不必叹，更不必讳。花有开有谢，树有荣有枯。桓温看到他"种柳皆已十围，慨然曰：'木犹如此，人何以堪！'攀枝执条，泫然流泪"。桓公是一个豪迈的人，似乎不该如此。人吃到老，活到老，经过多少狂风暴雨惊涛骇浪，还能双肩承一喙，俯仰天地间，应该算是幸事。荣启期说："人生有不见日月不免襁褓者。"所以他行年九十，认为是人生一乐。叹也无用，乐也无妨，生、老、病、死，原是一回事。有人讳言老，算起岁数来斤斤计较按外国算法还是按中国算法，好像从中可以讨到一年便宜。更有人老不歇心，怕以皤皤华首见人，偏要染成黑头。半老徐娘，驻颜无术，乃乞灵于整容郎中化妆师，隆鼻隼，抽脂肪，扫青黛眉，眼眶涂成两个黑窟窿。"物老为妖，人老成精。"人老也就罢了，何苦成精？

老年人该做老年事，冬行春令实是不祥。西塞罗说："人无论怎样老，总是以为自己还可以再活一年。"是的，这愿望不算太奢。种种方面的人欠欠人，正好及时做个了结。贤者识其大，不贤者识其小，各有各的算盘，大主意自己拿。最低限度，别自寻烦恼，别碍人事，别讨人嫌。"有人问莎孚克利斯，年老之后还有没有恋爱的事，他回答得好，'上天不准！我好容易逃开了那种事，如逃开凶恶的主人一般。'"这是说，老年人不再追求那花前月下的旖旎风光，并不是说老年人就一定如槁木死灰一般的枯寂。人生如游山。年轻的男男女女携着手儿陟彼高冈，沿途有无限的赏心乐事，兴致淋漓，也可能遇到一些挫沮，歧路彷徨，不过等到日云暮矣，互相扶持着走下山冈，却正别有一番情趣。白居易《睡觉》诗："老眠早觉常残夜，病力先衰不待年。五欲已销诸念息，世间无境可勾牵。"话是很洒脱，未免凄凉一些。五欲指财、色、名、饮食、睡眠。五欲全销，并非易事，人生总还有可留恋的在。江州司马泪湿青衫之后，不是也还未能忘情于诗酒吗？

中年

　　钟表上的时针是在慢慢地移动着的，移动得如此之慢，使你几乎不感觉到它的移动，人的年纪也是这样的，一年又一年，总有一天会蓦然一惊，已经到了中年，到这时候大概有两件事使你不能不注意。讣闻不断地来，有些性急的朋友已经先走一步，很煞风景，同时又会忽然觉得一大批一大批的青年小伙子在眼前出现，从前也不知是在什么地方藏着的，如今一齐在你眼前摇晃，磕头碰脑的尽是些昂然阔步满面春风的角色，都像是要去吃喜酒的样子。自己的伙伴一个个地都入蛰了，把世界交给了青年人。所谓"耳畔频闻故人死，眼前但见少年多"，正是一般人中年的写照。

　　从前杂志背面常有"韦廉士红色补丸"的广告，画着一个憔悴的人，弓着身子，手扶在腰上，旁边注着"图中寓意"四字。那寓意对于青年人是相当深奥的。可是这幅图画却常在一般中年人的脑里涌现，虽然他不一定想吃"红色补丸"，那点寓意他是明白的了。一根黄松的柱子，都有弯曲倾斜的时候，何况是二十六块碎骨头拼凑成的一条脊椎？年轻人没有不好照镜子的，在店铺的大玻璃窗前照一下都是好的，总觉得大致上还有几分姿色。这顾影自怜的习惯逐渐消失，以至于有一天偶然揽镜，突然发现额上刻了横纹，那线条是显明而有力的，像是吴道子的"莼菜描"，心想那是抬头纹，可是低头也还是那样。再一细看头顶上的头发有搬家到腮旁颔下的趋势，而最令人触目惊心的是，鬓角上发现几根白发，这一惊非同小可，平素一毛不拔的人到这时候也不免要狠心地把它拔去，拔毛连茹，头发根上还许带着一颗鲜亮的肉珠。但是没有用，岁月不饶人！

一般的女人到了中年，更着急。哪个年轻女子不是饱满丰润得像一颗牛奶葡萄，一弹就破的样子？哪个年轻女子不是玲珑矫健得像一只燕子，跳动得那么轻灵？到了中年，全变了。曲线都还存在，但满不是那么回事，该凹入的部分变成了凸出，该凸出的部分变成了凹入，牛奶葡萄要变成金丝蜜枣，燕子要变鹌鹑。最暴露在外面的是一张脸，从"鱼尾"起皱纹撒出一面网，纵横辐转，疏而不漏，把脸逐渐织成一幅铁路线最发达的地图，脸上的皱纹已经不是熨斗所能烫得平的，同时也不知怎么在皱纹之外还常常加上那么多的苍蝇屎。所以脂粉不可少。除非粪土之墙，没有不可污的道理。在原有的一张脸上再罩上一张脸，本是最简便的事。不过在上妆之前下妆之后，容易令人联想起《聊斋志异》的那一篇《画皮》而已。女人的肉好像最禁不起地心的吸力，一到中年便一齐松懈下来往下堆摊，成堆的肉挂在脸上，挂在腰边，挂在踝际。听说有许多西洋女子用擀面杖似的一根棒子早晚浑身乱搓，希望把浮肿的肉压得结实一点，又有些人干脆忌食脂肪忌食淀粉，扎紧裤带，活生生地把自己"饿"回青春去。有多少效果，我不知道。

别以为人到中年，就算完事。不，譬如登临，人到中年像是攀跻到了最高峰。回头看看，一串串的小伙子正在"头也不回呀汗也不揩"地往上爬。再仔细看看，路上有好多块绊脚石，曾把自己磕碰得鼻青脸肿，有好多处陷阱，使自己做了若干年的井底蛙。回想从前，自己做过扑灯蛾，惹火焚身，自己做过撞窗户纸的苍蝇，一心想奔光明，结果落在粘苍蝇的胶纸上！这种种景象的观察，只有站在最高峰上才有可能。向前看，前面是下坡路，好走得多。

施耐庵《水浒》序云："人生三十未娶，不应再娶；四十未仕，不应再仕。"其实"娶""仕"都是小事，不娶不仕也罢，只是这种说法有点中途弃权的意味。西谚云："人的生活在四十才开始。"好像四十以前，不过是几出配戏，好戏都在后面。我想这与健康有关。吃窝头米糕长大的人，拖到中年就算不易，生命力已经蒸发殆尽。这样的人焉能再娶？何必再仕？服"维他赐保命"都嫌来不及了。我看见过一些得天独厚的男男女女，年轻的时候愣头愣脑的，浓眉大眼，生僵挺硬，像是一些又青又涩的毛桃子，上面还带着挺长的一层毛。他们是未经琢磨过的璞石。可是到了中年，他们变得润泽了，容光焕发，脚底下像是有了弹簧，一看就知道是内容充实的。他们的生活像是在饮窖藏多年的陈酿，浓而芳洌！对于他们，中年没有悲哀。

四十开始生活，不算晚，问题在"生活"二字如何诠释。如果年届不惑，再学习溜冰踢毽子放风筝，"偷闲学少年"，那自然有如秋行春令，有点勉强。半老徐娘，留着刘海，躲在茅房里穿高跟鞋当作踩高跷般地练习走路，那也是惨事。中年的妙趣，在于相当地认识人生，认识自己，从而做自己所能做的事，享受自己所能享受的生活。科班的童伶宜于唱全本的大武戏，中年的演员才能担得起大出的轴子戏，只因他到中年才能真懂得戏的内容。

猪

猪没有什么模样儿，笨拙臃肿，漆黑一团，四川猪是白的，但是也并不俊俏，像是遍体白癜风，像是"天佬儿"，好像还没有黑色来得比较可以遮丑。俗话说："三年不见女人，看见一只老母猪，也觉得它眉清目秀。"一般人似尚不至如此，老母猪离眉清目秀的境界似乎尚远。只看看它那个嘴巴尽管有些近于帝王之相，究竟占面部面积过多，作为武器固未尝不可，作为五官之一就嫌不称。它那两扇鼓动生风的耳轮，细细的两根脚杆，辫子似的一条尾巴，陷在肉坑里的一对小眼和那快擦着地的膨亨大腹，相形之下，全不成比例。当然，如果它能竖起来行走，大腹便便也并不妨事，脑满肠肥的一副相说不定还许能赢得许多人的尊敬，脸上的肉叠成褶，也许还能讨若干人的欢喜。可惜它只能四脚着地，辜负了那一身肉，只好谥之曰猪猡。

任何事物不可以貌相。并且相貌的丑俊也不是自己所能主宰的。上天造物是有那么多的变化，有蠢的，有俏的。可恼的是猪儿除了那不招人爱的模样之外，它的举止动作也全没有一点风度。它好睡，睡无睡相，人讲究"坐如钟，睡如弓"。猪不足以语此，它睡起来是四脚直挺，倒头便睡，而且很快就鼾声雷动，那鼾声是疙疙噜苏的，很少悦耳的成分。一经睡着，天大的事休想能惊醒它，打它一棒它能翻过身再睡，除非是一桶猪食哗啦一声倒在食槽里。这时节它会连爬带滚争先恐后地奔向食槽。随吃随挤，随咽随哑，嚼菜根则嘎嘎作响，吸豆渣则呼呼有声，吃得嘴脸狼藉，可以说没有一点"新生活"。动物的叫声无论是哀也好，凶也好，没有像猪叫那样讨厌的，平常没有事的时候，只会在嗓子眼儿里呶呶嚅嚅，没有一点痛快，等到大限将至被人揪住耳朵提着尾巴的时候，便放声大叫，既不惹人怜，更不使人怕，只是使人听了刺耳。它走路的时候，踉踉跄跄，活泼的时候，盲目地乱窜，没有一点规矩。

虽然如此，猪的人缘还是很好，我在乡间居住的时候，女佣不断地要求养猪，她常年茹素，并不希冀吃肉，更不希冀赚钱，她只是觉得家里没有几只猪儿便不像是个家，虽然有了猫狗和孩子还是不够。我终于买了两只小猪。她立刻眉开眼笑，于抚抱之余给了小猪我所梦想不到的一个字的评语曰："乖！"孟子曰："食而弗爱，豕交之也；爱而不敬，兽畜之也。"我看我们的女佣在喂猪的时候是兼爱敬而有之。她根据"食不厌精脍不厌细"的道理对于猪食是细切久煮，敬谨用事的，一日三餐，从不误时，伺候猪食之后倒是没有忘记过给主人做饭。天朗气清惠风和畅的时候，她坐在屋檐下补袜子，一对小猪伏在她的腿上打瞌睡。等到"架子"长成"催肥"的时候来到，她加倍努力地供应，像灌溉一株花草一般地小心翼翼，它越努力加餐，她越心里欢喜，她俯在圈栏上看着猪儿进膳，没有偏疼，没有温意，一片慈祥。有一天，猪儿高卧不起，见了食物也无动于心，似有违和之意，她急得烧香焚纸，再进一步就是在猪耳根上放一点血，烧红一块铁在猪脚上烙一下，最后一招是一服万金油拌生鸡蛋。年关将届，她噙着眼泪烧一大锅开水，给猪洗第一次也是最后一次的热水澡。猪圈不能空着，紧接着下一代又继承了上来。

看猪的一生，好像很是无聊，大半时间都是被关在圈里，如待决之囚，足迹不出栅门，出不能接见亲属，而且很早地就被阉割，大欲就先去了一半，浑浑噩噩地度过一生，临了还不免冰凉的一刀。但是它也有它的庸福。它不用愁吃，到时候只消饭来张口，它不用劳力，它有的是闲暇。除了它最后不得善终好像是不无遗憾以外，一生的经过比起任何养尊处优的高级动物也并无愧色。

"闻其声不忍食其肉"，是君子，但是我常以为猪叫的声音不容易动人的不忍之心。有一个时期，我的居处与屠场为邻，黎明就被惊醒，其鸣也不哀，随后是血流如注的声音，叫声顿止，继之以一声叹气，最后的一口气，再听便只有屋檐滴雨一般沥血的声音，滴滴答答地落在桶里。我觉得猪经过这番洗礼，将超升成为一种有用的东西，无负于豢养它的人，是一件公道而可喜的事。

仓颉造字，天雨粟，鬼夜哭，虽是神话，也颇有一点意思。"家"字是屋子底下一口猪。屋子底下一个人，岂不简洁了当？难道猪才是家里主要的一员？有人说豕居引申而为人居，有人引《曲礼》"问庶人之富数畜以对"之义以为豕是主要的家畜。我养过几年猪之后，顿有所悟。猪在圈里的工作，主要的是"吃、喝、拉、撒、睡"，此外便没有什么。圈里是脏的，顶好的卫生设备也会弄得一塌糊涂。吃了睡，睡了吃，毫无顾忌，便当无比。这不活像一个家吗？在什么地方"吃、喝、拉、撒、睡"比在家里更方便？人在家里的生活比在什么地方更像一只猪？仓颉泄露天机倒未必然，他洞彻人生，却是真的，怪不得天雨粟鬼夜哭。

狗

　　我初到重庆，住在一间湫隘的小室里，窗外还三两棵肥硕的芭蕉，屋里益发显得阴森森的，每逢夜雨，凄惨欲绝。但凄凉中毕竟有些诗意，旅中得此，尚复何求？我所最感苦恼的乃是房门外的那一只狗。

　　我的房门外是一间穿堂，亦即房东一家老小用膳之地，餐桌底下永远卧着一条脑满肠肥的大狗。主人从来没有扫过地，每餐的残羹剩饭，骨屑稀粥，以及小儿便溺，全都在地上星罗棋布着，由那只大狗来舐得一干二净。如果有生人走进，狗便不免有所误会，以为是要和它争食，于是声色俱厉地猛扑过去。在这一家里，狗完全担负了"洒扫应对"的责任。

　　"君子有三畏"，猘犬其一也。我知道性命并无危险，但是每次出来进去总要经过它的防次，言语不通，思想亦异，每次都要引起摩擦，酿成冲突，日久之后真觉厌烦之至。其间曾经谋求种种对策，一度投以饵饼，期收绥靖之觌，不料饵饼尚未啖完，乘我返身开锁之际，无警告地向我的腿部偷袭过来，又一度改取"进取乃最好之防御"的方法，转取主动，见头打头，见尾打尾，虽无挫衄，然积小胜终不能成大胜，且转战之余，血脉贲张，亦大失体统。因此外出即怵回家，回到房里又不敢多饮茶。不过使我最难堪的还不是狗，而是它的主人的态度。

　　狗从桌底下向我扑过来的时候，如果主人在场，我心里是存着一种奢望的，我觉得狗虽然也是高等动物，脊椎动物哺乳类，然而，究竟，至少在外形上，主人和我是属于较近似的一类，我希望他给我一些援助或同情。但是我错了，主客异势，亲疏有别，主人和狗站在同一立场。我并不是说主人也帮着狗猖猖然来对付我，他们尚不至于这样的合群。我是说主人对我并不解救，看着我的狼狈而哄然噱笑，泛起一种得意之色，面带着笑容对狗嗔骂几声："小花！你昏了？连×先生你都不认识了！"骂的是狗，用的是让我所能听懂的语言。那弦外之音是："我已尽了管束之责了，你如果被狗吃掉莫要怪我。"俗语说，"打狗看主人"，我觉得不看主人还好，看了主人我倒要狠狠地再打狗几棍。

后来我疏散下乡，遂脱离了这恶犬之家，听说继续住那间房的是一位军人，他也遭遇了狗的同样的待遇，也遭遇了狗的主人的同样的待遇，但是他比我有办法，他拔出枪来把狗当场格毙了，我于称快之余，想起那位主人的悲怆，又不能不付与同情了。特别是，残茶剩饭丢在地下无人舐，主人势必躬亲洒扫，其凄凉是可想而知的。

在乡下不是没有犬厄。没有背景的野犬是容易应付的，除了菜花黄时的疯犬不计外，普通的野犬都是些不修边幅夹尾巴的可怜东西，就是汪汪地叫起来也是有气无力的，不像人家豢养的狗那样振振有词自成系统。有些人家在门口挂着牌示"内有恶犬"，我觉得这比门里埋伏恶犬的人家要忠厚得多。我遇见过埋伏，往往猝不及防，惊惶大呼，主人闻声搴帘而出，嫣然而笑，肃客入座。从容相告狗在最近咬伤了多少人。这是一种有效的安慰，因为我之未及于难是比较可庆幸的事了。但是我终不明白，他为什么不索性养一只虎？来一个吃一个，来两个吃一双，岂不是更为体面吗？

这道理我终于明白了。雅舍无围墙，而盗风炽，于是添置了一只狗。一日邮差贸贸然来，狗大声咆哮，邮差且战且走，蹒跚而逸，主人抚掌大笑。我顿有所悟。别人的狼狈永远是一件可笑的事，被狗所困的人是和踏在香蕉皮上面跌跤的人同样的可笑。养狗的目的就要它咬人，至少做吃人状。这就是等于养鸡是为要它生蛋一样，假如一只狗像一只猫一样，整天晒太阳睡觉，客人来便咪咪叫两声，然后逡巡而去，我想不但主人惭愧，客人也要惊讶。所以狗咬客人，在主人方面认为狗是克尽厥职，表面上尽管对客抱歉，内心里是有一种愉快，觉得我的这只狗并非是挂名差事，它守在岗位上发挥了作用。所以对狗一面苛责，一面也还要嘉勉。因此脸上才泛出那一层得意之色。还有衣裳楚楚的人，狗是不大咬的，这在主人也不能不有"先护我心"之感。所可遗憾者，有些主人并不以衣裳取人，亦并不以衣裳废人，而这种道理无法通知门上，有时不免要慢待嘉宾，不过就大体论，狗的眼力总是和它的主人差不了多少。所以，有这样多的人家都养狗。

鸟

　　我爱鸟。

　　从前我常见提笼架鸟的人，清早在街上溜达（现在这样有闲的人少了）。我感觉兴味的不是那人的悠闲，却是那鸟的苦闷。胳膊上架着的鹰，有时头上蒙着一块皮子，羽翮不整地蜷伏着不动，哪里有半点瞵视昂藏的神气？笼子里的鸟更不用说，常年地关在栅栏里，饮啄倒是方便，冬天还有遮风的棉罩，十分"优待"，但是如果想要"抟扶摇而直上"，便要撞头碰壁。鸟到了这种地步，我想它的苦闷，大概是仅次于粘在胶纸上的苍蝇，它的快乐，大概是仅优于在标本室里住着吧？

　　我开始欣赏鸟，是在四川。黎明时，窗外是一片鸟啭，不是叽叽喳喳的麻雀，不是呱呱噪啼的乌鸦，那一片声音是清脆的，是嘹亮的，有的一声长叫，包括着六七个音阶，有的只是一个声音，圆润而不觉其单调，有时是独奏，有时是合唱，简直是一派和谐的交响乐。不知有多少个春天的早晨，这样的鸟声把我从梦境唤起。等到旭日高升，市声鼎沸，鸟就沉默了，不知到哪里去了。一直等到夜晚，才又听到杜鹃叫，由远叫到近，由近叫到远，一声急似一声，竟是凄绝的哀乐。客夜闻此，说不出的酸楚！

　　在白昼，听不到鸟鸣，但是看得见鸟的形体。世界上的生物，没有比鸟更俊俏的。多少样不知名的小鸟，在枝头跳跃，有的曳着长长的尾巴，有的翘着尖尖的长喙，有的是胸襟上带着一块照眼的颜色，有的是飞起来的时候才闪露一下斑斓的花彩。几乎没有例外的，鸟的身躯都是玲珑饱满的，细瘦而不干瘪，丰腴而不臃肿，真是减一分则太瘦，增一分则太肥那样的秾纤合度，跳荡得那样轻灵，脚上像是有弹簧。看它高踞枝头，临风顾盼——好锐利的喜悦刺上我的心头。不知是什么东西惊动它了，它倏地振翅飞去，它不回顾，它不悲哀，它像虹似的一下就消逝了，它留下的是无限的迷惘。有时候稻田里伫立着一只白鹭，蜷着一条腿，缩着颈子，有时候"一行白鹭上青天"，背后还衬着黛青的山色和油绿的梯田。就是抓小鸡的鸢鹰，啾啾地叫着，在天空盘旋，也有令人喜悦的一种雄姿。

我爱鸟的声音，鸟的形体，这爱好是很单纯的，我对鸟并不存任何幻想。有人初闻杜鹃，兴奋得一夜不能睡，一时想到"杜宇""望帝"，一时又想到啼血，想到客愁，觉得有无限诗意。我曾告诉他事实上全不是这样的。杜鹃原是很健壮的一种鸟，比一般的鸟魁梧得多，扁嘴大口，并不特别美，而且自己不知构巢，依仗体壮力大，硬把卵下在别个的巢里，如果巢里已有了够多的卵，便不客气地给挤落下去，孵育的责任由别个代负了，孵出来之后，羽毛渐丰，就可把巢据为己有。那人听了我的话之后，对于这豪横无情的鸟，再也不能幻出什么诗意来了。我想济慈的《夜莺》，雪莱的《云雀》，还不都是诗人自我的幻想，与鸟何干？

鸟并不永久地给人喜悦，有时也给人悲苦。诗人哈代在一首诗里说，他在圣诞的前夕，炉里燃着熊熊的火，满室生春，桌上摆着丰盛的筵席，准备着过一个普天同庆的夜晚，蓦然看见在窗外一片美丽的雪景当中，有一只小鸟踧踧缩缩地在寒枝的梢头踞立，正在啄食一颗残余的僵冻的果儿，禁不住那料峭的寒风，栽倒在地上死了，滚成一个雪团！诗人感谓曰："鸟！你连这一个快乐的夜晚都不给我！"我也有过一次类似的经验，在东北的一间双重玻璃窗的屋里，忽然看见枝头有一只麻雀，战栗地跳动抖擞着，在啄食一块干枯的叶子。但是我发现那麻雀的羽毛特别的长，而且是蓬松戟张着的：像是披着一件蓑衣，立刻使人联想到那垃圾堆上的大群褴褛而臃肿的人，那形容是一模一样的。那孤苦伶仃的麻雀，也就不暇令人哀了。

　　自从离开四川以后，不再容易看见那样多型类的鸟的跳荡，也不再容易听到那样悦耳的鸟鸣。只是清早遇到烟突冒烟的时候，一群麻雀挤在檐下的烟突旁边取暖，隔着窗纸有时还能看见伏在窗棂上的雀儿的映影。喜鹊不知逃到哪里去了。带哨子的鸽子也很少看见在天空打旋。黄昏时偶尔还听见寒鸦在古木上鼓噪，入夜也还能听见那像哭又像笑的鸱枭的怪叫。再令人触目的就是那些偶然一见的囚在笼里的小鸟儿了，但是我不忍看。

情系北平

北平的冬天

说起冬天，不寒而栗。

我是在北平长大的。北平冬天好冷。过中秋不久，家里就忙着过冬的准备，做"冬防"。阴历十月初一屋里就要生火，煤球、硬煤、柴火都要早早打点。摇煤球是一件大事。一串骆驼驮着一袋袋的煤末子到家门口，煤黑子把煤末子背进门，倒在东院里，堆成好高的一大堆。然后等着大晴天，三五个煤黑子带着筛子、耙子、铲子、两爪钩子就来了，头上包块布，腰间褡布上插一根短粗的旱烟袋。煤黑子摇煤球的那一套手艺真不含糊。煤末子摊在地上，中间做个坑，好倒水，再加预先备好的黄土，两个大汉就搅拌起来。搅拌好了就把烂泥一般的煤末子平铺在空地上，做成一大块蛋糕似的，再用铲子拍得平平的、光溜溜的，约一丈见方。这时节煤黑子已经满身大汗，脸上一条条黑汗水淌了下来，该坐下休息抽烟了。休毕，煤末子稍稍干凝，便用铲子在上面横切竖切，切成小方块，像厨师切菜切萝卜一般手法伶俐。然后坐下来，地上倒扣一个小花盆，把筛子放在花盆上，另一人把切成方块的煤末子铲进筛子，便开始摇了，就像摇元宵一样，慢慢地把方块摇成煤球。然后摊在地上晒。一筛一筛地摇，一筛一筛地晒。好辛苦的工作，孩子在一边看，觉得好有趣。

万一天色变，雨欲来，煤黑子还得赶来收拾，归拢归拢，盖上点什么，否则煤被雨水冲走，前功尽弃了。这一切他都乐为之，多开发一点酒钱便可。等到完全晒干，他还要再来收煤，才算完满，明年再见。

煤黑子实在很苦，好像大家并不寄予多少同情。从日出做到日落，疲乏的回家途中，遇见几个顽皮的野孩子，还不免听到孩子们唱着歌谣嘲笑他：

煤黑子

打算盘，

你妈洗脚我看见！

我那时候年纪小，好久好久都没有能明白为什么洗脚不可以令人看见。

煤球儿是为厨房大灶和各处小白炉子用的，就是再穷苦不过的人家也不能不预先储备。有"洋炉子"的人家当然要储备的还有大块的红煤白煤，那也是要砸碎了才能用，也需一番劳力的。南方来的朋友们看到北平家家户户忙"冬防"，觉得奇怪，他不知道北平冬天的厉害。

一夜北风寒，大雪纷纷落，那景致有得瞧的。但是有几个人能有谢道韫女士那样从容吟雪的福分。所有的人都被那砭人肌肤的朔风吹得缩头缩脑，各自忙着做各自的事。我小时候上学，背的书包倒不太重，只是要带墨盒很伤脑筋，必须平平稳稳地拿着，否则墨汁要洒漏出来，不堪设想。有几天还要带写英文字的蓝墨水瓶，更加恼人了。如果伸手提携墨盒墨水瓶，手会冻僵。手套没有用。我大姐给我用绒绳织了两个网子，一装墨盒，一装墨水瓶，同时给我做了一副棉手筒，两手伸进筒内，提着从一个小孔塞进的网绳，于是两手不暴露在外而可提携墨盒墨水瓶了。饶是如此，手指关节还是冻得红肿，做奇痒。脚后跟生冻疮更是稀松平常的事。临睡时母亲为我们备热水烫脚，然后钻进被窝，这才觉得一日之中尚有温暖存在。

北平的冬景不好看吗？那倒也不。大清早，榆树顶的干枝上经常落着几只乌鸦，呱呱地叫个不停，好一幅古木寒鸦图！但是还不及西安城里的乌鸦多。北平喜鹊好像不少，在屋檐房脊上叽叽喳喳地叫，翘着的尾巴倒是很好看的，有人说它是来报喜，我不知喜自何来。麻雀很多，可是竖起羽毛像披蓑衣一般，在地面上蹦蹦跳跳地觅食，一副可怜相。不知什么人放鸽子，一队鸽子划空而过，盘旋又盘旋，白羽衬青天，哨子忽忽响。又不知是哪一家放风筝，沙雁蝴蝶龙睛鱼，弦弓上还带锣鼓。隆冬之中也还点缀着一些情趣。

过新年是冬天生活的高潮。家家贴春联、放鞭炮、煮饺子、接财神。其实是孩子们狂欢的季节，换新衣裳、磕头、逛厂甸儿，流着鼻涕举着琉璃喇叭大沙雁儿。五六尺长的大糖葫芦糖稀上沾着一层尘沙。北平的尘沙来头大，是从蒙古戈壁大沙漠刮来的，平时真是胡尘涨宇，八表同昏。脖领里、鼻孔里、牙缝里，无往不是沙尘。这才是真正的北平的冬天的标志。愚夫愚妇们忙着逛财神庙、白云观去会神仙，甚至赶妙峰山进头炷香，事实上无非是在泥泞沙尘中打滚而已。

在北平，裘马轻狂的人固然不少，但是极大多数的人到了冬天都是穿着粗笨臃肿的大棉袍、棉裤、棉袄、棉袍、棉背心、棉套裤、棉风帽、棉毛窝、棉手套。穿丝棉的是例外。至若拉洋车的、挑水的、掏粪的、换洋取灯儿的、换肥子儿的、抓空儿的、打鼓儿的……哪一个不是衣裳单薄，在寒风里打战？在北平的冬天，一眼望出去，几乎到处是萧瑟贫寒的景色，无须走向粥厂门前才体会到什么叫作饥寒交迫的境况。北平是大地方，从前是辇毂所在，后来也是首善之区，但也是"朱门酒肉臭，路有冻死骨"的地方。

北平冷，其实有比北平更冷的地方。我在沈阳度过两个冬天。房屋双层玻璃窗，外层凝聚着冰雪，内层若是打开一个小孔，冷气就逼人而来。马路上一层冰一层雪，又一层冰一层雪，我有一次去赴宴，在路上连跌了两跤，大家认为那是寻常事。可是也不容易跌断腿，衣服穿得多。一位老友来看我，觌面不相识，因为他的眉毛须发全都结了霜！街上看不到一个女人走路。路灯电线上踞着一排鸦雀之类的鸟，一声不响，缩着脖子发呆，冷得连叫的力气都没有。更北的地方如黑龙江，一定冷得更有可观。北平比较起来不算顶冷了。

冬天实在是很可怕。诗人说："冬天来到了，春天还会远吗？"但愿如此。

北平的街道

"无风三尺土，有雨一街泥"，这是北平街道的写照。也有人说，下雨时像大墨盒，刮风时像大香炉，亦形容尽致。像这样的地方，还值得去想念吗？不知道为什么，我时常忆起北平街道的景象。

北平苦旱，街道又修得不够好，大风一起，迎面而来，又黑又黄的尘土兜头撒下，顺着脖梗子往下灌，牙缝里会积存沙土，咯吱咯吱地响，有时候还夹杂着小碎石子，打在脸上挺痛，眯眼睛更是常事，这滋味不好受。下雨的时候，大街上有时候积水没膝，有一回洋车打天秤，曾经淹死过人，小胡同里到处是大泥塘，走路得靠墙，还要留心泥水溅个满脸花。我小时候每天穿行大街小巷上学下学，深以为苦，长辈告诫我说，不可抱怨，从前的道路不是这样子，甬路高与檐齐，上面是深刻的车辙，那才令人视为畏途。这样退一步想，当然痛快一些。事实上，我也赶上了一部分当年交通困难的盛况。我小时候坐轿车出前门是一桩盛事，走到棋盘街，照例是"插车"，壅塞难行，前呼后骂，等得心焦，常常要一小时以上才有松动的现象。最难堪的是这一带路上铺厚石板，年久磨损露出很宽很深的缝隙，真是豁牙露齿，骡车马车行走其间，车轮陷入缝隙，左一歪右一倒，就在这一步一倒之际脑袋上会碰出核桃大的包左右各一个。这种情形后来改良了，前门城洞由一个变四个，路也拓宽，石板也取消了，更不知是什么人做一大发明，"靠左边走"。

北平城是方方正正的，坐北朝南，除了为象征"天塌西北地陷东南"缺了两个角之外没有什么不规则形状，因此街道也就显着横平竖直四平八稳。东四西四东单西单，四个牌楼把据四个中心点，巷弄栉比鳞次，历历可数。到了北平不容易迷途者以此。从前皇城未拆，从东城到西城需要绕过后门，现在打通了一条大路，经北海团城而金鳌玉蛛，雕栏玉砌，风景如画。是北平城里最漂亮的道路。向晚驱车过桥，左右目不暇给。城外还有一条极有风致的路，便是由西直门通到海淀的那条马路，夹路是高可数丈的垂杨，一棵挨着一棵，夏秋之季，蝉鸣不已，柳丝飘拂，夕阳西下，景色幽绝。我小时读书清华园，每星期往返这条道上，前后八年，有时骑驴，有时乘车，这条路给我的印象太深了。

北平街道的名字，大部分都有风趣，宽的叫"宽街"，窄的叫"夹道"，斜的叫"斜街"，短的有"一尺大街"，方的有"棋盘街"，曲折的有"八道湾""九道湾"，新辟的叫"新开路"，狭隘的叫"小街子"，低下的叫"下洼子"，细长的叫"豆芽菜"。

有许多因历史沿革的关系意义已经失去，例如，"琉璃厂"已不再烧琉璃瓦而变成书业集中地，"肉市"已不卖肉，"米市胡同"已不卖米，"煤市街"已不卖煤，"鹁鸽市"已无鹁鸽，"缸瓦厂"已无缸瓦，"米粮库"已无粮库。更有些路名称稍嫌俚俗，其实俚俗也有俚俗的风味，不知哪位缙绅大人自命风雅，擅自改为雅驯一些的名字，例如，"豆腐巷"改为"多福巷"，"小脚胡同"改为"晓教胡同"，"劈柴胡同"改为"辟才胡同"，"羊尾巴胡同"改为"羊宜宾胡同"，"裤子胡同"改为"库资胡同"，"眼乐胡同"改为"演乐胡同"，"王寡妇斜街"改为"王广福斜街"。民初警察厅有一位刘勃安先生，写得一手好魏碑，搪瓷制的大街小巷的名牌全是此君之手笔。幸而北平尚没有纪念富商显要以人名为路名的那种作风。

北平，不比十里洋场，人民的心理比较保守，沾染的洋习较少较慢。东交民巷是特殊区域，里面的马路特别平，里面的路灯特别亮，里面的楼房特别高，里面打扫得特别干净，但是望洋兴叹与鬼为邻的北平人却能视若无睹，见怪不怪。北平人并不对这一块自感优越的地方投以艳羡眼光，只有二毛子准洋鬼子才直眉瞪眼地往里面钻。地道的北平人，提着笼子架着鸟，宁可到城根儿去溜达，也不肯轻易蹩进那一块瞧着令人生气的地方。

北平没有逛街之一说。一般说来，街上没有什么可逛的。一般的铺子没有窗橱，因为殷实的商家都讲究"良贾深藏若虚"，好东西不能摆在外面，而且买东西都讲究到一定的地方去，用不着在街上浪荡。要散步嘛，到公园北海太庙景山去。如果在路上闲逛，当心车撞，当心泥塘，当心踩一脚屎！要消磨时间嘛，上下三六九等，各有去处，在街上遛瘦腿最不是办法。当然，北平也有北平的市景，闲来无事偶然到街头看看，热闹之中带着悠闲也蛮有趣。有购书癖的人，到了琉璃厂，从厂东门到厂西门可以消磨整个半天，单是那些匾额招牌就够欣赏许久，一家书铺挨着一家书铺，掌柜的肃客进入后柜，翻看各种图书版本，那真是一种享受。

北平的市容，在进步，也在退步。进步的是物质建设，诸如马路行人道的拓宽与铺平，退步的是北平特有的情调与气氛逐渐消失褪色了。天下一切事物没有不变的，北平岂能例外？

北平的垃圾

"无风三尺土，有雨一街泥"，这是北平的传统形容词。北平的天气干燥，风大，路修得不好，所以灰尘太大。有时候，从蒙古沙漠那边吹过来的大风，卷起了北方戈壁的细沙，向南筛洒，能把半个天都涂成讣闻纸的颜色。所以凡是到北平来观光的，样样满意，只是对于那落在脖梗子上的，撒在头发上的，钻到耳朵眼儿里、牙缝儿里的，以及经常罩在桌面上的灰尘，实在不能赏识。这是无可奈何的事，甘瓜苦蒂，天下物无全美。沙漠要搬家，可有什么法子治呢？这不独北平为然，凡是在黄河流域旅行过的都应该知道，北方在五行中关于"土"是得天独厚的。

不要说屈心的话，长住在北平的人也并不喜欢灰土。即以区区而论，在灰土里已经扑腾了快五十年，如果迎面刮起一阵黑风，好像是一大把胡椒粉兜头撒来，我就要急忙地堵起鼻嘴，丝毫没有如鱼得水之乐。可是我又不能不承认，北平人好像是对于灰土的耐性特别的强韧一些。除了天空中长年弥漫着的灰土不计外，北平人还在囤积大批的垃圾。"沙滩"是号称所谓文化区的，其实那地方的特征是除了一座大学之外还有一座大垃圾堆在那矗立着。靠近各处城根，都有垃圾堆，堆得挺高，几乎高与城齐，堆的上面都开辟出了道路，可以行车走人！各胡同里的垃圾很少堆在墙角路边，那太不雅观，并且不卫生，为政府所不许，于是有更聪明的处理办法，索性平铺在路面上，路面本来不平，不平处正好用垃圾填补，而且永远填补不平，总是有坑洼的地方，所以垃圾可以无限制地往上铺放。老百姓不敢大量地把垃圾倾在路面，官家的人才这样做，负责清除垃圾的人穿着制服摇着铃铛公然在路面上铺垃圾。北平胡同的路面现在距离天空越来越近了。这作风与"刮地皮"正相反。区区的寓处并不在偏僻的地方，门口本来有四层石阶，现在只剩两层了。有人统计过（怎样统计的我却不知道），北平积存的垃圾合拢起来有四个景山那么大的体积，若是完全清除，至少需要五年！我想，我们的国运若是兴隆，而固有道德又不堕落的话，北平的垃圾与日俱增，也许用不了多久的时间北平会要变成一座高原，在遥远的将来，在这垃圾的废墟里可以掘出无数的"北京人"，无须再到周口店去了。

对垃圾加以赞颂是不近人情的。但是一个垃圾堆确实是我们的一个最恰当的纪念塔，它象征一个古老的文化，是多年聚积的成绩，有丰富的内容，虽然是些无用的废物，它藏垢纳污，它蕴藏着毒素，但是永远有三五成群的衣裳褴褛的孩子在埋头苦干地从事发掘。有人以为天坛的祈年殿或是故宫的太和殿最足以代表北平的文化，据我看，那都是历史的陈迹，我以为垃圾堆才是北平的活的现实的写照。不要以为垃圾堆是令人掩鼻而过的东西，不，无数的老头子小伙子大姑娘小媳妇都在那堆上生活着，趋之若鹜。

迟缓的北平人也感觉到垃圾的威胁了，大家嚷嚷着要清除垃圾，因为垃圾太庞大了，国际观瞻所系，故都市容有关，不能再姑息下去，至于市民卫生倒是一桩小事。我原以为清除垃圾固然兹事体大，其方法当不外一铲一筐地用车拉出城去而已。我的想法居然落了下乘。有更高明的议论出现了，有人说清除垃圾是一门学问，需要大学里专辟一个课程，造就专门的人才，又有人说垃圾可以废物利用，从垃圾中可以制炼出砖之类的东西。这议论当然很好，只是远水不救近火。从前我们也没有垃圾专家，垃圾并不成问题。清道夫就是垃圾专家。垃圾如果有用，也不妨搬到城外去慢慢地受用。我的笨法子很简单，负责的人把清洁捐拨出一部分来了（只要一部分），雇用足数的人，给他们足数的薪给，认真督促他们一铲一筐地往城外运，骡车也行，人拉车也行，卡车更好，采取"愚公移山"的办法，早晚可以清除净尽。同时，大学里设专门课程，利用垃圾开设工厂，都可以并行不悖，我丝毫没有不赞成的意思。

北平年景

　　过年须要在家乡里才有味道。羁旅凄凉，到了年下只有长吁短叹的份儿，还能有半点欢乐的心情？而所谓家，至少要有老小二代，若是上无双亲，下无儿女，剩下伉俪一对，大眼瞪小眼，相敬如宾，还能制造什么过年的气氛，北平远在天边，徒萦梦想，童时过年风景，尚可回忆一二。

　　祭灶过后，年关在迩。家家忙着把锡香炉、锡蜡签、锡果盘、锡茶托，从蛛网尘封的箱子里取出来，做一年一度的大擦洗。宫灯、纱灯、牛角灯，一齐出笼。年货也是要及早备办的，这包括厨房里用的干货，拜神祭祖用的苹果干果等，屋里供养的牡丹水仙，孩子们吃的粗细杂拌儿。蜜供是早就在白云观订制好了的，到时候用纸糊的大筐篓一碗一碗装着送上门来。家中大小，出出进进，如中风魔。主妇当然更有额外负担，要给大家制备新衣新鞋新袜大衫，尽管是布鞋布袜布大衫，总要上下一新。

　　祭祖先是过年的高潮之一。祖先的影像悬挂在厅堂之上，都是七老八十的，有的撇嘴微笑，有的金刚怒目，在香烟缭绕之中，享用蒸烟，这时节孝子贤孙磕头如捣蒜，其实亦不知所为何来，慎终追远的意思不能说没有，不过大家忙的是上供、拈香、点烛、磕头，紧接着是撤供，围桌吃年夜饭，来不及慎终追远。

　　吃是过年的主要节目。年菜是标准化了的，家家一律。人口旺的人家要进全猪，连下水带猪头，分别处理下咽。一锅炖肉，加上蘑菇是一碗，加上粉丝又是一碗，加上山药又是一碗，大盆的芥末墩儿、鱼冻儿、肉皮辣酱，成缸的大腌白菜、芥菜疙瘩——管够。初一不动刀，初五以前不开市，年菜非囤积集不可，结果是年菜等于剩菜，吃倒了胃口而后已。

"好吃不过饺子，舒服不过倒着"，这是乡下人说的话，北平人称饺子为"煮饽饽"，城里人也把煮饽饽当作好东西，除了除夕消夜不可少的一顿之外，从初一至少到初三，顿顿煮饽饽，直把人吃得头昏脑涨。这种疲劳填充的方法颇有道理，可以使你长期地不敢再对煮饽饽妄动食指，直等到你淡忘之后明年再说。除夕消夜的那一顿，还有考究，其中一只要放一块银币，谁吃到那一只主交好运。家里有老祖母的，年年是她老人家幸运地一口咬到，谁都知道其中做了手脚，谁都心里有数。

孩子们须要循规蹈矩，否则便成了野孩子，唯有到了过年时节可以沐恩解禁，任意地做孩子状。除夕之夜，院里撒满了芝麻秸儿，孩子们践踏得咯吱咯吱响是为"踩岁"。闹得精疲力竭，睡前给大人请安，是为"辞岁"。大人摸出点什么作为赏赍，是为"压岁"。

新正是一年复始，不准说丧气话，见面要道一声"新禧"。房梁上有"对我生财"的横批，柱子上有"一人新春万事如意"的直条，天棚上有"紫气东来"的斗方，大门上有"国恩家庆人寿年丰"的对联。墙上本来不大干净的，还可贴上几张年画，什么"招财进宝""肥猪拱门"，都可以收补壁之效。自己心中想要获得的，写出来画出来贴在墙上，俯仰之间仿佛如意算盘业已实现了！

好好的人家没有赌博的。打麻将应该到八大胡同去，在那里有上好的骨牌，硬木的牌桌，还有佳丽环列。但是过年则几乎家家开赌，推牌九、状元红，呼幺喝六，老少咸宜。赌禁的开放可以延长到元宵，这是唯一的家庭娱乐。孩子们玩花炮是没有腻的。九隆斋的大花盒，七层的九层的，花样翻新，直把孩子看得瞪眼咂舌。冲天炮、二踢脚、太平花、飞天七响、炮打襄阳，还有我们自以为值得骄傲的可与火箭媲美的"旗火"，从除夕到天亮彻夜不绝。

　　街上除了油盐店门上留个小窟窿外，商店都上板，里面常是锣鼓齐鸣，狂擂乱敲，无板无眼，据说是伙计们在那里发泄积攒一年的怨气。大姑娘小媳妇擦脂抹粉地全出动了，三河县的老妈儿都在头上插一朵颤巍巍的红绒花。凡是有大姑娘小媳妇出动的地方就有更多的毛头小伙子乱钻乱挤。于是厂甸挤得水泄不通，海王村里除了几个露天茶座坐着几个直流鼻涕的小孩之外没有什么可看，但是入门处能挤死人！火神庙里的古玩玉器摊，土地祠里的书摊画棚，看热闹的多，买东西的少。赶着天晴雪霁，满街泥泞，凉风一吹，又滴水成冰，人们在冰雪中打滚，甘之如饴。"喝豆汁儿，就咸菜儿，琉璃喇叭大沙雁儿"，对于大家还是有足够的诱惑。此外如财神庙、白云观、雍和宫，都是人挤人、人看人的局面，去一趟把鼻子耳朵冻得通红。

　　新年狂欢拖到十五。但是我记得有一年提前结束了几天，那便是一九一二年，阴历的正月十二日，在普天同庆声中，中华民国第一任大总统袁世凯先生嗾使北军第三镇曹锟驻禄米仓部队哗变掠劫平津商民两天，这开国后第一个惊人的年景使我到如今不能忘怀。

台北家居

　　"长安米贵，居大不易"，原是调侃白居易名字的戏语。台北米不贵，可是居也不易。三十八年左右来台北定居的人，大概都有一个共同的感觉，觉得一生奔走四方，以在台北居住的这一段期间为最长久，而且也最安定。不过台北家居生活，三十多年中，也有不少变化。

　　我幸运，来到台北三天就借得一栋日式房屋。有九十多平方米，前后都有小小的院子，前院有两棵春蕉，隔着窗子可以窥视累累的香蕉长大，有时还可以静听雨打蕉叶的声音。没有围墙，只有矮矮的栅门，一推就开。室内铺的是榻榻米，其中吸收了水汽不少，微有霉味，寄居的蚂蚁当然密度很高。没有纱窗，蚊蚋出入自由，到了晚间没有客人敢赖在我家久留不去。"衡门之下，可以栖迟。"不久，大家的生活逐渐改良了，铁丝纱、尼龙纱铺上了窗栏，很多人都混上了床，藤椅、藤沙发也广泛地出现，榻榻米店铺被淘汰了。

　　在未装纱窗之前，大白昼我曾眼看着一个穿长衫的人推我栅门而入，他不敲房门，径自走到窗前伸手拿起窗台上放着的一只闹钟，扬长而去。我追出去的时候，他已经一溜烟地跑了。这不算偷，不算抢，只是不告而取，而且取后未还。好在这种事起初不常有。窃贼不多的原因之一是一般人家里没有多少值得一偷的东西。我有一位朋友一连遭窃数次，都是把他床上铺盖席卷而去，对于一个身无长物的人来说，这也不能不说是损失惨重了。我家后来也蒙梁上君子惠顾过一回，他闯入厨房搬走一只破旧的电锅。我马上买了一只新的，因为要吃饭不可一日无此君。不是我没料到拿去的破锅不足以厌其望，并且会受到师父的辱骂，说不定会再来找补一点什么，而是我大意了，没有把新锅藏起来，果然，第二天夜里，新锅不翼而飞。此后我就坚壁清野，把不愿被人携去的东西妥为收藏。

中等人家不能不雇用人，至少要有人负责炊事。此间乡间少女到城市帮佣，原来很多大部分是想借此摄取经验，以为异日主持中馈的准备，所以主客相待以礼，各如其分。这和雇用三河县老妈子就迥异其趣。可是这种情况急遽变化，工厂多起来了，商店多起来了，到处都需要女工，人孰无自尊，谁也不甘长久地为人"断苏切脯，筑肉曜芋"。于是供求失调，工资暴涨，而且服务的情形也不易得到雇主的满意。好多人家都抱怨，用人出去看电影要为她等门；她要交男友，不胜其扰；她要看电视，非看完一切节目不休；她要休假、返乡、借支；她打破碗盏不作声；她敞开水管洗衣服。在另一方面，她也有她的抱怨：主妇碎嘴唠叨，而且服务项目之多恨不得要向王褒的《僮约》看齐，"不得辰出夜入，交关侔偶"。总之不久缘尽，不欢而散的居多。如今局面不同了。多数人家不用女工，最多只用半工，或以钟点计工。不少妇女回到厨房自主中馈。懒的时候打开冰箱取出陈年剩菜或是罐头冷冻的东西，不必翻食谱，不必起油锅，拼拼凑凑，即可度命。馋的时候，阖家外出，台北餐馆大大小小一千四百余家，平津、宁浙、淮扬、川、湘、粤，任凭选择，牛肉面、自助餐，也行。妙在所费不太多，孩子们皆大欢喜，主妇怡然自得，主男也无须拉长驴脸站在厨房水槽前面洗盘碗。

台北的日式房屋现已难得一见，能拆的几乎早已拆光。一般的人家居住在四楼的公寓或七楼以上的大厦。这种房子实际上就像是鸽窝蜂房。通常前面有个几尺宽的小阳台，上面摆列几盆尘灰渍染的花草，恹恹了无生气；楼上浇花，楼下落雨，行人淋头。后面也有个更小的阳台，悬有衣裤招展的万国旗。客人来访，一进门也许抬头看见一个倒挂着的"福"字，低头看到一大堆半新不旧的拖鞋——也许要换鞋，也许不要换，也许主人希望你换而口里说不用换，也许你不想换而问主人要不要换，也许你硬是不换而使主人瞪你一眼。客来献茶？没有那么方便的开水，都是利用热水瓶。盖碗好像早已失传，大部分是使用玻璃杯。其实正常的人家，客已渐渐稀少，谁也没有太多的闲暇串门子闲嗑牙，有事需要先期电话要约。杜甫诗："但使残年饱吃饭，只愿无事长相见。"现在不行，无事为什么还要长相见？

"千金买房，万金买邻"，话是不错，但是谈何容易？谁也料不到，楼上一家偶尔要午夜跳舞，篷拆之声盈耳；隔壁一家常打麻将，连战通宵；对门一家养哈巴狗，不分晨夕地吠影吠声，一位新来的住户提出抗议，那狗主人愤然作色说："你搬来多久？我的狗在此已经吠了两年多。"街坊四邻不断地有人装修房屋，而且要装修得像是电视综艺节目的背景，敲敲打打历时经旬不止。最可怕的是楼下开了一家汽车修理厂，日夜服务，不但叮叮当当响起敲打乐，而且漆鏾焊接一概俱全，马达声、喇叭声不绝于耳。还有葬车出殡，一路上有音乐伴奏，不时地燃放爆竹，更不幸的是邻近的人办白事，连夜地诵经放焰口，那就更不得安生了。"大隐隐朝市"，我有一位朋友想"小隐隐陵薮"，搬到乡野，一走了之，但是立刻就有好心的人劝阻他说："万万不可，乡下无医院，万一心脏病发，来不及送院急救，怕就要中道崩殂！"我的朋友吓得只好客居在红尘万丈的闹市之中。

家居不可无娱乐。卫生麻将大概是一些太太的天下。说它卫生也不无道理，至少上肢运动频数，近似蛙式游泳。只要时间不太长、输赢不大，十圈八圈的通力合作，总比在外面为非作歹、伤风败俗要好得多。公务人员与知识分子也有乐此不疲者。梁任公先生说过："只有打麻将能令我忘却读书，只有读书能令我忘却打麻将。"我们觉得饱学如梁先生者，不妨打打麻将。也许电视是如今最受欢迎的家庭娱乐了，只要具有初高中程度，或略识之无，甚至文盲，都可以欣赏。当然，胃口需要相当强健，否则看了一些焦眉皱眼怪模怪样而自以为有趣的面孔，或是奇装异服不男不女蹦蹦跳跳的人妖，岂不要作呕？年青的一代，自有他们的天地，郊游、露营、电影院、舞厅、咖啡馆，都是赏心悦目的胜地，家庭有娱乐，对他们而言，恐怕是渐渐地认为不大可能了。

五十多年前，丁西林先生对我说，他理想中的家庭具备五个条件：一是糊涂的老爷；二是能干的太太；三是干净的孩子；四是和气的用人；五是二十四小时的热水供应。这是他个人的理想，但也并非是笑话。他所谓糊涂，当然是"小事糊涂，大事不糊涂"；所谓能干是指里里外外上上下下一手承担；所谓干净是说穿戴整洁不淌鼻涕；所谓和气是吃饱喝足之后所自然流露出来的一股温暖；至于热水供应，则是属于现代设备的问题。如果丁先生现住台北，他会修正他的理想。旧时北平中上之家讲究"天棚、鱼缸、石榴树、先生、肥狗、胖丫头"，那理想更简单了。台北家居，无所谓天棚，中上人家都有冷气，热带鱼和金鱼缸各有情趣，石榴树不见得不如兰花，家里请先生则近似恶补，养猫养狗更是稀松平常，病了还有猫狗专科医院可以就诊（在外国见到的猫狗美容院此地尚付阙如），胖丫头瘦丫头制度已不存在，遑论胖与不胖？说不定胖了还要设法减肥。

台北家居是相当安全的。舞动长刀扁钻杀人越货的事常有所闻，不过独行盗登门抢劫的事是少有的。像某些国家之动辄抢银行、劫火车，则此地之安谧甚为显然。夜不闭户是办不到的，好多人家窗上装了栅栏甘愿尝受铁窗风味，也无非是戒慎预防之意。至于流氓滋事，无地无之，是非之地少去便是。台北究竟是一个住家的好地方。

平山堂记

我常以为，关于居住的经验，我的一份是很宏富的。最特别的，如王宝钏住过的那种"窑"，我都住过一次，其他就不必说了。然而不然，我住过平山堂之后，才知道天下之大无奇不有，我的以往的经验实在是渺不足道。

平山堂者，广州国立中山大学城内教员宿舍也。我于一九四八年十二月避乱南征，浮海十有六日，于一九四九年一月一日抵广州，应中山大学聘，迁入平山堂。在迁入之前，得知可以获得"二房一厅"，私心庆幸不置。三日吉辰，携稚子及行李大小十一件乘"指挥车"往，到了一座巍巍大楼之下，车戛然止。行李卸下之后，登楼巡视，于黝黑之甬道中居然有管理员，于是道明来意，取得钥匙。所谓二房一厅者，乃屋一间，以半截薄板隔成三块，外面一块名曰厅，里面那两块名曰房。于浮海十有六日之后，得此大为满意，因房屋甚为稳定，全不似海上之颠簸，突兀广厦，寒士欢颜。

平山堂有石额，金曾澄题，盖构于二十余年前，虽壁垩斑驳，蛛网尘封，而四壁峭立，略无倾斜。楼上为教员宿舍，住二十余家，楼下为附属小学，学生数百人，又驻有内政部警察大队数十名，又有司法官训练班教室及员生数十人，楼之另一翼为附属中学教员宿舍，盖亦有数十家。房屋本应充分利用，若平山堂者可谓毫无遗憾。

我们的房间有一特点，往往需两家共分一窗，而且两家之间的墙壁上下均有寸许之空隙，所以不但鸡犬之声相闻，而且炊烟袅袅随时可以飘荡而来。平山堂无厨房之设备，各家炊事均需于其二房一厅中自行解决之。我以一房划为厨房，生平豪华莫此为甚，购红泥小火炉一，置炭其中临窗而点燃之，若遇风向顺利之时，室内积烟亦不太多，仅使人双目流泪略感窒息而已。各家炊饭时间并不一致，有的人黎明即起升火煮粥，亦有人于夜十二时开始操动刀砧升火烧油哗啦一声炒鱿鱼。所以一天到晚平山堂里面烟烟煴煴。有几家在门外甬道烧饭，盘碗罗列，炉火熊熊，俨然是露营炊饭之状，行人经过，要随时小心不要踢翻人家的油瓶醋罐。

水势就下，所以也难怪楼上的那仅有的一个水管不出水。在需用水的时候，它不绝如缕，有时候扑簌如落泪，有时候只有吱吱的干响如助人之叹息。唯一水源畅通的时候是在午夜以后，有识之士就纷纷以铅铁桶轮流取水囤积，其声淙然，彻夜不绝。白昼用水则需下楼汲取。楼下有蓄水池，洗澡洗衣洗米即在池边举行，有时亦在池内举行之。但是我们的下水道是相当方便的，窗口即是下水道，随时可以听见哗的一声响。举目一望，即可看见各式各样的器皿在窗口一晃而逝。至于倒出来的东西，其内容是相当复杂的了。

老练的人参观一个地方，总要看看它的厕所是什么样子。关于这一点我总是抱着"谢绝参观"的态度，所以也不便多所描写，我只能提供几点事实。的的确确，我们是有厕所的，而且有两处之多，都在楼下，而且至少有五百人以上集体使用，不分男女老幼。原来每一个小房间都有门的，现在门已多不知去向。原来是可以抽水的，现已不通水。据一位到过新疆的朋友告诉我，那地方大家都用公共厕所，男女不分，而且使用的人都是面朝里蹲下。朝里朝外倒没有关系，只是大家都要有一致的方向就好。可惜关于此点，平山堂没有规定，任何人都要考虑许久，才能因地制宜决定方向。

平山堂多奇趣。有时候东头发出惨叫声，连呼救命，大家蜂拥而出，原来是一位后母在鞭挞孩子。有时西头号啕大哭，如丧考妣，大家又蜂拥而出，原来是一位五十多岁的老太婆被儿媳逼迫而伤心。有时候，一声吆喝，如雷贯耳，原来是一位热心人报告发薪的消息，这一回是家家蜂拥而出，夺门而走，搭汽车，走四十分钟到学校，再搭汽车，四十分钟回到城内，跑金店兑换港纸——有一次我记得清清楚楚兑得港币三元二毫五仙。

别以为平山堂不是一个好去处。当时多少人羡慕我们住在这样一个好地方。平山堂旁边操场上，躺着三五百男男女女从山东流亡来的青年学生（我祝福他们，他们现在大概是在澎湖吧），有的在生病，有的满身渍泥。我的孩子眼泪汪汪地默默地拿了十元港纸买五十斤大米送给他们煮粥吃。那一夜，我相信平山堂上有许多人没有能合眼。平山堂前面进德会旁檐下躺着一二百人，内中有东北的学生教授及眷属，撑起被单毛毯而挡不住那斜风细雨的侵袭。

邻居的一位朋友题了一首咏平山堂的诗如下：

岁暮犹为客，荒斋举目非。

炊烟环室起，烛影一痕微。

蛮语穿尘壁，蚊雷绕翠帏。

干戈何日罢，携手醉言归？

盖纪实也。我于一九四九年六月离平山堂，到台湾。我与平山堂实有半年之缘。现在想想，再回去尝受平山堂的滋味，已不可得。将来归去，平山堂是否依然巍立，亦不可知。半年来平山堂之种种，恐日久或忘，是为记。

故都乡情

　　北平城，历元、明、清以至民初，都是首都所在地。辇下人文荟萃，其间风土人情可记之处自不在少。明刘侗、于奕正合撰《帝京景物略》，清乾隆敕撰《日下旧闻考》都是翔实的记载；晚清的《燕京岁时记》以及抗战前北平研究院编《北平风俗类征》更是取材广博，巨细靡遗。寓居台湾人士每多故乡之思，而怀念北平者尤多，实因北平风物多彩多姿，令人低回留恋而不能自已。在这方面杰出的著作，我有缘拜读过的有陈鸿年的《故都风物》，郭立诚的《故都忆往》，唐鲁孙的《故园情》《中国吃》《南北看》《天下味》，皆笔触细腻，亲切动人。而最新出版的要数喜乐先生、小民女士贤伉俪所作之《故都乡情》，搜集北平的技艺、小贩、劳工、小吃，形形色色，一一加以介绍。其中资料全是作者亲身经验，以清末民初的北平社会实况为蓝本。尤其难能可贵的是喜乐、小民对北平各阶层有深入的了解，有许多情形不是一般北平土著都能洞晓的。而喜乐先生雅擅绘笔，力求传真不遗细节，小民的文笔活泼文雅，图文并茂，相得益彰。

　　我有一点感想。大概人都爱他的故乡，离乡背井一向被认为是一件苦事。英国浪漫诗人拜伦因为行为不检不容于清议，愤而去国，客死海外。他临行时说："不是我不配居住在英国，便是英国不配让我来居住。"其言虽激，其情可悯。其实一个人远离家乡，无论是由于任何缘故，日久必有一股乡愁。我是北平人，我生长在北平，祖宗坟墓在北平，然而一去三十余年，"春秋迭年，必有去故之悲"。如今读到这部大著，乃有重涉故园之感。

人于其家乡往往有所偏爱，觉得家乡一切都比外乡的好。曾见有人怀念故乡之文，始终不说明其家乡之所在，动辄曰"我家乡的桃是如何肥美"或"我家乡的梨是如何嫩甜"，一似他的家乡所产的水果可以独步天下。其实肥城桃莱阳梨才是真正的美味，无与伦比，其他各地所产相形之下直培娄耳。我们并不讥评他的见识不广，我们宁愿欣赏他的爱乡之殷。我也曾见人为文，夸赏他的家乡的时候，引用杜工部的诗句"月是故乡明"以表达他的情思。"外国的月亮圆"，固然是语无伦次，若说故乡之月较他处为明，岂不同样可嗤。按：九家注杜诗，师民瞻注云："江淹《别赋》'隔千里兮共明月'。子美工于用字，析而倒言之，故其语势尤健。"是工部乃在说故乡之月此时亦正明也，何尝有比较之意？妄引杜诗，也是由于爱乡情切，不无可原。喜乐、小民之书没有这种偏颇的毛病，北方风物之简陋处于有意无意之间毫无隐讳。

时代转移，北平也跟着变化。辛亥革命是一变，首都南迁是一变，日寇入侵是一变，而最近三十余年又是彻底翻腾的一大变。北平的社会面貌有了变化，北平的风土人情也跟着有了变化。三十多年前，乃至五六十年前北平风物的老样子，现在已经不可复睹了。喜乐、小民这部书是当年北平风物的实录，令人读后无限神往。我相信，有不少读者，会像我一样，觉得时光倒流，又复置身于那个既古老、又有趣、"无风三尺土，有雨一街泥"、喝豆汁、吃灌肠、放风筝、逛厂甸的北平城。

同乡

从前交通险阻，外出旅行是一件苦事。离乡背井，举目无亲，有无限的凄凉。所以，在水上漂泊的时候，百无聊赖，忽然听得有人在说自己的家乡话，一时抑不住心头的欢喜，会不揣冒昧地去搭讪，像崔颢《长干行》所说的：

> 停船暂借问，或恐是同乡。

说同一方言的人才是同乡，乡音是同乡之间最强有力的联系。

科举的时代，北平有所谓会馆者，尤其是宣武门外一带外省人士汇集的地区，会馆林立。进京赶考的人，泰半就在会馆挂单，饮食住宿都有了着落，而且有老乡照料，自然亲切。会馆是前辈乡贤所捐助设立的，确有其需要。后来科举废除，社会形态改变，会馆就渐渐消失了。有名的江西会馆，规模宏大，常是堂会戏上演的地方。我知道宣武门外北椿树胡同有一所很逼仄的徽州绩溪会馆，一度掌管事务的人却是胡适之先生。胡先生的同乡观念十分浓厚，他家里常有一群群的徽州老乡用没别人能懂的徽州方言和他话旧。就是他来到台湾以后，我有一次到南港拜访，座上先有一位客人是老胡开文笔墨店的后人。在上海时，胡先生曾邀几个朋友到二马路一家徽州菜馆小叙，刚一上楼就听见楼下一声吼叫，胡先生问："楼下账房先生方才吼叫的话，你们懂吗？他喊的是：'绩溪老倌，多加油啊！'在炒菜锅里额外加一勺油，表示优待同乡。我们家乡贫苦，平素是很少油吃。"随后端上来一盘划水鱼、一盘生炒蝴蝶面，果然油水不少，油漾到盘外。

我生长北平，说的是北平话，因此无须学习国语，附带着也没学习注音符号，一直到现在，ㄅㄆㄇㄈ还搞不太清楚。在清华读书的时候，每年全国本部十八省考选学生入学，各说各省的方言，无形之中各省的学生自成一个小组。唯独直隶省同乡最为散漫，我所认识的同乡，大部分是天津人，真正的北平同乡只有两个，可是，我不久就发现其中一位原来是满洲人，另一位是蒙古人。我的原籍是浙江，曾经正式向京兆大兴县公署申请入籍，承蒙批准在案。其实凡是会说地道北平话的人都可算是北平人。自从五胡乱华以来，北方民族混杂，北平又是几代为首都，人文荟萃，籍贯问题时常无从说起。能说国语的都是我们的同乡，因此我的同乡观念比较稀薄。在清华有一位同班同学，是中等科唯一的厦门人，他只会说厦门话，在高等科还有一位厦门人，偶然过来陪他聊聊天。他在学校里就像是单独拘禁，不堪寂寞，不久他就疯了。我了解，对于某些人同乡观念之难于消除是有理由的。

在异地遇同乡，是有一种不可抑制的喜悦。前年喜乐先生伉俪遇我，谈笑间才知道是北平同乡。我问：

"您在北平住在哪儿？"

"黄土坑儿。"

"什锦花园儿，对不对？"

"对。您呢？"

"内务部街。"

"灯市口儿，对不对？"

越说越对，于是谈起关于北平的陈谷子烂芝麻，一说就没个完，好像是又回到家乡里一趟。我在台北坐计程车，只有一次发现司机是北平人；不，是司机先发现我是北平人。我告诉他我要到什么地方，详加解释。他回过头频频看我，说：

"您是北平人吧？"

"是呀。"

"在北平住哪儿？"

"东四牌楼南边儿。"

"啊，我住北新桥儿，咱们住得很近嘛……"

于是，一路谈下去，不觉地到了目的地。我说："零钱别找啦。"他望着我下车。许久许久才开车而去。

任何一个机关首长到任，总是要吸引几个同乡分担要职。人之常情，贤者不免。司印的、掌财的、管总务的都很重要，你难道要他放手交给陌生的不知底细的人去充当？无论如何，同乡总不至于像舅爷、连襟之类的裙带关系那样容易不理于人口。不过像美国卡特当政时，乔治亚帮之鸡犬升天，丑闻迭出，则又另当别论。大凡任何一个机关，若被人讥为会馆，总是不好看的。

林琴南《畏庐琐记》："闽人喜操土音，每燕集，一遇乡人，即喋喋不已。然他省人无一能解者，故恶闽人刺骨。实则闽音有与古音通者。今略举数条，如……"闽音之与古音通，是众所周知的，但是古音非今人所能尽通，故闽语之流行仍被视为现今方言之一种。林琴南先生所谓他省人恶闽人刺骨，我想他省人不是不知闽音常与古音通，也不是恶闽人之操闽语，只是因为自己听不懂而困扰、而烦恼、而猜疑、而愤怒。我知道从前某一机关有两位谊属同乡的干部，他们时常交头接耳呶呶不休，所操土音无人能解，于是引人注意，疑其所谈必与苞苴有关，其中必定有弊，人言可畏，结果是双双去职。大抵在第三者面前二人以土音土语交谈，至少是不智而且不礼貌的行为。

东安市场

    北平的东安市场，本地人简称为"市场"，因为当年北平内城里像样子的市场就只有这么一个。西城也有一个西安市场，那是后来兴建的，而且里面冷冷落落，十摊九空，不能和东安市场相比。北平的繁盛地区历来是在东城。

    我家住的地方离市场很近，步行约二十分钟，出胡同口转两个弯，就到了。市场的地点是在王府井大街金鱼胡同西口的把角处。我十岁左右的时候，常随同兄弟姊妹溜达着去买点什么吃点什么或是闲逛一番。

    东安市场有四个门，金鱼胡同口内的是后门（也称北门），王府井大街的是前门，前门往南不远有个不大显眼的中门，再往南有个更不大显眼的南门。

    进前门，左手是市场管理处，属京师警察厅左一区。墙上吊挂着一排蓝布面的记事簿子，公事桌旁坐着三两警察，看样子很悠闲。照直往前走，短短一截路，中间是固定的摊贩，两边是店铺。这条短路衔接着南北向的一条大路，这大路是市场的主干线。路中间有密密丛丛的固定摊贩，两边都是店铺。路面是露天的，可是各个摊贩都设法支起一个布帐篷，连接起来也可以避骄阳细雨。直到民国元年二月间（辛亥年正月十二日），大总统袁世凯唆使陆军第三镇曹锟驻禄米仓部队兵变，大掠平津，东安市场首当其冲，不知为什么抢掠之后还要付之一炬。那一夜晚，我在家里看到熊熊大火起自西南，黑的白的浓烟里冒着金星，还听得到噼噼啪啪的响。这一把火把市场烧成一片焦土。可是俗语说"烧发，烧发"，果不其然，不久市场重建起来了，比以前更显得整齐得多。布帐篷没有了，改为铅铁棚，把整条街道都遮盖起来，不再受天气的影响。有一点像现今美国的所谓Mall（商场街），只是规模简陋许多，没有空气调节器。

我逛市场总是从后门进去，一进门，觌面就是一个水果摊，除了各色水果堆得满坑满谷之外，还有应时的酸梅汤、玻璃粉、果子干，以及山里红汤、榅桲、炒红果、糊子糕、蜜饯杏干、蜜饯海棠，当然冬天还有各样的冰糖葫芦。这些东西本来大部分是干果子铺或水果店发卖的货色，按照北平老规矩，上好的水果都是藏在里面的，摆在外面的是二等货，识货的主顾一定坚持要头等货，伙计才肯到里面拿出好货色来，这就是"良贾深藏若虚"的道理。市场的水果摊则不然，好货色全摆在外面，次货藏在桌底下。到市场买水果很容易上当，通常两个卖主应付一个买主，一个帮助买主挑挑拣拣，好话说尽，另一个专管打蒲包，手法利落，把已拣好的好货塞到桌下，用次货调包，再不然就是少放几个，买主回家发现徒呼负负而已。北平买卖人道德低落在民初即已开始，市场是最好的奸商表演特技的地方。不过市场的货色，至少从表面上看，是很漂亮诱人的。即以冰糖葫芦而论，除了琉璃厂信远斋的比较精致之外，没有比市场更好的。再往前走几步，有个卖豌豆黄的，长方的一块块，上面贴上一层山楂糕，装在纸匣里带回家去，是很可口的一样甜点。

进后门右手有一座四层楼，也是火烧后的新建筑。这楼名为"森隆"，算是市场最高大的建筑物了。楼下一层是"稻香村"，顾名思义是专卖南货。当年北平卖南货的最初是前门外观音街的"稻香村",道地的南货,店伙都是杭州人,出售的货色不外笋尖、素火腿、沙胡桃、甘草橄榄、半梅、笋豆、香蕈、火腿之类,附带着还卖杭垣舒莲记的折扇。沿街也偶有卖南货跑单帮的小贩。"森隆"的"稻香村"虽是后起,规模不小,除了南货也有北货。特制的糟蛋、醉蟹等都很出色。"森隆"楼上是餐馆,二楼中餐,三楼西餐,四楼素食。西菜很特别,中国菜味十足,显得土气,吃不惯道地西菜的人趋之若鹜。

进后门左转照直走,就看见"吉祥茶园"。当年富连成的科班经常在此上演,小孩儿戏常是成本大套的,因为人多,戏格外热闹,尤其是武戏,孩子们是真卖力气。谭富英、马连良出师不久常在这里演唱。戏园所在的地方,附近饮食业还能不发达?"东来顺""润明楼"就在左边。"东来顺"是回教馆,以余烤羊肉驰名,其实只是一个中级的馆子,价钱便宜,为大众所易接受,讲到货色就略嫌粗糙,片羊肉没有"正阳楼"片得薄,一切佐料也嫌简陋。因为生意好,永远是乱哄哄的,堂倌疲于奔命,顾客望而生畏。"润明楼"就更等而下之,只好以里脊丝拉皮为号召了,只是门前现烙现卖的褡裢火烧却是别处没有的,虽然油腻一点。右边有一家"大鸿楼",比较晚开的,长于面点,所做的牛肉面,汤清碗大,那一块红亮的大块肥瘦肉,酥烂香嫩,一块不够可以双浇,大有上海的风味,爆鳝过桥也是一绝。

从"吉祥戏院"门口向右一转是一片空场,可是一个好去处。零食摊贩一个挨着一个。豆汁儿、灌肠、爆肚儿、豆腐脑、豆腐丝,应有尽有。最吸引人的是广场里卖艺的,耍坛子的,拉大片的,耍狗熊的，耍猴儿的，还有变戏法的。我小时候常和我哥哥到市场看变戏法的，对于那神出鬼没无中生有的把戏最感兴味。有一天寒风凛冽，一大群人围观，以小孩居多。变戏法的忽然取出一条大蛇，真的活的大蛇，举着蛇头绕场巡走一周，一面高呼："这蛇最爱吃小孩的鼻涕……"在场的小孩一个个地急忙举起袖子揩鼻涕，群众大笑。变戏法的在紧要关头倏地停止表演，拿起小锣就敲，"镗！镗！镗！财从旺地起，请大家捧捧场。"坐在前排凳上的我哥哥和我从衣袋里掏出几个铜板往场地一丢，这时候场地上只有疏疏落落的二三十个铜板，通常一个人投一个铜板也就够了，我们俩投了四五个，变戏法的登时走了过来，高声说："列位看见了吗，这两位哥儿们出手多大方！"这时候后面站着的观众一个个地拔腿就跑，变戏法的又高声叫："这几位爷儿们不忙着跑啊，家里蒸着的窝头焦不了！"但是人还是差不多都跑光了。

从后门进来照直走，不远，右手有一家中兴号，本来是个绒线铺，实际上卖一切家用杂货，货物塞得满满的，生意茂盛。店主傅心精明强干，长袖善舞，交游广阔，是东安市场的一霸。绒线铺生意太好，他便在楼上开辟出一个"中兴茶楼"，在绒线铺中央安装一个又窄又陡的木梯，缘梯而上，直登茶楼。茶楼当然是卖茶，逛市场可以在此歇歇腿儿，也可以教伙计买各种零食送到楼上来，楼上还有几个雅座。傅掌柜的花样多，不久他卖起西餐来了。他对常来的茶客游说："您尝尝我们的咖喱鸡，我现在就请您赏脸，求您品题，不算钱，您吃着好，以后多照顾。"一吃，果然不错。那时候在北平，吃西餐算时髦，一般人只知道咖喱的味道不错，不知道咖喱是什么东西，还以为咖喱是一种植物的果实，磨成粉就是咖喱粉，像咖啡豆之磨成咖啡那样。傅掌柜又说："您吃着好，以后打个电话我们就送到府上，包管是滚热的，多给您带汤。"一块钱可以买四只小嫩鸡煮的整只咖喱鸡，一大锅汤。不久他又有了新猷："您尝尝我们的牛扒。是从六国饭店请来的师傅。半生不熟的、外焦里嫩的、煎得熟透的，任凭你选择。"牛扒是北平的词儿，因为上海人读排为扒，北平人干脆写成为牛扒。"中兴茶楼"又拓展到对面的一层楼上，场面愈大，也学会了西车站食堂首创的奶油栗子粉。这一道甜点心，没人不欢迎，虽然我们中国的奶油品质差一点，打起来稀趴趴的不够坚实。

"中兴"的后身有两座楼，一个是丹桂商场，一个我忘了名字。这两座楼方形，中间是摊贩的空场，一个专卖七零八碎的小古董小玩意儿，一个是卖旧书。古董里可真有好东西，一座座玻璃罩的各种形式的座钟，虽然古老，煞是有趣。古钱币、鼻烟壶、珠宝景泰蓝等也不少。价钱没有一定，一般人不敢问津。北平特产的小宝剑小挎刀是非常可爱的。我在摊子上买到过一个硬木制的放风筝用的线桄子，连同老弦，用了多少年都没有坏，而且使用起来灵活可喜。我也在书摊上买到过好几部明刻本诗集，有一部铅字排的仇注杜诗随身携带至今，书页都变成焦黄色了。

斜对着"中兴"，有一家"葆荣斋"，卖西点，所做菠萝蛋糕、气鼓、咖啡糕等都还可以，只是粗糙一些，和法国面包房的东西不能比。老板姓氏不记得了，外号人称"二愣子"，有人说他是太监，是否属实不得而知。市场里后起的西点还有两家，"起士林"和"国强"，兼作冷饮小吃，年轻的人喜欢去吃点冰淇淋什么的。有一家

"丰盛轩"酪铺，虽不及门框胡同的，在东城也算是够标准的了，好像比东四牌楼南大街的要高明些。

越过"起士林"往南走，是一片空地，疏疏落落的，有些草木，东头有一个集贤球房，远远的，可以听到辘辘响，那是保龄球，据说那里也有台球。我从来没有进去过。那个时代好像只有纨绔子弟或市井无赖才去那种地方玩耍。

逛市场到此也差不多了，出南门便是王府井大街，如有兴致可以在中原公司附近一家茶馆听白云鹏唱大鼓，刘宝全不在了，白云鹏还唱一气，老气横秋，韵味十足。那家茶馆设备好，每位客人占大沙发一个，小茶几一个，舒适至极。

听完大鼓，回头走，走到金鱼胡同口，"宝华春"的盒子菜是有名的，酱肘子没有西单天福的那样肥，可是一样的烂，熏鸡、酱肉、小肚、熏肘、香肠无一不精，各买一小包带回家去下酒卷饼，十分美妙。隔壁"天义顺酱园"在东城一带无人不知，糖蒜固然好，甜酱萝卜更耐人寻味，北平的萝卜（象牙白）品质好，脆嫩而水分少，而且加糖适度，不像日本的腌渍那样死甜，也不像保定府三宗宝之一的酱菜那样死咸。我每次到杭州我舅舅家去，少不了带点随身土物，一整块"宝华春"青酱肉，一大篓"大义顺"酱萝卜，外加一盆"月盛斋"酱羊肉，两个大苤蓝，两把炕笤帚。这几样东西可以代表北平风物之一斑。

现在的北平变了。最近去过的人回来报道说，东安市场的名字没有了，原来的模样也不存在，许多许多好吃好玩的事物也徒留在记忆里，只是那块地无恙。儿时流连的地方，悠闲享受的所在，均已去得无影无踪。仅仅三四十年的工夫，变化真大。

双城记

这"双城记"与狄更斯的小说《二城故事》无关。

我所谓的双城是指我们的台北与美国的西雅图。对这两个城市，我都有一点粗略的认识。在台北我住了三十多年，搬过六次家，从德惠街搬到辛亥路，吃过拜拜，挤过花朝，游过孔庙，逛过万华，究竟所知有限。高阶层的灯红酒绿，低阶层的褐衣蔬食，接触不多，平素交游活动的范围也很狭小，疏慵成性，画地为牢，中华路以西即甚少涉足。西雅图（简称西市）是美国西北部一大港口，若干年来我曾访问过不下十次，居留期间长则三两年，短则一两月，闭门家中坐的时候多，因为虽有胜情而无济胜之具，即或驾言出游，也不过是浮光掠影。所以我说我对这两个城市，只有一点粗略的认识。

我向不欲侈谈中西文化，更不敢妄加比较。只因所知不够宽广，不够深入。中国文化历史悠久，不是片言可以概括；西方文化也够博大精深，非一时一地的一鳞半爪所能代表。我现在所要谈的只是就两个城市，凭个人耳目所及，一些浅显的感受或观察。"贤者识其大，不贤者识其小"，如是而已。

两个地方的气候不同。台北地处亚热带，又是一个盆地，环市皆山。我从楼头俯瞰，常见白茫茫的一片，好像有"气蒸云梦泽"的气势。到了黄梅天，衣服被褥总是湿漉漉的。夏季午后常有阵雨，来得骤，去得急，雷电交掣之后，雨过天晴。台风过境，则排山倒海，像是要耸散穹隆，应是台湾一景，台北也偶叨临幸。西市在美国西北隅海港内，其纬度相当于我国东北之哈尔滨与齐齐哈尔，赖有海洋暖流调剂，冬天虽亦雨雪霏霏而不至于酷寒，夏季则早晚特凉，夜眠需拥重毯。也有连绵的淫雨，但晴时天朗气清，长空万里。我曾见长虹横亘，做一百八十度，罩盖半边天。凌晨四时，暾出东方，日薄崦嵫要在晚间九时以后。

我从台北来，着夏季衣裳，西市机场内有暖气，尚不觉有异，一出机场大门立刻觉得寒气逼人，家人乃急以厚重大衣加身。我深吸一口大气，沁人肺腑，有似冰心在玉壶。我回到台北去，一出有冷气的机场，熏风扑面，遗体生津，俨如落进一镬热粥糜。不过人各有所好，不可一概而论。我认识一位生长台北而长居西市的朋友，据告非常想念台北，想念台北的一切，尤其是想念台北夏之黏湿燠热的天气！

西市的天气干爽，凭窗远眺，但见山是山，水是水，红的是花，绿的是叶，轮廓分明，纤微毕现，而且色泽鲜艳。我们台北路边也有树，重阳木、霸王椰、红棉树、白千层……都很壮观，不过树叶上，蒙了一层灰尘，只有到了阳明山才能看见像打了蜡似的绿叶。

西市家家有烟囱，但是个个烟囱不冒烟。壁炉里烧着火光熊熊的大木橛，多半是假的，是电动的机关。晴时可以望见积雪皑皑的瑞尼尔山，好像是浮在半天中；北望喀斯开山脉若隐若现。台北则异于是。很少人家有烟囱，很多人家在房顶上、在院子里、在道路边烧纸、烧垃圾，东一把火西一股烟，大有"夜举烽、昼潘燧"之致。凭窗亦可看山，我天天看得见的是近在咫尺的蟾蜍山。近山绿，远山青。观音山则永远是淡淡的一抹花青，大屯山则更常是云深不知处了。不过我们也不可忘记，圣海伦斯火山爆发，如果风向稍偏一点，西市也会变得灰头土脸。

对于一个爱花木的人来说，两城各有千秋。西市有著名的州花山杜鹃，繁花如簇，光艳照人，几乎没有一家庭园间不有几棵点缀。此外如茶花、玫瑰、辛夷、球茎海棠，也都茁壮可喜。此地花厂很多，规模大而品类繁。最难得的是台湾气候养不好的牡丹，此地偶可一见。友人马逢华伉俪精心培植了几株牡丹，黄色者尤为高雅，我今年来此稍迟，枝头仅余一朵，蒙剪下见贻，案头瓶供，五日而谢。严格讲，台北气候、土壤似不特宜莳花，但各地名花荟萃于是。如台北选举市花，窃谓杜鹃宜推魁首。这杜鹃不同于西市的山杜鹃，体态轻盈小巧，而又耐热耐干。台北艺兰之风甚盛，洋兰、蝴蝶兰、石斛兰都穷极娇艳，到处有之，唯花美叶美而又有淡淡幽香者为素心兰，此所以被人称为"君子之香"而又可以入画。水仙也是台北一绝，每适新年，岁朝清供之中，凌波仙子为必不可少之一员。以视西市之所谓水仙，路旁泽畔一大片一大片的临风招展，其情趣又大不相同。

夜不闭户，路不拾遗，乃想象中的大同世界，古今中外从来没有过一个地方真正实现过。人性本有善良一面、丑恶一面，故人群中欲其"不稂不莠"，实不可能。大体上能保持法律与秩序，大多数人民能安居乐业，就算是治安良好，其形态、其程度在各地容有不同而已。

台北之治安良好是举世闻名的。我于三十几年之中，只轮到一次独行盗公然登堂入室，抢夺了一只手表和一把钞票，而且他于十二小时内落网，于十二日内伏诛。而且，在我奉传指证人犯的时候，他还对我说了一声"对不起"。至于剪绺扒窃之徒，则何处无之？我于三十几年中只失落了三支自来水笔，一次是在动物园看蛇吃鸡，一次是在公共汽车里，一次是在成都路行人道上。都怪自己不小心。此外家里蒙贼光顾若干次，一共只损失了两具大同电锅，也许是因为寒舍实在别无长物。"大搬家"的事常有所闻，大概是其中琳琅满目值得一搬。台北民房窗上多装铁栅，其状不雅，火警时难以逃生，久为中外人士所诟病。西市的屋窗皆不装铁栏，而且没有围墙，顶多设短栏栅防狗。可是我在西市下榻之处，数年内即有三次昏夜中承蒙嬉皮之类的青年以啤酒瓶砸烂玻璃窗，报警后，警车于数分钟内到达，开一报案号码由事主收执，此后也就没有下文。衙门机关的大扇门窗照砸，私人家里的窗户算得什么！银行门口大型盆树也有人衾夜搬走。不过说来这都是癣疥之疾。明火抢银行才是大案子，西市也发生过几起，报纸上轻描淡写，大家也司空见惯，这是台北所没有的事。

　　台北市虎，目中无人，尤其是拼命三郎所骑的嘟嘟响冒青烟的机车，横冲直撞，见缝就钻，红砖道上也常如虎出柙。谁以为斑马线安全，谁可能吃眼前亏。有人说这里的交通秩序之乱甲于全球，我没有周游过世界，不敢妄言。西市的情形则确是两样，不晓得一般驾车的人为什么那样的服从成性，见了"停"字就停，也不管前面有无行人车辆。时常行人过街，驾车的人停车向你点头挥手，只是没听见他说："您请！您请！"我也见过两车相撞，奇怪的是两方并未骂街，从容地交换姓名、住址及保险公司的行号，分别离去，不伤和气。也没有聚集一大堆人看热闹。可是谁也不能不承认，台北的计程车满街跑，呼之即来，方便至极。虽然这也要靠运气，可能司机先生蓬首垢面、趿足拖鞋，也可能嫌你路程太短而怨气冲天，也可能他的车座年久失修而坑洼不平，也可能他烟瘾大发而火星烟屑飞落到你的胸襟，也可能他看你可欺而把车开到荒郊野外掏出一把起子而对你强……不过这是难得一遇的事。在台北坐计程车还算是安全的，比行人穿越马路要安全得多。西市计程车少，是因为私有汽车太多，物以稀为贵，所以清早要雇车到飞机场，需要前一晚就要洽约，而且车费也很高昂，不过不像我们桃园机场的车那样的乱。

吃在台北，一说起来就会令许多老饕流涎三尺。大小餐馆林立，各种口味都有。有人说中国的烹饪艺术只有在台湾能保持于不坠。这个说起来话长。目前在台北的厨师，各省籍的都有，而所谓北方的、宁浙的、广东的、四川的等餐馆掌勺的人，一大部分未必是师承有自的行家，很可能是略窥门径的二把刀。点一个辣子鸡、醋熘鱼、红烧鲍鱼、回锅肉……立即就可以品出其中含有多少家乡风味。也许是限于调货，手艺不便施展。例如烤鸭，就没有一家能够水准，因为根本没有那种适宜于烤的鸭。大家思乡嘴馋，依稀仿佛之中觉得聊胜于无而已。整桌的酒席，内容丰盛近于奢靡，可置不论。平民食物，事关大众，才是我们所最关心的。台北的小吃店大排档常有物美价廉的各地食物。一般而论，人民食物在质量上尚很充分，唯在营养、卫生方面则尚有待改进。一般的厨房炊具、用具、洗涤储藏，都不够清洁。有人进餐厅，先察看其厕所及厨房，如不满意，回头就走，至少下次不再问津。我每天吃油条烧饼，有人警告我："当心烧饼里有老鼠屎！"我翌日细察，果然不诬，吓得我好久好久不敢尝试，其实看看那桶既浑且黑的洗碗水，也就足以令人趑趄不前了。

美国的食物，全国各地无大差异。常听人讥评美国人，文化浅，不会吃，有人初到美国留学，穷得日以罐头充饥，遂以为美国人的食物与狗食无大差异。事实上，有些嬉皮还真是常吃狗食罐头，以表示其箪食瓢饮的风度。美国人不善烹调，也是事实，不过以他们的聪明才智，如肯下功夫于调和鼎鼐，恐亦未必逊于其他国家。他们的生活紧张，凡事讲究快速和效率，普通工作的人，午餐时间由半小时至一小时，我没听说过身心健全的人还有所谓午睡。他们的吃食简单，他们也有类似便当的食盒，但是我没听说过蒸热便当再吃。他们的平民食物是汉堡、三明治、热狗、炸鸡、炸鱼、比萨等，价廉而快速简便，随身有五指钢叉，吃过抹抹嘴就行了。说起汉堡三明治，我们台北也有，但是偷工减料，相形见绌。麦唐奴的大型汉堡，里面油多肉多菜多，厚厚实实，拿在手里滚热，吃在口里喷香。我吃过两次赫尔飞的咸肉汉堡三明治，体形更大，双层肉饼，再加上几条部分透明的咸肉、番茄、洋葱、沙拉酱，需要把嘴张大到最大限度方能一口咬下去。西市滨海，蛤王、蟹王、各种鱼、虾，以及江瑶柱等，无不鲜美。台北有蚵仔煎，西市有蚵羹，差可媲美。肯德基炸鸡，面糊有秘方，台北仿制像是东施效颦一无是处。西市餐馆不分大小，经常接受清洁检查，经常有公开处罚勒令改进之事，值得令人喝彩，卫生行政人员显然不是尸位素餐之辈。

台北的牛排馆不少，但是求其不像是皮鞋底而能咀嚼下咽者并不多觐。西市的牛排大致软韧合度而含汁浆。居民几乎家家后院有烤肉的设备，时常一家烤肉三家香，不必一定要到海滨、山上去燔炙，这种风味不是家居台北者所能领略。

西雅图地广人稀，历史短而规模大，住宅区和商业区有相当距离。五十多万人口，就有好几十处公园。市政府与华盛顿大学共有的植物园就在市中心区，真所谓闹中取静，尤为难能可贵。海滨的几处公园，有沙滩，可以掘蛤，可以捞海带，可以观赏海鸥飞翔，渔舟点点。义勇兵公园里有艺术馆（门前立着的石兽翁仲是从中国搬去的），有温室（内有台湾的兰花）。到处都有原始森林保存剩下的参天古木。西市是美国北部荒野边陲开辟出来的一个现代都市。我们的台北是一个古老的城市，突然繁荣发展，以致到处有张皇失措的现象。房地价格在西市以上。楼上住宅，楼下可能是乌烟瘴气的汽车修理厂，或是铁工厂，或是洗衣店。横七竖八的市招令人眼花缭乱。

大街道上摊贩云集，是台北的一景，其实这也是古老传统"市集"的遗风。古时日中为市，我们是入夜摆摊。警察来则哄然而逃，警察去则蜂然复聚。买卖双方怡然称便。有几条街的摊贩已成定型，各有专营的行当，好像没有人取缔。最近，一些学生也参加了行列，声势益发浩大。西市没有摊贩之说，人穷急了抢银行，谁肯搏此蝇头之利？不过海滨也有一个少数民族麇集的摊贩市场，卖鱼鲜、菜蔬、杂货之类，还不时地有些大胡子青年弹吉他唱曲，在那里助兴讨钱。有一回我在那里的街头徘徊，突闻一缕异香袭人，发现街角有摊车小贩，卖糖炒栗子，要二角五分一颗，他是意大利人。这和我们台北沿街贩卖烤白薯的情形颇为近似。也曾看见过推车子卖油炸圈饼的。夏季，住宅区内，偶有三轮汽车叮当铃响地缓缓而行，逗孩子们从家门飞奔出来买冰激凌。除此以外，住宅区一片寂静，巷内少人行，门前车马稀，没听过汽车喇叭响，哪有我们台北热闹？

西市盛产木材，一般房屋都是木造的，木料很坚实，围墙栅栏也是木造的居多。一般住家都是平房，高楼公寓并不多见。这和我们的四层公寓七层大厦的景况不同。因此，家家都有前庭后院，家家都割草莳花，而很难得一见有人在阳光下晒晾衣服。讲到衣服，美国人很不讲究，大概只有银行职员、政府官吏、公司店伙才整套西装打领结。如果遇到一个中国人服装整齐，大概可以料想他是刚从台湾来。从前大学校园里，教授的特殊标志是打领结，现亦不复然，也常是随随便便的一副褴褛相。所谓"汽车房旧物发卖"或"慈善性义卖"之类，有时候五角钱可以买到一件外套，一元钱可以买到一身西装，还相当不错。

西市的垃圾处理是由一家民营公司承办。每星期固定一日有汽车挨户收取，这汽车是密闭的，没有我们台北垃圾车之"少女的祈祷"的乐声，司机一声不响跳下车来把各家门前的垃圾桶扛在肩上往车里一丢，里面的机关发动就把垃圾碾碎了。在台北，一辆垃圾车配有好几位工人，大家一面忙着搬运一面忙着做垃圾分类的工作，塑胶袋放在一堆，玻璃瓶又是一堆，厚纸箱又是一堆。最无用的垃圾运到较偏僻的地方摊堆开来，还有人做第二梯次的爬梳工作。

西市的人喜欢户外生活，我们台北的人好像是偏爱室内的游戏。西市湖滨游艇蚁聚，好多汽车顶上驮着机船满街跑。到处有人清晨慢跑，风雨无阻。滑雪、爬山、露营，青年人趋之若鹜。山难之事似乎大不听说。

不知是谁造了"月亮是外国的圆"这样一句俏皮的反语，挖苦盲目崇洋的人。偏偏又有人喜欢搬出杜工部的一句诗"月是故乡明"，这就有点画蛇添足了。何况杜诗原意也不是说故乡的月亮比异地的圆，只是说遥想故乡此刻也是月圆之时而已。我所描写的双地，瑕瑜互见，也许，揭了自己的疮疤，长了他人的志气，也许，没有违反见贤思齐闻过则喜的道理，唯读者谅之。

窗外

　　窗子就是一个画框，只是中间加些棂子，从窗子望出去，就可以看见一幅图画。那幅图画是妍是媸，是雅是俗，是闹是静，那就只好随缘。我今寄居海外，栖身于"白屋"楼上一角，临窗设几，作息于是，沉思于是，只有在抬头见窗的时候看到一幅幅的西洋景。现在写出窗外所见，大概是近似北平天桥之大金牙的拉大篇吧？

　　"白屋"是地地道道的一座刷了白颜色油漆的房屋，既没有白茅覆盖，也没有外露本材，说起来好像是韩诗外传里所谓的"穷巷白屋"，其实只是一座方方正正见棱见角的美国初期形式的建筑物。我拉开窗帘，首先看见的是一块好大好大的天。天为盖，地为舆，谁没有看见过天？但是，不，以前住在人烟稠密天下第一的都市里，我看见的天仅是小小的一块，像是坐井观天，迎面是楼，左面是楼，右面是楼，后面还是楼，楼上不是水塔，就是天线，再不然就是五色缤纷的晒洗衣裳。井底蛙所见的天只有那么一点点。"白屋"地势荒僻，眼前没有遮拦，尤其是东边隔街是一个小学操场，绿草如茵，偶然有些孩子在那里蹦蹦跳跳；北边是一大块空地，长满了荒草，前些天还绽出一片星星点点的黄花，这些天都枯黄了，枯草里有几株参天的大树，有枞有枫，都直挺挺稳稳地矗立着；南边隔街有两家邻居；西边也有一家。有一天午后，小雨方住，蓦然看见天空一道彩虹，是一百八十度完完整整清清楚楚的一条彩带，所谓虹饮江皋，大概就是这个样子。虹销雨霁的景致，不知看过多少次，却没看过这样规模壮阔的虹。窗外太空旷了，有时候零雨潜潜，竟不见雨脚，不闻雨声，只见有人撑着伞，坡路上的水流成了渠。

路上的汽车往来如梭，而行人绝少。清晨有两个头发斑白的老者绕着操场跑步，跑得气咻咻的，不跑完几个圈不止，其中有一个还有一条大黑狗做伴。黑狗除了运动健身之外，当然不会轻易放过一根电线杆子而不留下一点记号，更不会不选一块芳草鲜美的地方施上一点肥料。天气晴和的时候常有十八九岁的大姑娘穿着斜纹布蓝工裤，光着脚在路边走，白皙的两只脚光光溜溜的，脚底板踩得脏兮兮，路上万一有个图钉或玻璃碴之类的东西，不知如何是好？日本的武者小路实笃曾经说起："传有久米仙人者，因逃情，入山苦修成道。一日腾云游经某地，见一浣纱女，足胫甚白，目眩神驰，凡念顿生，飘忽之间已自云头跌下。"（见周梦蝶诗《无题》附记）我不会从窗头跌下，因为我没有目眩神驰。我只是想：裸足走路也算是年青一代之反传统反文明的表现之一，以后恐怕还许有人要手脚着地爬着走，或索性倒竖蜻蜓用两只手走路，岂不更为彻底更为前进？至于长发大胡子的男子现在已经到处皆是，甚至我们中国人也有沾染这种习气的（包括一些学生与餐馆侍者），习俗移人，以至于此！

星期四早晨清除垃圾，也算是一景。这地方清除垃圾的工作不由官办，而是民营。各家的垃圾储藏在几个铅铁桶里，上面有盖，到了这一天则自动送到门前待取。垃圾车来，并没有八音琴乐，也没有叱咤吆喝之声，只闻稀里哗啦的铁桶响。车上一共两个人，一律是彪形黑大汉，一个人搬铁桶往车里掼，另一个司机也不闲着，车一停他也下来帮着搬，而且两个人都用跑步，一点也不从容。垃圾掼进车里，机关开动，立即压绞成为碎渣，要想从垃圾里拣出什么瓶瓶罐罐的分门别类地放在竹篮里挂在车厢上，殆无可能。每家月纳清洁费二元七角钱，包商叫苦，要求各家把铁桶送到路边，节省一些劳力，否则要加价一元。

公共汽车的一个招呼站就在我的窗外。车里没有车掌，当然也就没有晚娘面孔。所有开门，关门，收钱，掣给转站票，全由司机一人兼理。幸亏坐车的人不多，司机还有闲情逸致和乘客说声早安。二十分钟左右过一班车，当然是亏本生意，但是贴本也要维持。每一班车都是疏疏落落的三五个客人，凄凄清清惨惨。许多乘客是老年人，目视昏花，手脚失灵，耳听聋聩，反应迟缓，公共汽车是他们唯一的交通工具。也有按时上班的年轻人搭乘，大概是怕城里没处停放汽车。有一位工人模样的候车人，经常准时在我窗下出现，从容打开食盒，取出热水瓶，喝一杯咖啡，然后登车而去。

我没有看见过一只过街鼠，更没看见过老鼠肝脑涂地地陈尸街心。狸猫多得很，几乎个个是肥头胖脑的，毛也泽润。猫有猫食，成瓶成罐地在超级食场的货架上摆着。猫刷子、猫衣服、猫项链、猫清洁剂，百货店里都有。我几乎每天看见黑猫白猫在北边荒草地里时而追逐，时而亲昵，时而打滚。最有趣的是松鼠，弓着身子一蹿一蹿地到处乱跑，一听到车响，仓促地爬上枞枝。窗下放着一盘鸟食、黍米之类，麻雀群来果腹，红襟鸟则望望然去之，它茹荤，它要吃死的蛞蝓活的蚯蚓。

窗外所见的约略如是。王粲登楼，一则曰："虽信美而非吾土兮，曾何足以少留！"再则曰："昔尼父之在陈兮，有归欤之叹音。钟仪幽而楚奏兮，庄舄显而越吟。人情同于怀土兮，岂穷达而异心？"临楮凄怆，吾怀吾土。

过年

　　我小时候并不特别喜欢过年，除夕要守岁，不过十二点不能睡觉，这对于一个习于早睡的孩子是一种煎熬。前庭后院挂满了灯笼，又是宫灯，又是纱灯，烛光辉煌，地上铺了芝麻秸儿，踩上去咯咯吱吱响，这一切当然有趣，可是寒风凛冽，吹得小脸儿通红，也就很不舒服。炕桌上呼卢喝雉，没有孩子的份。压岁钱不是白拿，要叩头如捣蒜。大厅上供着祖先的影像，长辈指点曰："这是你的曾祖父，曾祖母，高祖父，高祖母……"虽然都是岸然道貌微露慈祥，我尚不能领略慎终追远的意义。"姑娘爱花小子要炮……"我却怕那大麻雷子、二踢脚子。别人放鞭炮，我躲在屋里捂着耳朵。每人分一包杂拌儿，哼，看那桃脯，蜜枣沾上的一层灰尘，怎好往嘴里送？年夜饭照例是特别丰盛的。大年初一不动刀，大家歇工，所以年菜事实上即是大锅菜。大锅的炖肉，加上粉丝是一味，加上蘑菇又是一味；大锅的炖鸡，加上冬笋是一味，加上番薯又是一味，都放在特大号的锅、罐子、盆子里，此后随取随吃，历十余日不得罄，事实上是天天打扫剩菜。满缸的馒头，满缸的腌白菜，满缸的咸疙瘩，不知道什么时候才可以见底。芥末堆儿、素面筋、十香菜比较的受欢迎。除夕夜，一交子时，煮饽饽端上来了。我困得低枝倒挂，哪有胃口去吃？胡乱吃两个，倒头便睡，不知东方之既白。

　　初一特别起得早，梳小辫儿，换新衣裳，大棉袄加上一件新蓝布罩袍、黑马褂、灰鼠绒绿鼻脸儿的靴子。见人就得请安，口说："新禧。"日上三竿，骡子轿车已经套好，跟班的捧着拜匣，奉命到几家最亲近的人家拜年去也。如果运气好，人家"挡驾"，最好不过，递进一张帖子，掉头就走。否则一声"请"，便得升堂入室，至少要朝上磕三个头，才算礼成。这个差事我当过好几次，从心坎儿觉得窝囊。

民国前一两年，我的祖父母相继去世，由我父亲领导在家庭生活方式上做维新运动，革除了许多旧习，包括过年的仪式在内。我不再奉派出去挨门磕头拜年。我从此不再是磕头虫儿。过年不再做年菜，而向致美斋定做八道大菜及若干小菜，分装四个圆笼，除日挑到家中，自己家里也购备一些新鲜菜蔬以为辅佐。一连若干天顿顿吃煮饽饽的怪事，也不再在我家出现。我父亲说："我愿在哪一天过年就在哪一天过年，何必跟着大家起哄？"逛厂甸，我们是一定要去的，不是为了喝豆汁儿、吃煮豌豆，或是那大糖葫芦，是为了要到海王村和火神庙去买旧书。白云观我们也去过一次，一路上吃尘土，庙里面人挤人，哪里有神仙可会，我再也不做第二次想。过年时，我最难忘的娱乐之一是放风筝，风和日丽的时候，独自在院子里挑起一根长竹竿，一手扶竿，一手持线桄子，看着风筝冉冉上升，御风而起，霎时遇到罡风，稳稳地停在半天空，这时候虽然冻得涕泗横流，而我心滋乐。

民国元年初，大总统袁世凯嗾使曹锟驻禄米仓部队兵变，大掠平津，那一天正是阴历正月十二，给万民欢腾的新年假期做了一个悲惨而荒谬的结束，从此每个新年我心里就有一个驱不散的阴影。大家都说恭贺新禧，我不知喜从何来。

正月十二

一九一二年二月，正是阴历辛亥年的年下，那时我十岁，刚剪下小辫不久。北平风俗过年，通常是从十二月二十三日祭灶起，一直到正月十五灯节为止，足足要热闹半个多月。那一年的阴历新春正月十二日是阳历二月九日，我已记不清楚，不过那个阴历的正月十二日却是所有北平人都不会忘记的一个日子。这个日子距今六十年了，那一天发生的事想起来如在目前。

每逢过年，自除夕起，我家里开赌戒。我家里根本没有麻将牌，听说过，没见过。我到二十多岁才初次看到别人做方城戏。所谓开赌戒，不过是从父亲锁着的抽屉里取出一个小包包，打开包包取出一个象牙盒，打开盒子取出六颗骨头做的骰子，然后把骰子放在一只大海碗里，全家大小十口围着上屋后炕上的桌子哗啦哗啦地掷状元筹，如是而已。可是每个人下三十二个铜板的赌注，堆在大碗周围，然后轮流抓起骰子一掷，呼卢喝雉，也能领略到一点赌徒们所特有的紧张与兴奋。正月十二那天晚上，大家饭后不期而集，围着后炕桌子，赌兴正酣，忽然听到一阵噼噼啪啪的响，大家一愣。爆竹一声除旧，快吃元宵了，还放什么鞭炮？父亲沉下了脸，皱起眉头说："不对，这声音太尖太脆，怕不是爆竹。"正惊讶间，乒乒乓乓的声音更紧凑更响亮了。当然比爆炒豆的声音大得多，而且偶然听到划破天空的呼啸而过的嘶响。

我父亲推开赌碗，跑到西厢房去打德律风。德律风者，那时的电话之称，安装在墙上，庞然大物，呜呜地摇半天才能叫号通话。德律风打到京师警察厅，那边的朋友说，兵变了，拱卫京师的曹锟部下陆军第三镇驻扎在东城城根儿禄米仓的士兵哗变了！未得其详，电线中断，随后电灯也灭了，一片黑暗。禄米仓离我家不远，怪不得枪声那么清脆可闻。

枪声越来越密，比除夕热闹多了。东南方火光冲天，把半边天照得通亮，火星飞舞，像是有人在放特大号太平花。后来知道这是变兵劫掠东安市场，顺手放一把火示威。这时候天上疏疏落落地掉下了一些雨点，有人说是天哭了！胡同里出奇的寂静，没有人声。

我父亲要我们大家戒备，各自收拾东西。家里没有什么细软，但是重要契据文件打了两个小包袱。我们弟兄姊妹每人都有一点体己。我有一个绒制小口袋，原是装巧克力的，是祁罗福洋行老板送给我的，我二姊说那种黑不溜秋的糖像猴屎不会好吃，我就把糖果抛弃留下那只口袋装钱，全部积蓄有三十几块。我把口袋放在桌上，若有个风吹草动，预备抓起口袋就跑。

胡同里有了呼唤声脚步声，由远而近，嘈嘈杂杂，像潮水涌来。家门口响起两声枪，子弹打在门上，门皮比较厚，没有打穿，随后又有砸门声。看门的南二慌慌张张地跑进里院，大喊："来了，来了！"我们立刻集中到后院，搬梯子，翻墙，躲在墙外邻家的天沟上。打杂的用人辛二仓皇中躲进了跨院的煤堆后面，幸亏有他留在地面，发生了很大的作用。变兵打不开大门，就爬电线杆翻入临街的后窗，然后开启大门放进大批的弟兄。据估量，进来的大兵至少有十个八个，因为他们搜劫东西之后抛下的子弹一排排的不在少数。算是洗劫，不过洗得不干净，一来没有电灯照明，二来缺乏经验不大知道挑拣，三来每人只有两只手拿不了许多，抢劫历时二三十分钟，呼啸而出，临去还放几枪留念。煤堆后面的辛二听得没有响动，蹑手蹑脚地出来先关上大门，然后喊我们下地。比兵劫更可怕的是地痞流氓乘机接着抢掠，他们抢起来是穷凶极恶细大不捐，真能把一家的东西搬光，北平语谓之"扫营儿"。辛二把大门一关，扫营一幕幸而得免。

　　事后我们检查，损失当然很重，不过也有很多东西该拿而没有拿，不该拿而拿了的。我的那一小袋储蓄，我临时忘携带，平白地奉献了。北平住家的人，家里没有多少贵重物品，箱柜桌椅之类死沉死沉的，抬也抬不动，所以大兵进宅顶多打开钱柜（北平家家都有的木箱形上面开盖的那种钱柜）拿去几十包放在钱板子上的铜板，运气好些的再拿去几只五十两一个的银元宝，再不就是从墙上表盒里拿去十个二十个形形色色的怀表。古玩陈设，他们不识货，只知道拣大个的拿。所以变兵真正地大发利市，另有两种去处，一个是当铺，一个是票庄。前者有物资，后者有现款。大票庄大当铺都集中在东城，几乎无一幸免，而且比较黑心的掌柜于劫掠之后自己放一把火，浑水摸鱼。从此票庄完全消灭，大当铺也无复昔日的繁荣，多少和票庄当铺保有密切关系的中产阶级家庭，也从此一蹶不振而中落了。

　　变兵在东城闹了一夜，黎明波及西城。东城只剩下一般宵小纷纷做扫营的工作。我从大门缝往外看，看见一位苦哈哈抱着一只很大很大的百鹿敦，踽踽而行，路面冰冻一不小心跌了一跤，敦破，撒在地上的是一堆白米！变兵少数在城内逗留，大部分出西直门而去。这时候驻扎在张家口的姜桂题部下的军队（号称"毅军"）奉命开来平乱。正遇见大队变兵，于是大举歼灭。可怜的人，辛苦了一夜，命在须臾。城里面的地痞流氓正在得意忘形自由行动，想不到突然间有人来执法以绳，于是又有不少的人头挂在高竿之上了。我和哥哥商量，想出去看看人头，父母不准我们去，后来看到了照片，那样子很难看。

戏剧性的一场灾祸在新年演出，幕启幕落都十分突兀。那些放枪的、扫营的，不过是跑龙套的而已。演重头戏的是曹锟，而发纵指使的是民国第一任总统袁世凯。他当选总统而不欲南下就职，为寻求借口，于是导演了这样的一出独幕闹剧，为几十万北平居民做新春点缀！而后又有一出新华春梦，一出贿买大选，丑戏连台，实在不足为怪，我们应该早看出一点头绪。

爆竹

爆竹，顾名思义，是把一截竹竿放在火里使之发出爆声。《荆楚岁时记》："正月一日……鸡鸣而起，先于庭前爆竹，以辟山臊恶鬼。"山臊是什么？《神异经》云："西方山中有人焉，其长尺余，一足，性不畏人，犯之则令人寒热，名曰山臊。"这一尺多高的小怪物及其他恶鬼，真是胆小，怕听那一声爆竹！而且山臊恶鬼也蠢得很，一定要在那三元行始之日担惊受怕地挨门逐户去听那爆竹响！

由于我们的三大发明之一的火药出现，爆竹乃向前迈一大步，不用竹而改用纸，实以火药，比投竹于火的爆烨之声要响亮得多，名之曰爆仗，可能是竹与仗的一声之转。爆仗便于取携施放，其用途乃大为推广，时至今日，除了一声除旧之外，任何季节大典或细端小故皆可随时随地试爆，法所不禁。娶媳妇当然要放，出殡发丧也要放，店铺开张要放，服役入营也要放，竞选游街要放，赔礼遮羞也要放，破土上梁要放，小孩打球赢了也要放……而且放的不是单个的小小的爆仗，是千头百子的旺鞭，震地价响！响声起后，万众欢腾，也许有高卧未起的人，或胆比山臊还小的人，或耳鼓膜不大健全的人，会暗地里发出一声诅咒，但被那鞭声掩了，没有人听得见。一串鞭照例是殿以一声巨响，表示告一段落，窄街小巷之间，往往硝烟密布，等着微风把它吹散，同时邻人、路人当然也不免每人帮忙吸取几口，最多是呛得咳嗽一阵。爆仗壳早已粉身碎骨狼藉满地，难得有人肯不辞劳苦打扫一番，时常是风吹雨淋，一部分转入沟壑，以为异日下水道阻塞之一助。

　　记得儿歌有云："新年来到，糖瓜祭灶，姑娘要花，小子要炮，老头子要买新毡帽，老婆子要吃大花糕。"小子要炮，就是要放爆竹。予小子就从来没有玩过炮。"大麻雷子"的轰然巨响能吓死人，我固不敢动它，即使最小的"滴滴金儿"最多刺的一声，我也不敢碰，要我拿着一根点着了的香去放，我也手颤。院子中间由别人放一两只"太平花"，我在一旁观看，那火树银花未尝不可一顾，但是北地苦寒，要我久立冻得发抖，我就敬谢不敏了。稍长，在学校里每逢国庆必放烟火，大家都集在操场里。先是一阵"炮打镫""二踢脚子"，最后大轴子戏是放"盒子"。盒子高高地在木架上悬起，点放之后，一层层地翻开挂落下来，无非是一些通俗故事，辉煌灿烂，蔚为奇观，最后，照例的是"中华民国万岁"几个大字，在熊熊的火焰之中燃烧着。这时候大家一起鼓掌欢呼，礼成，退。

　　我家世居北平，未能免俗，零售爆竹的地方是在各茶叶铺里，通常是在店内临时设立摊子贩卖，营业所得是伙计们过年的外快。我家里的爆竹，例由先君统筹统办，不假孩子们之手。年关将届之时，家君就到琉璃厂九隆号去采办。九隆号是北平最老的爆竹制造厂，店主郑七嫂和我还有一点亲戚关系，我应称为舅妈。九隆在琉璃厂西头路北，小小的门面一间，可是生意做得很大，一本万利，半年没有生意，全家动员制作爆竹，干了存着，年终发售。家君采办的货色，相当齐全，我印象较深的是"飞天七响""炮打襄阳"，尤其是"炮打襄阳"，砰然一声，火弹飞升，继之以无数小灯纷纷腾射，状至美观，而且还有一点历史的意义。以黑色火药及石弹为炮，始自元人，攻打襄阳时即是使用此一利器。观赏"炮打襄阳"时，就想到我们发明火药虽非停留在儿童玩具阶段，实际上亦使用于战争，唯以后未能进步而已。几小时所见爆竹烟火花色甚多，唯"旗火"则不准进我家门，因为容易引起火灾。我如今看到爆竹，望望然去之，我觉得爆竹远不如新毡帽之重要。若是在街上行走，有顽童从暗处抛掷一枚爆竹到我脚下，像定时炸弹似的爆发，我在心里怦怦跳之际也会报以微笑，怜悯他没有较好的家教与玩具。

七月四日是美国独立纪念日，就算是他们的国庆，前一星期在街道上就有征候，不是悬灯结彩，也不是搭盖临时的三合板牌楼，而是街边隙地建立一些因陋就简的木舍，里面陈列着稀稀拉拉的一些爆竹。在纪念日前夕，就有成群的孩子，围在那里挑挑拣拣地购买。木舍盖在隙地，大有道理。我在九隆亲见一位老者，口衔雪茄走进店里，店主大骇，来不及开言就把他推出店外，然后才向他解释点燃的雪茄就像划着了的火柴。我在旁观，也不由得一怔。美国平日禁止燃放爆竹，只有在纪念日前后才解禁数天，所以孩子们憋一年才能放肆一次。婚丧大事之类，美国人静悄悄的真不知是怎样过的！那些木舍，我也曾挤进去参观，尽是些小品，甚少巨制，而且质地粗糙，不堪入目。可是我伸手拿起一看，大部分是我们的外销品。我的观感登时又有改变，好像是他乡遇故知，另有一番亲热。只是盼望我们的外销品能有大手笔，不尽是小儿科。

对联

　　我们中国字不是拼音的，一个字一个音，没有词类形式的变化，所以特宜于制作对联，长联也好，短联也好，上下联字字对仗，而且平仄谐调，读起来自有节奏，看上去整整齐齐。外国的拼音文字便不可能有这种方便。我服务过的一个学校，礼堂门口有一副对联："养天地正气，法古今完人。"写作俱佳。有人问我如何译成英文，我说，只可译出大意，无法译成联语。外文修辞也有所谓对仗（antithesis）！也只是在句法上做骈列的安排，谈不到对仗之工与音调之美。我们的对联可以点缀湖山胜迹，可以装潢寓邸门庭，是我们独有的一种艺术品。

　　楹联佳制，所在多有。但是给人印象深刻者，各人所遇不同。北平人文荟萃之区，好的门联并不多觏。宫阙官衙照例没有门联，因为已有一番气象，容不得文字点缀。天安门前只可矗立华表或是擎露盘之类，不可以配制门联，也不可以悬挂任何文字的牌语。平民老百姓的家宅才讲究门联，越是小门小户的人家越不会缺少一副门联。王公贝子的府邸门前只列有打死人不偿命的红漆木头棍子。

　　我的北平故居大门上一联是最平凡的一副！"忠厚传家久，诗书继世长。"可是我近年来越想越觉得其意义并不平凡，而且是甚为崇高。这不是夸耀门楣，以忠厚诗书自许，而是表示一种期望，在人品上有什么比忠厚更为高尚？在修养上有什么比诗书更为优美？有人把"久""长"二字删去，成为"忠厚传家，诗书继世"的四言联，这意思更好，只求忠厚宅心，儒雅为业，至于是否泽远流长就不必问。常看到另一副门联："国恩家庆，人寿年丰。"是善颂善祷的意思，不过有时候想想流离丧乱四海困穷的样子，这又像是一种讽刺了。有一人家门口一副对联："敢云大隐藏人海，且耐清贫读我书。"有一点酸溜溜的，但是很有味，不知里面住的是怎样的一位高人。

　　春联最没有意思，据说春联始自明太祖。"帝都金陵，除夕传旨，公卿士庶家，门下须加春联一副。"仓促之间，奉命制联，还能有好的作品？晚近只有蓬户瓮牖之家，才热衷于贴春联。给颓垣垩室平添一些春色，也未尝不可。曾见岁寒之日，北风凛冽，有一些缩头缩脑的人在路边当众挥毫，甚至有髫龄卯齿的小朋友也蹲在凳子上呵冻作书，引得路人聚观，无非是为博得一些笔墨之资，稍裕年景而已。春联的词句，不外一些吉祥颂祷之语，即使搬出杜甫的句子如"楼阁烟云里，山河锦绣中"，或孟浩然的句子如"咸歌太平日，共乐建寅春"，仍然不免于俗。如果怀有才气，当然可以自制春联，不过对仗要工、平仄要调，并不是上下联语字数相同即可充数。

　　幼时，检家中旧箧，得墨拓书对联一副："铁肩担道义，辣手著文章。"杨继盛，字椒山，明嘉靖进士，官吏部员外郎，是一位耿直的正人君子，曾劾严嵩五奸十大罪，被构陷下狱，终弃市。我看了那副对联，字如其人，风骨凛然，令人肃然起敬，遂付装池，悬我壁上。听说椒山先生寓邸在北平西城某胡同（丰盛胡同？）改为祠堂，此联石刻即藏祠堂内，可惜我没有去瞻仰。担道义即是不计利害地主持正义，杀身成仁舍生取义，椒山先生当之无愧。所谓辣手著文章，我想不是指绍兴师爷式的刀笔，没有正义感而一味地尖酸刻薄是不足为训的。所谓辣手应是指犀利而扼要的文笔。这一副对联现在已不知去向，但是无形中长是我的座右铭。

稍长，在一本珂罗版影印的楹联集里，看到一副联语"平生感意气，少小爱文辞"。是什么人写的，记不得了。这两句诗是杜甫《移居公安县赠卫大郎》里的句子，我十分喜爱。这两句是称赞卫大郎的话，仇注"感其平时意气，如江海之流易合，又爱其少而能文，知风云之会有期"。卫大郎能当得起这样的夸赞，真是"不易得"的人物了。我一时心喜，仿其笔意写成五尺对联，笔弱墨浊，一无是处，不料墨沉未干，有最相知的好友掩至，谬加赞赏，携之而去。经付装池，好像略有起色，竟悬诸伊之客室，我见之不胜愧汗，如今灰飞云散人琴俱渺矣！

民国二十年夏，与杨今甫、赵太侔、闻一多、黄任初诸君子公出济南，偷闲游大明湖。泛小舟，穿行芰荷菱芡间，至历下亭舍舟登陆。仰首一看，小亭翼然，榜书一联"海右此亭古，济南名士多"。这是杜甫于天宝四年陪李北海宴历下亭诗里的两句，亭为胜迹，座有嘉宾，故云。大凡名胜之地必有可观，若有前贤履迹点缀其间，则尤足为湖山生色。当时我的感触很深，"云山发兴""玉佩当歌"的情景如在目前，此一联语乃永不能忘。

西湖的楹联太多了，我印象深的只有两个。一个是岳坟的一副："青山有幸埋忠骨，白铁无辜铸佞臣。"自古忠奸之辨，一向严明。坟前一对跪着的铁像，一个是秦桧，一个是裸着上身的其妻王氏，游人至此照例是对秦桧以小便浇淋，否则便是吐痰一口，臭气熏天，对王氏则争扪其乳，扪得白铁乳头发光。我每谒岳坟，辄掩鼻而过，真有"白铁无辜"之叹。白铁铸成佞臣，倒也罢了，铸成佞臣之后所受的侮辱，未免冤枉。西湖另一副难忘的对联是："万顷湖平长似镜，四时月好最宜秋。"联在平湖秋月，把平湖秋月四个字嵌入联中，虽然位置参差，但是十分自然。我因为特别喜欢西湖的这一景，遂连带着也忘不了这副对联。

雪

李白句："燕山雪花大如席。"这话靠不住，诗人夸张，犹"白发三千丈"之类。据科学的报道，雪花的结成视当时当地的气温状况而异，最大者直径三至四英寸。大如席，岂不一片雪花就可以把整个人盖住？雪，是越下得大越好，只要是不成灾。雨雪霏霏，像空中撒盐，像柳絮飞舞，缓缓然下，真是有趣，没有人不喜欢。有人喜雨，有人苦雨，不曾听说谁厌恶雪。就是在冰天雪地的地方，爱斯基摩人也还利用雪块砌成圆顶小屋，住进去暖和得很。

赏雪，须先肚中不饿。否则雪虐风饕之际，饥寒交迫，就许一口气上不来，焉有闲情逸致去细数"一片一片又一片……飞入梅花都不见"？后汉有一位袁安，大雪塞门，无有行路，人谓已死，洛阳令令人除雪，发现他在屋里僵卧，问他为什么不出来，他说："大雪人皆饿，不宜干人。"此公憨得可爱，自己饿，料想别人也饿。我相信袁安僵卧的时候一定吟不出"风吹雪片似花落"之类的句子。晋王子犹居山阴，夜雪初霁，月色清朗，忽然想起远在剡的朋友戴安道，即便夜乘小舟就之，经宿方至，造门不前而返。假如没有那一场大雪，他固然不会发此奇兴，假如他自己饘粥不继，他也不会风雅到夜乘小船去空走一遭。至于谢安石一门风雅，寒雪之日与儿女吟诗，更是富贵人家事。

一片雪花含有无数的结晶，一粒结晶又有好多好多的面，每个面都反射着光，所以雪才显着那样的洁白。我年轻时候听说从前有烹雪论茗的故事，一时好奇，便到院里就新降的积雪掬起表面的一层，放在甑里融成水，煮沸，走七步，用小宜兴壶，沏大红袍，倒在小茶盅里，细细品啜之，举起喝干了的杯子就鼻端猛嗅三两下——我一点也不觉得两腋生风，反而觉得舌本闲强。我再检视那剩余的雪水，好像有用矾打的必要！空气污染，雪亦不能保持其清白。有一年，我在汴洛道上行役，途中车坏，时值大雪，前不巴村后不着店，饥肠辘辘，乃就路边草棚买食，主人飨我以挂面，我大喜过望。但是煮面无水，主人取洗脸盆，舀路旁积雪，以混沌沌的雪水下面。虽说饥者易为食，这样的清汤挂面也不是顶容易下咽的。从此我对于雪，觉得只可远观，不可亵玩。苏武饥吞毡渴饮雪，那另当别论。

雪的可爱处在于它的广被大地，覆盖一切，没有差别。冬夜拥被而眠，觉寒气袭人，蜷缩不敢动，凌晨张开眼皮，窗棂窗帘隙处有强光闪映大异往日，起来推窗一看——啊！白茫茫一片银世界。竹枝松叶顶着一堆堆的白雪，权芽老树也都镶了银边。朱门与蓬户同样地蒙受它的泽被，雕栏玉砌与瓷牖桑枢没有差别待遇。地面上的坑穴洼溜，冰面上的枯枝断梗，路面上的残刍败屑，全都罩在天公抛下的一件鹤氅之下。雪就是这样的大公无私，装点了美好的事物，也遮掩了一切的芜秽，虽然不能遮掩大久。

雪最有益于人之处是在农事方面。我们靠天吃饭，自古以来就看上天的脸色，"上天同云，雨雪雱雱……既沾既足，生我百谷"。俗语所说"瑞雪兆丰年"，即今冬积雪，明年将丰之谓。不必"天大雪，至于牛目"，盈尺就可成为足够的宿泽。还有人说雪宜麦而辟蝗，因为蝗遗子于地，雪深一尺则入地一丈，连虫害都包治了。我自己也有过一点类似的经验，堂前有芍药两栏，书房檐下有玉簪一畦，冬日几场大雪扫积起来，堆在花栏花圃上面，不但可以使花根保暖，而且来春雪融成了天然的润溉，大地回苏的时候果然新苗怒发，长得十分茁壮，花团锦簇。我当时觉得比堆雪人更有意义。

据说有一位枭雄吟过一首咏雪的诗："黄狗身上白，白狗身上肿，出门一呵喝，天下大一统。"俗话说："官大好吟诗。"何况一位枭雄在夤缘际会踌躇满志的时候。这首诗不是没有一点巧思，只是趣味粗犷得可笑，这大概和出身与气质有关。相传法国皇帝路易十四写了一首三节联韵诗，自鸣得意，征求诗人、批评家布洼娄的意见，布洼娄说："陛下无所不能，陛下欲做一首歪诗，果然做成功了。"我们这位枭雄的咏雪，也应该算是很出色的一首歪诗。

滑竿

从前在学校读英国诗人弥尔顿的《失乐园》，读到卷三第四三七行：

……在中国的荒原上
中国人驾驶着
挂帆的轻便的藤车

教授抬起头来往下面扫视，看见只有一个人是黑头发黄面孔的，便问道："你们贵国是真有这样张帆的车子吗？"我告诉他说，敝国地方很大，各地风俗不同，我到过的地方有限，没有看见过也没有听说过车上挂帆，教授的结论是，无论如何，车上挂帆是一个很好的办法。

过了好几十年我才有机会听人讲起我们西南一带确有帆车。台湾的电影上也有帆车在海滩上飞驰的外景，自己的见闻之简陋实在是无话可说，弥尔顿博学多识，对于我们文明古国当然不胜其景仰了。可是他还没有看见过我们的滑竿。

滑竿是两人抬的一种轿子，其简单轻便到了无以复加的程度。两根长长的竹竿，往两个人的肩膀上一架，就是交通工具。有人说抬轿的人之所以称为轿夫，是因为那"夫"字是象形的，像一个人肩膀上放两根竿。两竿之间吊起一块麻布，自成一个软兜，活像外国的帆布吊床，乘客往上一躺，软乎乎的一点也不硌得慌，怕两只脚没交代，前面有系着的一根竹篾，正好把脚放上去，天造地设。根本没有零件，所以永远没有修理的问题。有客来，往肩上一搭；没有生意，一个人把两根竹竿并在一起，往腋下一夹就可以走路。停放的地方吗？那更简便了，竖着在墙边一靠，不占空间。

小时候到杭州外婆家去，母亲嘱咐我，下了火车要坐轿子，千万不可以动弹，否则有翻落之虞。我心想八人大轿抬着焉有翻落之理。到了杭州，才知道所谓轿子竟是那样寒碜的东西，像是一个黑油篓，细细高高，头重脚轻，前后一共只有两个人抬，没有人坐进去也好像是摇摇欲坠。滑竿比较稳当多了，坐在软兜里想挣脱出来都不大容易。只是坐滑竿必须用半卧的姿势，直挺挺地抬着招摇过市，纵不似异尸行殡，也像是伤患病残，样子不大雅观。从前皇帝出行，"乘肩辇，具威仪"，必定不是躺着的。可是滑竿在上山下山的时候就非常方便；例如登好汉坡，坐在滑竿上可能微有倒悬之感，腹内的东西绝不至于吣了出来，下来的时候也不会一头栽了下去。而峰回路转，左弯右旋，无不夷犹如意。登山喝道的八人大轿反倒觉得笨重难行了。

滑竿夫太苦，有人坐人力车犹嫌其不人道。车下究竟有轮，轮子就是机械，那是人类文明史上的一大里程碑。滑竿也利用上了杠杆原理，并不算是太原始，不过简单得多。一个人的重量由四个肩膀承之，问题在那一个人的重量究竟有多少。三五个人雇乘滑竿，其中若有一位是"五百斤油"，那几个滑竿夫要发生一阵骚乱，谁都想避重就轻，不幸的那一对一路上要呶呶不休。这也怪不得他们，看看他们的脚杆，细得像是秫秸，任重而道远。坐滑竿的人是"人上人"，不会听不到滑竿夫的咻咻的喘息，以及脚后跟走在石板上嗵嗵地响，不会看不到他们腿上网状的静脉瘤，以及肩膀上摩擦出来的厚厚的茧。

　　滑竿夫没有不是鸠形鹄面的，他们一排靠在墙根上站着，像是风干了的人，像是传说中辰州赶尸的人夜晚宿店时所遗弃在路边的货色！可是他们每人一袭蓝布长衫，还少不了一顶布缠头。多半是伶牙俐齿，能言善道。腰间横系着一根褡布，斜插着一根短烟管，挂着一只烟荷包。除了烟草之外，当然还有更能提神解乏的东西，精神兴奋的时候，议论风生。有一回我到四川北碚的缙云山，一路上听滑竿夫边走边说一些唱和的俚语：

　　甲："前面靠得紧！"

　　乙："后面摆得开。"

　　甲："亮光光！"

　　乙："水波浪。"

　　甲："滑得很！"

　　乙："踩得稳。"

　　甲："远看一枝花。"

　　乙："走近看是她！"

　　甲："教我的儿喊她妈。"

　　唱到这里，路边的那"一枝花"红头涨脸地啐他一口。滑竿夫们胜利地笑了起来，脚底下格外有力，精神抖擞，飞步上山。

痰盂

有许多从前常见的东西，现在难得一见，痰盂即是其中之一。也许是我所见不广，似乎别国现在已无此种器皿。这一项我国固有文物，于今也式微了。

记得小时候，家里每间房屋至少要有痰盂一具。尤其是，两把太师椅中间夹着一个小茶几。几前必有一个痰盂。其形状大抵颇似故宫博物院所藏宋瓷汝窑青奉华尊。分三个阶段，上段是敞开的撇口，中段是容痰的腹部，圆圆凸凸的，下段是支座。大小不一，顶大的痰盂高达二尺，腹部直径在一尺开外，小一点的西瓜都可以放进去。也有两层的，腹部着地，没有支座。更简陋的是浅浅的一个盆子就地擦，上面加一个中间陷带孔的盖子。瓷的当然最好，一般用的是搪瓷货。每天早晨清理房屋，倒痰盂是第一桩事。因为其中不仅有痰，举凡烟蒂、茶根、漱口水、果皮、瓜子皮、纸屑，都兼容并蓄，甚至有时也权充老幼咸宜的卫生设备。痰盂是比较小型的垃圾桶，每屋一具，多方便！有人还嫌不够方便，另备一种可以捧的小型痰盂，考究的是景泰蓝质的，普及的是锡质的，圆腹平底，而细颈撇口，放在枕边座右，无倾覆之虞，有随侍之效。

我们中国人的体格好像是异于洋人，痰特多。洋人不是不吐痰，因为洋人也有气管与支气管，其中黏膜也难免有分泌物，其名亦为痰，他们有了痰之后也会吐了出来，难道都咳到了口中再从食管里咽下去？不过他们没有普设的痰盂，痰无处吐。他们觉得明目张胆地吐在地上不太妥当，于是大都利用手帕，大概是谁也不愿洗那样的手帕，于是又改换用了就丢的纸巾，那纸巾用过之后又如何处理，是塞进烟灰缸里还是放进衣袋归遗细菌，那就各随各便了。

　　记得老舍有一短篇小说《火车》，好像是提到坐头等车的客人往往有一种惊人的态势，进得头等车厢就能"吭"的一声把一口黏痰从气管里咳到喉头，然后"咔"的一声把那口痰送到嘴里，再"啐"的一声把那口痰直吐在地毯上。"吭咔啐"这一笔确是写实，凭想象是不容易编造出来的。地毯上不是没有痰盂，但要视若无睹，才显出气派。我曾看见过一对夫妇赴宴，饭后在客厅落座，这位先生大概是湿热风寒不得其正，一口大痰涌上喉来，咔的一声含在嘴里，左顾右盼，想要找一个痰盂而不可得，俨然是一副内急的样子，又缺乏老舍所描写的头等火车客人那样的洒脱，真是狼狈至极。忽地他福至心灵，走到他夫人面前，取过她的圆罐形的小提包，打开之后，啐的一声把一口浓痰不偏不倚地吐在小提包里，然后把皮包照旧关好，扬长而去。这件事以后有无下文，不得而知。当时在座的人都面面相觑，他夫人脸上则一块红一块紫。其实这件事也还不算太不卫生。我记不得是哪一部笔记，记载着一位最会歌功颂德而且善体人意的宦官内侍，听得圣上一声咳嗽，赶快一个箭步，蹿到御前，跪下来仰头张嘴，恭候圣上御啐在他的口里，时人称为肉痰盂。

　　明朝医学家张介宾作《景岳全书》，对于痰颇有妙论。

　　"痰，即人之津液，无非水谷之所化。此痰亦既化之物，而非不化之属也。但化得其正，则形体强荣卫充。而痰涎本皆血气，若化失其正，则脏腑病，津液散，而血气即成痰涎，此亦犹乱世之盗贼，何孰非治世之良民？但盗贼之兴，必由国运之病，而痰涎之作，必由元气之病。……盖痰涎之化，本因水谷，使果脾强胃健如少壮者流，则随食随化，皆成血气，焉得留而为痰？唯其不能尽化，而十留一二，则一二为痰矣，十留三四，则三四为痰矣，甚至留其七八，则但见血气日消，而痰涎日多矣。"这一段话说得很动听，只是"血气""元气"等语稍为玄妙一些。国人多痰，原来是元气不足。昔人咏雪有句："一夜北风寒，天公大吐痰，旭日东方起，一服化痰丸。"这位诗人可谓能究天人之际了。

化痰丸有无功效，吾不得而知，唯随地吐痰罚金六百之禁令迄未生效，则是尽人皆知之事。多少人好像是仍患有痰谜、心窍之症。在缅怀痰盂时代已成过去之际，前几年忽然看到一张照片，眼睛为之一亮。那是美国总统尼克松访问大陆那一年在居仁堂被召见时的一张官式留影，主客二人，中间赫然矗立着一具相当壮观的痰盂！痰盂未被列入旧物之列而被破除。真可说是异数了。

干屎橛

《五灯会元》里有这样一段记载——

僧问云门："如何是佛？"云门："干屎橛。"

凡能"自觉""觉他""觉行圆满"者皆谓之佛。人人皆有佛性，皆可成佛，不一定对释迦牟尼才可称佛。但是，佛是人生至高无上的一种境界，也是至尊无上的一种尊称，这是我们大家所公认的。僧问云门如何是佛，有心向上，所以才发此问。云门乃是五代一位禅宗高僧，本名文偃，居韶州之云门山，建云门寺，为云门宗之祖，世以云门称之。以这样的一位有道之士，何以口出秽言，以这样不堪的话语来答僧问？须知这正是禅师之猛下钳锤处。禅宗主旨，在于明心见性，一无所染，至于湛然寂静的境界。若是口中说佛，便是心中尚横亘着一个佛的观念，尚存有凡圣差别之心。云门怕听人说佛之一字，所以干干脆脆以最难听的比喻回答他：佛就是不值一提的干屎橛。这是禅师诃佛骂祖的一贯作风。僧若有缘，当下即应有悟。

何谓干屎橛？不要误会以为那是在粪场里我们所习见的纵横狼藉被阳光晒干了的屎橛。这里所谓的干屎橛，乃是拭粪之具。干作动词解。印度风俗，人于便后用小木竹片拭粪，谓之厕筹，亦名厕橛。干屎橛就是指这个厕橛。现在印度是否还有此种风俗，我不知道。当初有这种风俗，其陋可想。可怪者是佛教东来，我国寺观之中也传来此种陋俗。云门寺中当必有此设备。元人陶宗仪《南村辍耕录》："今寺观削木为筹，置厕圊中，名日厕筹。"是元时寺庙之中尚有此物。而宋人龙衮所著《江南野史》，记南唐史事，述"李后主亲为桑门削做厕简子"。厕简子亦即是这个干屎橛。李后主为僧人做厕筹，大概也自认为是一种敬礼三宝的功德。

寺观之外，干屎橛是否在民间普遍使用，如其不用则以何物代替，何时才知道开始用纸，恕我孤陋寡闻。我知道清末北方乡间一切都还是十分简陋的。城里人知道用草纸，黄澄澄的粗糙至极，纸面上有草屑，有时还有蒲公英的花絮，硬挺挺的，坚而且厚。乡下人求草纸而不可得。地面上的砖头石块，俯拾即是，可以随意取用。如果入得青纱帐里，扯下一片高粱叶、玉米叶，可以技巧地一划而不至于划破皮肤。

人到了什么地方就要适应什么环境。就是物质文明很高的国度里，其穷乡僻壤高山丛林之中也不见得就有卫生设备以及卫生纸。我知道有几个在美国习森林学的青年，经常攀登野外的高山，在常年积雪的原始森林中做长期间的实习，他们的行囊已经够重，并不携带卫生纸。我问他们如何解决如厕的问题。他们笑答说："很简单，拣一棵比较容易爬上去的大树，跨在一根横枝上，居高临下，方便无比。"我再问何以善其后，他们乃大笑说："在地面上掬起一捧雪，加紧捏凑成为一个坚实的雪团，就可以代替卫生纸了，用了一个还可以再做一个。"我问他感觉如何。他说："冰凉的，很好受。"大概胜似干屎橛吧？只是我们哪里有那样方便的雪？

图章

印章篆刻是我们中国特有的一种艺术。从春秋战国时起，到如今有两千多年的历史。最初只是一种凭信的记号，后来则于做凭信记号之外兼为一种艺术。

外国不是没有图章。英国不是也有所谓掌玺大臣吗？他们的国王有御玺，有大印，和我们从前帝王之有玉玺没有两样。秦始皇就有螭虎纽六玺。不过外国没有我们一套严明的制度，我们旧制是帝王用者曰玺曰宝，官吏曰印，秩卑者曰铃记，非永久性的机关曰关防，秩序井然。讲到私人印信，则纯然是我们的国粹。外国人只凭签字，没有图章。我们则几乎没有一个人没有图章。签支票、立合同、掣收据、报户口、填结婚证书、申报所得税，以至于收受挂号信件包裹，无一不需盖章。在许多情况中，凭身份证验明正身都不济事，非盖图章不可。刻一个图章，还不容易？到处有刻字匠，随时可以刻一个。从前我在北平，见过邮局门口常有一个刻字摊，专刻急就章，用硬豆腐干一块，奏刀刻画，顷刻而成，铃盖上去也是朱色灿然，完全符合邮局签字盖章的要求。

我有一位朋友，他很有自知之明，他知道一颗图章早晚有失落之虞，或是收藏太好而忘记收藏之所，所以他坚决不肯使用图章，尤其在银行开户，他签发支票但凭签字。他的签字式也真别致，很难让人模仿得像。但是天有不测风云，他突然患了帕金森症，浑身到处打哆嗦，尤其是人生最常使用的手指头，拿不住筷子，捧不稳饭碗，摸不着电铃，看不准插头，如何能够执笔在支票上签字？勉强签字如鬼画符，银行核对下来不承认。后来几经交涉，经过好多保证才算把款提了出来，这时候才知道有时候签字不如盖章。

有些外国人颇为羡慕我们中国人的私章，觉得小小的一块石头刻上自己的名姓，或阴或阳，或篆或籀，或铁线或九叠，都怪有趣的。抗战时期，闻一多在昆明，以篆刻图章为副业，当时过境的美军不少，常有人登门造访，请求他的铁笔。他照例先给他起一个中国姓名，讲给他听，那几个中国字既是谐音，又有吉祥高雅的含义，他已经乐不可支，然后约期取件，当然是按润例计酬。雕虫小技，却也不轻松，视石之大小软硬而用指力、腕力、或臂力；积年累月地捏着一把小刀，伏在案上于方寸之地纵横捭阖，势必至于两眼昏花，肩耸背驼，手指磨损。对于他，篆刻已不复是文人雅事，而是谋生苦事了。

在字画上盖章，能使得一幅以墨色或青绿为主的作品，由于朱色印泥的衬托，而格外生动，有画龙点睛之妙。据说这种做法以酷爱文画的唐太宗为始，他有自书"贞观"二字的联珠印，嗣后唐代内府所藏的精品就常有"开元""集贤"等的钤记。元赵孟頫是篆刻的大家，开创了文人篆刻的先河，至元代而达到全盛时期。收藏家或鉴赏家在字画名迹上盖个图章原不是什么坏事，不过一幅完美的作品若是被别人在空白处盖上了密密麻麻的大小印章，却是大煞风景。最讨厌的是清朝的皇帝，动辄于御题之外加盖什么"御览之宝"的大章，好像非如此不足以表示其占有欲的满足。最迂阔的是一些藏书印，如"子孙益之守勿失""子孙永以为好""子子孙孙永无斁"之类，我们只能说其情可悯，其愚不可及。

明清以降，文人雅士篆刻之风大行，流落于市面的所谓闲章常有奇趣，或摘取诗句，或引用典实，或直写胸臆。有时候还可于无意中遇到石质特佳的印章，近似旧坑田黄之类。先君嗜爱金石篆刻，积有印章很多，我仅携出数方，除"饱蠹楼藏书印"之外尽属闲章。有一块长方形寿山石，刻诗一联"鹭拳沙岸雪，蝉翼柳塘风"，不知是谁的句子，也不知何人所镌，我觉得对仗工，意境雅，书法是阳文玉筋小篆尤为佳妙，我就喜欢它，有一角微缺，更增其古朴之趣。还有一块白文"春韭秋菘"，我曾盖在一幅画上，后来这幅画被一外国人收购，要我解释这印章文字的意义，我当时很为难，照字面翻译当然容易，说明典故却费周折。南齐的周家清贫，"文惠太子问颙：'菜何味胜？'颙曰：'春初早韭，秋末晚菘。'"春韭秋菘代表的是清贫之士的人品之清高。早韭嫩，晚菘肥，菜蔬之美岂是吃牛排吃汉堡面包的人所能领略？安贫乐道的精神之可贵更难于用三言两语向唯功利是图的人解释清楚的了。我还有两颗小图章，一个是"读书乐"，一个是"学古人"。生而知之的人，不必读书。英国复辟时代戏剧作家范布勒（Vanbrugh）有一部喜剧《旧病复发》（*The Relapse*），其中的一位花花公子说过一句翻案的名言："读书即是拿别人绞出的脑汁来自娱。我觉得有身份的人应该以自己的思想为乐。"不读他人的书，自己的见解又将安附？恐怕最知道读书乐的人是困而后学的人。学古人，也不是因为他们苦，是因为从古人那里可以看到人性之尊严的写照，恰如蒲伯（Pope）在他的"批评论"所说：Learn hence for ancient rules a just esteem：To copy nature is to copy them.所以对古人的规律要有一份尊敬，揣摩古人的规律即是揣摩人性。

这两颗小图章给了我很大的启发，教我读书，教我做人。最近一位朋友送我两颗印章，一是仿汉印，龟纽，文曰："东阳太守。"令我想起杜诗所谓"除道晒要章"，太守的要章（佩在身上的腰章）大概就是这个样子了。另一是阳文圆印，文曰："深心托豪素。"这是颜延之的诗，"向秀甘淡薄，深心托豪素"，向秀是晋人，清悟有远识，好老庄之学，与山涛、嵇康等善，一代高人。这一颗印，与春韭秋菘有同样淡远的趣味。

一出版家与人诟谇，对方曰："汝何人，一书贾耳！"这位出版家大恚，言于余。我告诉他，可玩味者唯一"耳"字，我并且对他说辞官一身轻的郑板桥当初有一颗图章"七品官耳"，那个"耳"字非常传神。我建议他不必生气，大可刻一个图章"一书贾耳"。当即自告奋勇，为他写好印文，自以为分朱布白，大致尚可，唯不知他有无郑板桥那样的洒脱肯镌刻这样的一个图章，我没敢追问。

算命

　　从前在北平，午后巷里有镗镗的敲鼓声，那是算命先生。深宅大院的老爷太太们，有时候对于耍猴子的、耍耗子的、跑旱船的……觉得腻烦了，便半认真半消遣地把算命先生请进来。"卜以决疑，不疑何卜"，人生哪能没有疑虑之事，算算流年，问问妻财子禄，不愁没有话说。

　　算命先生全是盲人。大概是盲于目者不盲于心，所以大家都愿意求道于盲。算命先生被唤住之后，就有人过去拉起他的手中的马竿，"上台阶，迈门槛，下台阶，好，好，您请坐。"先生在条凳上落座之后，少不了孩子们过来啰唣，看着他的"孤月浪中翻"的眼睛和他脚下敷满一层尘垢的破鞋，便不住地挤眉弄眼咯咯地笑。大人们叱走孩童，提高嗓门向先生请教。请教什么呢？老年人心里最嘀咕的莫过于什么时候福寿全归，因为眼看着大限将至而不能预测究竟在哪一天呼出最后一口气，以至许多事都不能做适当的安排，这是最尴尬的事。"死生有命"，正好请先生算一算命。先生干咳一声，清一清喉咙，眨一眨眼睛，按照出生的年月日时的干支八字，配合阴阳五行相生相克之理，掐指一算，口中念念有词，然后不惜泄露天机说明你的寿数。"六十六，不死掉块肉；过了这一关口，就要到七十三，过一关。这一关若是过得去，无灾无病一路往西行。"这几句话说得好，老人听得入耳。六十六，死不为夭，而且不一定就此了结。有人按算命先生的指点到了这一年买块瘦猪肉贴在背上，叫儿女用切菜刀把那块肉从背上剔下来，就算是应验了掉块肉之说而可以免去一死。如果没到七十三就撒手人寰，那很简单，没能过去这一关；如果过了七十三依然健在，那也很简单，关口已过，正在一路往西行。以后如何，就看你的脚步的快慢了。而且无灾无病最快人意，因为谁也怕受床前罪，落个无疾而终岂非福气到家？《长生殿·进果》："瞎先生，真圣灵，叫一下赛神仙来算命。"瞎先生赛神仙，由来久矣。

据说有一个摆摊卖卜的人能测知任何人的父母存亡，对任何人都能断定其为"父在母先亡"，百无一失。因为父母存亡共有六种可能变化：（一）父在，而母已先亡。（二）父在母之前而亡。（三）椿萱并茂，则终有一天父在而母将先亡。（四）椿萱并茂，则终有一天父将在母之前而亡。（五）父母双亡，父在母之前而亡。（六）父母双亡，父仍在之时母已先亡。关键在未加标点，所以任何情况均可适用。这可能是捏造的笑话，不过占卜吉凶其事本来甚易，用不着搬弄三奇八门的奇门遁甲，用不着诸葛的马前时课，非吉即凶，非凶即吉，颜之推所谓"凡射奇偶，自然半收"，犹之抛起一枚硬币，非阴即阳，非阳即阴，百分之五十的准确早已在握，算而中，那便是赛神仙，算而不中，也就罢了，谁还去讨回卦金不成？何况卜筮不灵犹有不少遁词可说，命之外还有运？

韩文公文起八代之衰，以道统自任，但是他给李虚中所作的墓志铭有这样的话："李君名虚中，最深于五行书，以人之始生年月日所值日辰于支，相生盛衰死王相，斟酌推人寿夭贵贱利不利，辄先处其年时，百不失一二……"言人之休咎，百不失一二，即是准确度到了百分之九十八九，那还了得？这准确的记录究竟是谁供给的？那时候不会有统计测验，韩文公虽然博学多闻，也未必有闲工夫去打听一百个算过命的人的寿夭贵贱。恐怕还是谀墓金的数目和李虚中的算命准确度成正比例吧？李虚中不是等闲之辈，撰有命书三种，进士出身，韩文公也就不惜摇笔一谀了。人天生有好事的毛病，喜欢有枝添叶地传播谣言，可供谈助，无伤大雅，"子不语"，我偏要语！所以至今还有什么张铁嘴李半仙之类的传奇人物崛起江湖，据说不须你开口就能知晓你的家世职业，活灵活现，真是神仙再世！可惜全是辗转传说，人嘴两张皮，信不信由你。

　　瞎子算命先生满街跑，不瞎的就更有办法，命相馆问心处公然出现在市廛之中，诹吉问卜，随时候教。有一对热恋的青年男女，私订终身，但是家长还要坚持"纳吉"的手续，算命先生折腾了半天，闭目摇头，说："哎呀，这婚姻怕不成。乾造属虎，坤造属龙，'虎掷龙拏不相存，当年会此赌乾坤'……"居然有诗为证，把婚姻事比作了楚汉争。前来问卜的人同情那一对小男女，从容进言："先生，请捏合一下，卦金加倍。"先生笑逐颜开地说："别忙，我再细算一下。龙从火里出，虎向水中生。龙骧虎跃，大吉大利。"这位先生说谎了吗？没有。始终没有。这一对男女结婚之后，梁孟齐眉，白头偕老。

　　如果算命是我们的国粹，外国也有他们类似的国粹。手相之术，柏拉图、亚里士多德亦不讳言之。罗马设有卜官，正合于我们的大汉官仪。所谓Sortes抽卜法，以圣经、荷马，或魏吉尔的诗篇随意翻开，首先触目之句即为卜辞，此法盛行希腊、罗马，和我们的测字好像是同样的方便。英国自一八二四年公布取缔流浪法案，即禁止算命这一行业的存在；美国也是把职业的算命先生列入扰乱社会的分子一类。

倒是我们泱泱大国，大人先生们升官发财之余还可以揣骨看相细批流年，看看自己的生辰八字是否"蝴蝶双飞格"，以便窥察此后升发的消息。在这一方面，我们保障人民自由，好像比西方要宽大得多。

商店礼貌

　　常听人说起北平商店的伙计接待客人如何的彬彬有礼，一团和气，并且举出许多实例以证明其言之不虚。我是北平人，应知北平事，这一番夸奖的话的确不算是过誉，不过"北平"二字最好改为"北京"，因为大约自从北京改称北平那年以后，北平商店也渐渐起了变化，向若干沿海通商大埠的作风慢慢地看齐了。

　　到瑞蚨祥买绸缎，一进门就可以如入无人之境，照直地往里闯，见楼梯就上，上面自有人点头哈腰，奉茶献烟，陪着聊两句闲天，然后依照主顾的吩咐支使徒弟东搬一块锦缎，西搬一块丝绒，抖擞满一大台面。任你褒贬挑剔，把嘴撇得瓢儿似的，店伙在一旁只是赔笑脸，不吭一口大气。多买少买，甚至不买，都没有关系，客人扬长而去，伙计恭送如仪。凡是殷实正派的商店，所用的伙计都是科班学徒出身，从端尿盆捧夜壶起，学习至少三年，才有资格出任艰巨，更磨炼一段时间才能站在柜台后面应付顾客，最后方能晃来晃去地招待来宾。那"和气生财"的作风是后天慢慢熏陶出来的。若是临时招聘的职员，他们的个性自然比较发达，谁还肯承认顾客至上？

　　从前饭馆的伙计也是训练有素的，大概都是山东人，不是烟台的就是济南的。一进门口就有人起立迎迓，"二爷来啦！""三爷来啦！"客人排行第几，他都记得，因为这个古城流动户口很少，而且饭馆顾客喜欢赍临他所习惯去的地方。点菜的时候，跑堂的会插嘴："二爷，别吃虾仁，虾仁不新鲜！"他会提供情报："鲫鱼是才打包的，一斤多重。"一阵磋商之后，恰到好处的菜单拟好了。等菜不来，客人不耐烦拿起筷子敲盘叮咣声，在从前这是极严重的事，这表示招待不周。执事先生一听见敲盘声就要亲自出面道歉，随后有人打起门帘让客人看看那位值班跑堂的扛着铺盖走出大门——被辞退了。事实上他是从大门出去又从后门回来了。客人要用什么样的酒，不须开口，跑堂早打了电话给客人平素有交往的酒店："×××街的×二爷在我们这里，送三斤酒来。"二爷惯用的那种多少钱一斤的酒就送来了，没有错。客人临去的时候，由堂口直到账房，一路有人喝送客，像是官府喝道一般。到了后来才有高呼小账若干若干的习惯，不是为客人听了脸上光彩，是为了小账目公开预备聚在一起大家均分，防止私弊。以后世风日下如果小账太少，堂倌怪声怪调地报告数目，那就是有意地挖苦了，哪里还有半点礼貌？

不消说，最讲礼貌的是桅厂，桅厂即是制售棺木的商店。给老人家预订寿材，不失为有备无患之举，虽然不是愉快的事，交易的气氛却是愉快至极。掌柜的一团和气，领客去看木板，楠木的，杉木十三圆的，一副一副地看，他不劝你买，不催你买，更不怂恿你多看几具，也不张罗着给你送到府上，只是一味地随和。这真是模范商店！这种商店后来是否也沾染了时代的潮流，是否伙计也是直眉竖眼，冷若冰霜，拒人于千里之外就不得而知了。

同仁堂丸散膏丹天下闻名，柜台前永远是里三层外三层地挤满顾客，只消远远地把购药单高高举起，店伙看到单子上密密麻麻，便争着伸手来抢——因为他们的店规是伙计们按照实绩提成计酬。用不着排队，无所谓先来后到，大主顾先伺候，小生意慢慢来，也不是全无秩序。可怜挤在柜台前面的，尽是些闻名而来的乡巴佬！

买东西的人并不希冀什么礼遇，交易而来，成交而返，只要不遭白眼不惹闲气。逐什一之利的人也不必整日价堆着笑脸，除非他是天生的笑面虎。北平几度沧桑，往日的生活方式早已不可复见。我一听起有人谈到北平人的礼貌，便不免有今昔之感。

礼失而求诸野。在"野"的地方我倒是常受到礼貌的待遇。到银行去取款，行员一个个的都是盛装，男的打着领结，女的花枝招展，点头问讯，如遇故旧。把折子还给你，是用双手拿着递给你，不是老远地像掷铁环似的飞抛给你。如果是星期五，临去时还会祝你有一个快乐的周末，这一声祝语有好大的效力，真能使你有一个快乐的周末，还可能不止一个！有一次在一家杂货店给孩子买一只手表，半月后秒针脱落，不费任何唇舌就换了一只回来，而且店员连声道歉，说明如再出毛病仍可再换或是退款，一点也没有伤了和气。还有一回在超级市场买一个南瓜馅饼，回来切开一看却是苹果馅，也就胡乱吃了下去。过了一个月，又见标签为南瓜的馅饼，便叮问店员是否名副其实的南瓜馅饼，具以过去经验告之。店员不但没有愠意，而且大喜过望，自承以前的确有过一次张冠李戴的误失，只是标签贴错无法查明改正。"你是第二个前来指正我们的顾客，无以为敬，谨以这个南瓜馅饼奉赠。"相与呵呵大笑。这样的事随时随处皆可遇到，不算是好人好事，也不算是模范店员，没有人表扬。

为什么在野的地方一般人的表现反倒不野？我想没有方法可以解释，除非是他们的牛奶喝得多，睡觉睡得足。管子曰："仓廪实则知礼节，衣食足则知荣辱。"这道理我们早就懂得。

喜筵

清梁晋竹《两般秋雨盒随笔》有这样一段:

> 湖南麻阳县,某镇,凡红白事,戚友不送套礼,只送份金,始于一钱而极于七钱,盖一阳之数也。主人必设宴相待,一钱者食一菜,三钱者三菜,五钱者遍肴,七钱者加簋。故宾客虽一时满堂,少选,一菜进,则堂隅有人击小钲而高唱曰:"一钱之客请退。"于是纷然而散者若干人。三菜进,则又唱:"三钱之客请退。"于是纷然而散者又若干人。五钱以上不击,而客已寥寥矣。

我初看几乎不敢相信有此等事。"夫礼,禁乱之所由生。"所以我们礼仪之邦最重礼防。"名位不同,礼亦异数。"所以礼数亦不能人人平等。但是麻阳县某镇安排喜筵的方式,纵然秩序井然,公平交易,那一钱三钱之客奉命退席,究竟脸上无光,心中难免惭恧,就是五钱七钱之客,怕也未必觉得坦然。乡曲陋俗,不足为训。我后来遇到一位朋友,他来自江苏江阴乡下,据他说他的家乡之治喜筵亦大致如此,不过略有改良。喜筵备齐之后,司仪高声喊叫:"一元的客人入席!"一批人纷纷就座,本来菜数简单,一时风卷残云,鼓腹而退。随后布置停当,两元的客人大摇大摆地应声入席。最后是三元、四元的客人入座,那就是贵宾了。这分批入座的办法,比分别退席的办法要稍体面一些。

我小时候在北平也见过不少大张喜筵的局面。喜庆丧事往来，家家都有个礼簿。投桃报李，自有往例可循。簿上未列记录者，彼此根本不需理会。礼簿上分别注明，"过堂客"与"不过堂客"，堂客即是女眷之谓。所以永远不会有出人意外的阃第光临之事发生。送礼大概不外份金与席票两种。所谓席票，即是饭庄的礼券，最少两元，最多六元、八元不等。这种礼券当然可以随时兑取筵席，不过大部分的人都是把它收藏起来，将来转送出去。有时候送来送去，饭庄或者早已歇业。有时候持票兑取筵席，业者会报以白眼。北平的餐馆业分两种，一种是饭馆，大小不一，口味各异，乃普通饮宴之处；一种是饭庄，比较大亦比较旧，一律是山东菜，例如福寿堂、庆寿堂、天福堂等，通常是称堂，有宽大的院落，甚至还有戏台。办红白事的人家可以借用其地，如果自己家里宽绰，也可令饭庄外会承办酒席。那时候用的是八仙桌，二人条凳，一桌坐六个人，因为有一面是敞着的，为的是便利主人敬酒、堂倌上菜。有时人多座少，也可以临时添个条凳打横。男女分座，男的那边固然是杯盘狼藉叫嚣震天，女的那边也不示弱，另有一番热闹。席上的菜数不外是四干、四鲜、四冷荤、四盘、四碗、四大件。大量生产的酒席，按说没有细活，一定偷工减料，但是不，上等饭庄的师傅们驾轻就熟，老于此道，普普通通的烩虾仁、溜鱼片、南煎丸子、烩两鸡丝……做得有滋有味，无懈可击。四大件一上桌，趴烂肘子、黄焖鸭子之类，可以把每个人都喂得嘴角流油。堂客就席，比较斯文，虽然她的颔下照例都挂上一块精致美观的围巾，像小儿的涎布一样，好像来者不善的样子，其实都很彬彬有礼。只是每位堂客身后照例有一位健仆，三河县的老妈儿，各个见多识广，眼明手快，主人敬酒之后，客人不动声色，老妈儿立刻采取行动，四干四鲜登时就如放抢一般抓进预备好的口袋，手法利落，疾如鹰隼。那时尚无塑胶袋之类，否则连汤连水的东西一齐可以纳入怀内。这一阵骚动之后，正菜上桌，老妈各为其主，代为夹菜，每人面前碟子乱七八糟地堆成一个小丘，同时还有多礼的客人相互布菜。趴烂肘子、黄焖鸭之类的大块文章，上桌亮相几秒就会被堂倌撤下，扬言代客拆碎，其实是换上一盘碎拼的剩菜充数，这是主人与饭庄预先约定的一招。如果运气好，一盘原装大菜可以亮相好几次。假如客人恶作剧，不容分说，对准了鸭子、肘子就是一筷子，主人也没有办法，只好暗道苦也苦也。

如今办喜事的又是一番气象。喜帖满天飞，按照职员录、同学录照抄不误，所以喜筵动辄二三十桌。我常看见客人站在收礼台前从荷包里抽出一沓钞票，一五一十地数着，往台上一丢，心安理得地进去吃喜酒了，连红封包裹的一层手续也省却了。好简便的一场交易。

前面正中有一桌，铺着一块红桌布，大家最好躲远一些。礼成之后，观众入席，事实上大批观众早已入席，有的是熟人旧识呼朋引类霸占一方，有的是各色人等杂拼硬凑。那红桌布是为新郎新娘而设，高据首座，家长与证婚人等则来座相陪。长幼尊卑之序此时无效。新娘是不吃东西的，象征性地进食亦偶尔一见。她不久就要离座，到后台去换行头，忽而红妆，遍体锦绣，忽而绿袄，浑身亮片，足折腾一气，一鼓作气，再而衰，三而竭，换上三套衣服之后来源竭矣。客人忙着吃喝，难得有人肯停下箸子瞥她一眼。那几套衣服恐怕此生此世永远不会再见天日。时装展览之后，新娘新郎又忙着逐桌敬酒，酒壶里也许装的是茶，没有人问，绕场一匝，虚应故事。可是这时节，客人有机会仔细瞻仰新人的风采，新娘的脸上敷了多厚的一层粉，眼窝涂得是否像是黑煤球，大家心里有数了。这时候，喜筵已近尾声，尽管鱼虾之类已接近败坏的程度，每桌上总有几位嗅觉不大灵敏而又有不择食的美德。只要不集体中毒，喜筵就算是十分顺利了。

听戏听戏，不是看戏

从前在北平，大家都说听戏，不大说看戏。这一字之差，关系甚大。我们的旧戏究竟是以歌唱为主，所谓载歌载舞，那舞实在是比较没有什么可看的。我从小就喜欢听戏，常看见有人坐在戏园子的边厢下面，靠着柱子，闭着眼睛，凝神危坐，微微地摇晃着脑袋，手在轻轻地敲着板眼，聚精会神地欣赏那台上的歌唱，遇到一声韵味十足的唱，便像是挠着了痒处一般，从丹田里吼出一声："好！"若是发现唱出了错，便毫不容情地来一声倒好。这是真正的听众，是他来维系戏剧的水准于不坠。当然，他的眼睛也不是老闭着，有时也要睁开的。

生长在北平的人几乎没有不爱听戏的。我自然亦非例外。我起初是很怕戏园子的，里面人太多太挤，座位太不舒服。记得清清楚楚，文明茶园是我常去的地方，全是窄窄的条凳，窄窄的条桌，而并不面对舞台，要看台上的动作便要扭转脖子扭转腰。尤其是在夏天，大家都打赤膊，而我从小就没有光脊梁的习惯，觉得大庭广众之下赤身露体怪难为情，而你一经落座就有热心招待的茶房前来接衣服，给一个半劈的木牌子。这时节，你环顾四周，全是一扇一扇的肉屏风，不由你不随着大家而肉袒。前后左右都是肉，白皙皙的，黄澄澄的，黑黝黝的，置身其间如入肉林（那时候戏园里的客人全是男性，没有女性）。这虽颇富肉感，但绝不能给人以愉快。戏一演便是四五个钟头，中间如果想要如厕，需要在肉林中挤出一条出路，挤出之后那条路便翕然而合，回来时需要重新另挤出一条进路。所以常视如厕如畏途，其实不是畏途，只有畏，没有途。

对戏园的环境并无须做太多的抱怨。任何样的环境，在当时当地，必有其存在的理由。戏园本称茶园，原是喝茶聊天的地方，台上的戏原是附带着的娱乐节目。乱哄哄的高谈阔论是无可厚非的。那原是三教九流呼朋唤友消遣娱乐之所在。孩子们到了戏园可以足吃，花生瓜子不必论，冰糖葫芦、酸梅汤、油糕、奶酪、豌豆黄……应有尽有。成年人的嘴也不闲着，条桌上摆着干鲜水果蒸食点心之类。卖吃食的小贩大声吆喝，穿梭似的挤来挤去，又受欢迎又讨厌。打热毛巾把的茶房从一个角落把一卷手巾挪到另一角落，我还没有看见过失手打了人家的头。特别爱好戏的一位朋友曾经表示，这是戏外之戏，那洒了花露水的手巾尽管是传染病的最有效的媒介，也还是不可或缺。

在这样的环境里听戏，岂不太苦？苦自管苦，却也乐在其中。放肆是我们中国固有的品德之一。在戏园里人人可以自由行动，吃，喝，谈话，吼叫，吸烟，吐痰，小儿哭啼，打喷嚏，打哈欠，揩脸，打赤膊，小规模地拌嘴吵架争座位，一概没有人干涉。在哪里可以找到这样安全的放肆的机会？看外国戏院观众之穿起大礼服肃静无哗，那简直是活受罪！我小时候进戏园，深感那是另一个世界，对于戏当然听不懂，只能欣赏丑戏武戏，打出手，递家伙，尤觉有趣。记得我最喜欢的是九阵风的戏如百草山泗州城之类，于是我也买了刀枪之类在家里和我哥哥大打出手，有一两招也居然练得不错。从三四张桌子上硬往下摔壳子的把戏，倒是没敢尝试。有一次模拟《打棍出箱》范仲禹把鞋一甩落在头上的情景，我哥哥一时不慎把一只大毛窝斜刺里踢在上房的玻璃上，哗啦一声，除了招致家里应有的责罚之外，惊醒了我的萌芽中的戏瘾戏迷。后来年纪稍长，又复常常涉足戏园，正赶上一批优秀的演员在台上献技，如陈德琳、刘鸿升、龚云甫、德珺如、袁桂仙、梅兰芳、杨小楼、王长林、王凤卿、王瑶卿、余叔岩等，我渐渐能欣赏唱戏的韵味了，觉得在那乱糟糟的环境之中熬上几小时还是值得一付的代价，只要能听到一两段韵味十足的歌唱，便觉得那抑扬顿挫使人如醉如迷，使全身血液的流行都为之舒畅匀称。研究西洋音乐的朋友也许要说这是低级趣味。我没有话可以抗辩，我只能承认这就是我们人民的趣味，而且大家都很安于这种趣味。这样乱糟糟的环境，必须有相当良好的表演艺术才能控制住听众的注意力。前几出戏都照例的是不足观，等到好戏上场，名角一露面，场里立刻鸦雀无声，不知趣的"酪来酪"声会被嘘的。受半天罪，能听到一段回肠荡气的唱儿，就很值得，"余音绕梁三日不绝"，确是真有那种感觉。

后来，不知怎么，老伶工一个个地凋谢了，换上来的是一批较年轻的角色，这时候有人喊要改良戏剧，好像艺术是可以改良似的。我只知道一种艺术形式过了若干年便老了，衰了，死了，另外滋生一个新芽，却没料到一种艺术于成熟衰老之后还可以改良。首先改良的是开放女禁，这并没有可反对的，可是一有女客之后，戏里面的涉有猥亵的地方便大大删除了，在某种意义上有人认为这好像是个损失。台面改变了，由凸出的三面的立体式的台变成了画框式的台了，新剧本出现了，新腔也编出来了，新的服装道具一齐来了。有一次看尚小云演《天河配》，这位高头大马的演员穿着紧贴身的粉红色的内衣裤做裸体沐浴状，观众乐得直拍手，我说："完了，完了，观众也变了！"有什么样的观众就有什么样的戏。听戏的少了，看热闹的多了。

我很早就离开北平，与戏也就疏远了，但小时候还听过好戏，一提起老生心里就泛起余叔岩的影子，武生是杨小楼，老旦是龚云甫，青衣是王瑶卿、梅兰芳，小生是德珺如，刀马旦是九阵风，丑是王长林……有这种标准横亘在心里，便容易兴起"除却巫山不是云"之感。我常想，我们中国的戏剧就像毛笔字一样，提倡者自提倡，大势所趋，怕很难挽回昔日的光荣。时势异也！

放风筝

偶见街上小儿放风筝，拖着一根棉线满街跑，嬉戏为欢，状乃至乐。那所谓风筝，不过是竹篾架上糊一点纸，一尺见方，顶多底下缀着一些纸穗，其结果往往是绕挂在街旁的电线上。

常因此想起我小时候在北平放风筝的情形。我对放风筝有特殊的癖好，从孩提时起直到三四十岁，遇有机会从没有放弃过这一有趣的游戏。在北平，放风筝有一定的季节，大约总是在新年过后开春的时候为宜。这时节，风劲而稳。严冬时风很大，过于凶猛，春季过后则风又嫌微弱了。开春的时候，蔚蓝的天，风不断地吹，最好放风筝。

北平的风筝最考究。这是因为北平有闲阶级的人多，如八旗子弟，凡属耳目声色之娱的事物都特别发展。我家住在东城，东四南大街，在内务部街与史家胡同之间有一个二郎庙，庙旁边有一爿风筝铺，铺主姓于，人称"风筝于"。他做的风筝在城里颇有小名。我家离他近，买风筝特别方便。他做的风筝，种类繁多，如肥沙雁、瘦沙雁、龙井鱼、蝴蝶、蜻蜓、鲇鱼、灯笼、白菜、蜈蚣、美人儿、八卦、蛤蟆以及其他形形色色的。鱼的眼睛是活动的，放起来滴溜溜地转，尾巴拖得很长，临风波动。蝴蝶蜻蜓的翅膀也有软的，波动起来也很好看。风筝的架子是竹制的，上面绷起高丽纸面，讲究的要用绢绸，绘制很是精致，彩色缤纷。风筝于的出品，最精彩是"提线"拴得角度准确，放起来不"打筋斗"，平平稳稳。风筝小者三尺，大者一丈以上，通常在家里玩玩有三尺到六尺就很够。新年厂甸开放，风筝摊贩也很多，品质也还可以。

放风筝的线，小风筝用棉线即可，三尺以上就要用棉线数绺捻成的"小线"，小线也有粗细之分，视需要而定。考究的要用"老弦"：取其坚牢，而且分量较轻，放起来可以扭成直线，不似小线之动辄出一圆兜。线通常绕在竹制的可旋转的"线桃子"上。讲究的是硬木制的线桃子，旋转起来特别灵活迅速。用食指打一下，桃子即转十几转，自然地把线绕上去了。

有人放风筝，尤其是较大的风筝，常到城根或其他空旷的地方去，因为那里风大，一抖就起来了。尤其是那一种特制的巨型风筝，名为"拍子"，长方形的，方方正正没有一点花样，最大的没有超过九尺。北平的住宅都有个院子，放风筝时先测定风向，要有人带起一根大竹竿，竿顶置有铁叉头或铜叉头（挂画所用的那种叉子），把风筝挑起，高高举起到房檐之上，等着风一来，一抖，风筝就飞上天去，竹竿就可以撤了，有时候风不够大，举竹竿的人还要爬上房去踞坐在房脊上面。有时候，费了不少手脚，而风姨不至，只好废然作罢。不过这种扫兴的机会并不太多。

风筝和飞机一样，在起飞的时候和着陆的时候最易失事。电线和树都是最碍事的，须善为躲避。风筝一上天，就没有事，有时候进入罡风境界，则不需用手牵着，大可以把线拴在屋柱上面，自己进屋休息，甚至拴一夜，明天再去收回。春寒料峭，在院子里久了会冻得涕泗交流，线弦有时也会把手指勒得青疼，甚至出血，是需要到屋里去休息取暖的。

风筝之"筝"字，原是一种乐器，似瑟而十三弦。所以顾名思义，风筝也是要有声响的，《询刍录》云："五代李邺于宫中作纸鸢，引线乘风为戏，后于鸢首，以竹为笛，使风入竹，声如筝鸣。"这记载是对的。不过我们在北平所放的风筝，倒不是"以竹为笛"，带响的风筝是两种，一种是带锣鼓的，一种是带弦弓的，二者兼备的当然也不是没有。所谓锣鼓，即是利用风车的原理捶打纸制的小鼓，清脆可听。弦弓的声音比较更为悦耳。有诗为证：

夜静弦声响碧空，官商信任往来风。

依稀似曲才堪听，又被风吹别调中。

——高骈《风筝》诗

我以为放风筝是一件颇有情趣的事。人生在世上，局促在一个小圈圈里，大概没有不想偶然远走高飞一下的。出门旅行，游山逛水，是一个办法，然亦不可常得。放风筝时，手牵着一根线，看风筝冉冉上升，然后停在高空，这时节仿佛自己也跟着风筝飞起了，俯瞰尘寰，怡然自得。我想这也许是自己想飞而不可得，一种变相的自我满足吧。春天的午后，看着天空飘着别人家放起的风筝，虽然也觉得很好玩，究不若自己手里牵着线的较为亲切，那风筝就好像是载着自己的一片心情上了天。真是的，在把风筝收回来的时候，心里泛起一种异样的感觉，好像是游罢归来，虽然不是扫兴，至少也是尽兴之后的那种疲惫状态，懒洋洋的，无话可说，从天上又回到了人间，从天上翱翔又回到匍匐地上。

放风筝还可以"送幡"（俗呼为"送饭儿"）。用铁丝圈套在风筝线上，圈上附一长纸条，在放线的时候铁丝圈和长纸条便被风吹着慢慢地滑上天去，纸幡在天空飞荡，直到抵达风筝脚下为止。在夜间还可以把一盏一盏的小红灯笼送上去，黑暗中不见风筝，只见红灯朵朵在天上游来游去。

　　放风筝有时也需要一点点技巧。最重要的是在放线松弛之间要控制得宜。风太劲，风筝陡然向高处跃起，左右摇晃，把线拉得绷紧，这时节一不小心风筝便会倒栽下去。栽下去不要慌，赶快把线一松，它立刻又会浮起，有时候风筝已落到视线所不能及的地方，依然可以把它挽救起来，凡事不宜操之过急，放松一步，往往可以化险为夷，放风筝亦一例也。技术差的人，看见风筝要栽筋斗，便急忙往回收，适足以加强其危险性，以至于不可收拾。风筝落在树梢上也不要紧，这时节也要把线放松，乘风势轻轻一扯便会升起，性急的人用力拉，便愈纠缠不清，直到把风筝扯碎为止。在风力弱的时候，风筝自然要下降，线成兜形，便要频频扯抖，尽量放线，然后再及时收回，一松一紧，风筝可以维持于不坠。

　　好斗是人的一种本能。放风筝时也可表现出战斗精神。发现邻近有风筝飘起，如果位置方向适宜，便可向它斗争。法子是设法把自己的风筝放在对方的线兜之下，然后猛然收线，风筝陡地直线上升，势必与对方的线兜交缠在一起，两只风筝都摇摇欲坠，双方都急于向回扯线，这时候就要看谁的线粗，谁的手快，谁的地势优了。优胜的一方面可以扯回自己的风筝，外加一只俘虏，可能还有一段线。我在一季之中，时常可以俘获四五只风筝。把俘获的风筝放起，心里特别高兴，好像是在炫耀自己的战利品，可是有时候战斗失利，自己的风筝被俘，过一两天看着自己的风筝在天空飘荡，那便又是一种滋味了。这种斗争并无伤于睦邻之道，这是一种游戏，不发生侵犯领空的问题。并且风筝也只好玩一季，没有人肯玩隔年的风筝。迷信说隔年的风筝不吉利，这也许是卖风筝的人造的谣言。

偏方

一位酱油公司的老板，患有风湿和糖尿的病症，听信日本人的偏方，大吃螺肉寿司，结果全家五口染上病毒，并且殃及友人和司机。目前已有两位不治！老板本人尚在病榻上挣扎，其夫人已有一目失明（后来还是死了）。病从口入，没有什么稀奇，想不到有人会生吃螺肉，蘸上一点芥末硬往口里塞。

何谓偏方？凡非正式医师所开之非正常的药方，或非正常的治疗方法，皆是偏方。医师本无包治百病的能力，许多病症不是药石所能奏效的。病家情急乱投医，仍然不见起色，往往就会采纳热心而又好事的人所献的偏方。姑且一试，死马当活马医。而且偏方所用药物多属寻常习见，性非酷烈，所以大概是有益无损。毛病就常出在这有益无损上。

自从燧人氏钻木取火，我们老早就脱离了茹毛饮血的阶段而知道熟食，奈何隔了数千年仍不能忘情于吃生鱼、生虾、生蟹、生螺。说吃生螺能治风湿糖尿，如果有医学的根据，至少应该注意到其中有无寄生的虫类。何况风湿糖尿现在尚无"根治"的方法，一个偏方就能治病，天下有此等便宜事！笔者患糖尿久矣，风湿亦时常发作。针灸对于神经系统的疾病确有或多或少的功效，有理论、有实验，不算是偏方。糖尿在我们中国有悠久历史，自从文园病渴，迄今好几千年，实际上没有方法可以根治。凡是说可以根治的，都是不负责的夸张语。至于偏方更是无稽之谈了。有一位素不相识的人，远道辱书，附带寄来一包药草，据他说是母亲亲自上山采集的药草，专治糖尿。这一包无名的药草，黑不溜秋，半干半软，叫我如何敢于煎服下肚？我只好复书道谢，由衷地道谢。又有一位熟识的朋友，膀大腰圆，一棒子打不倒，自称是偏方专家，可以活到一百二十岁（结果打了六折），听说我患糖尿，便苦口婆心地劝我煎玉蜀黍须，代茶饮，七七四十九天，就会霍然而愈。看我迟迟没有照办，便自己弄来一大包玉蜀黍须送上门，逼我立刻煎汤，看着我咕嘟咕嘟地喝下一大碗，他才扬长而去。玉蜀黍须做汤，甜滋滋的，喝下去真真是有益无损，但是与糖尿似乎是风马牛。

有些偏方实在偏得厉害，匪夷所思。匐行疹是一种皮肤病，患者腰际神经末梢发炎，生出一串的疱疹，有时左右各一串，形似合围之势，极为痛疼。西医无法处理，只能略施镇定解痛之剂，俟其自行复原。此地中医某，有秘方调制药粉，取空心菜（瓮菜）砸成泥，加入药粉混拌，有奇效。但是又流行一个偏方，就离奇得可笑了，其法是以毛笔蘸雄黄酒，沿着患处写一行字："斩白蛇，起帝业，高祖在此。"匐行疹俗名转腰龙，龙蛇本相近，汉高祖是赤帝子，赤帝子斩白帝子，一物降一物。雄黄为五毒药之一，蛇为五毒虫之一，以毒攻毒，自然攻无不克，无知的人听起来好像入情入理！

某公得怪病，食不下咽，睡不得安，面黄肌瘦，形容枯槁，摇摇晃晃，气若游丝。服用维他命，注射荷尔蒙，投以牛黄清心丸，猛进十全大补汤，都不见效。不知他从哪里搜得偏方，吃产妇刚刚排出的胞衣，越新鲜的越好（中药"紫河车"是干燥过的胎盘，药力差）。于是奔走于妇产科医院，每天都能如愿以偿，或清炖，或红烧，变着花样享用，滋味如何只有他自己知道。说也奇怪，吃了三十多个胞衣之后，病乃大瘳。究竟其间有无因果关系，谁知道。任何病症，不外三种结果，一个是不药而愈，一个是药到病除，一个是医药罔效。胞衣这个偏方有无功效，待考。

记不得是治什么病的一个偏方，喝童子便。最好是趁热喝。按：人的排泄物列入本草的有"人中黄""人中白"二味。《本草·人屎》："腊月截淡竹，去青皮，浸渗取汁，治天行热疾中毒，名粪清。浸皂荚甘蔗，治天行热疾，名人中黄。"《本草·溺白垽》："滓淀为垽，此乃人溺澄下白垽也，以风久日干者为良。"一曰取汁，一曰风久，究竟不是要人大嘴吃屎大口喝溺，童子便则是直接取饮，人非情急，恐怕未肯轻易尝试。

有些偏方比较简单易行。不知是什么人的发现，蛇胆可以明目。捕蛇者乃大发利市。市上公开宰蛇，取出蛇胆，纳小酒杯中，立刻就有顾客仰着脖子圆囵吞了下去，围观者如堵。又有人想入非非，根据吃什么补什么的原理，喜食牛鞭，生鲜的牛鞭，当中剖开切成寸许断片，细火高汤清炖，片片浮在表面。曾在某公宴席上看到这一异味，我未敢下箸，隔日问同席猛吃此物的某君有无特别感受，他说需要常吃才行，偶吃一次不能立竿见影。

患痔的人很多，偏方也就不少。有人扬言每天早起空着肚子吃两枚松花皮蛋，有意想不到之效力。可惜难得有人持之以恒，更可惜无人做实验的统计或药理的分析。假如皮蛋铅分过多，就令人望而生畏，治一经损一经，划不来。

伤风寻常事。也有偏方不离吃的范围。据说常吃鸡尖，即鸡的尾端翘起处，包括不雅的部位及其附近一带，一咬一汪子油，常吃即可免于伤风的感染。有此一说，信不信由你。又有人说土鸡炖柠檬同样有效。

我无意把所有偏方一笔抹杀。当初神农尝百草，功在万世，传说他有一个水晶肚子。偏方未尝不可一试，愿试者尽管试。不过像华伦的漆叶青黏散，据说"久服可以去三虫利五脏，轻体，使人头不白"，我还是不敢试。

旧

"我爱一切旧的东西——老朋友，旧时代，旧习惯，古书，陈酿；而且我相信，陶乐赛，你一定也承认我一向是很喜欢一位老妻。"这是高尔斯密的名剧《委曲求全》（*She Stoops to Conquer*）中那位守旧的老头儿哈德卡索先生说的话。他的夫人陶乐赛听了这句话，心里有一点高兴，这风流的老头子还是喜欢她，但是也不是没有一点温意，因为这一句话的后半段说穿了她的老。这句话的前半段没有毛病，他个人有此癖好，干别人什么事？而且事实上有很多人颇具同感，也觉一切东西都是旧的好，除了朋友、时代、习惯、书、酒之外，有数不尽的事物都是越老越古越旧越陈越好。所以有人把这半句名言用花体正楷字母抄了下来，装在玻璃框里，挂在墙上，那意思好像是在向喜欢除旧布新的人挑战。

俗语说："人不如故，衣不如新。"其实，衣着这类还是旧的舒适。新装上身之后，东也不敢坐，西也不敢靠，战战兢兢。我看见过有人全神贯注在他的新西装裤管上的那一条直线，坐下之后第一桩事便是用手在膝盖处提动几下，生恐膝部把他的笔直的裤管撑得变成了口袋。人生至此，还有什么趣味可说！看见过爱因斯坦的小照吗？他总是披着那一件敞着领口胸怀的松松大大的破夹克，上面少不了烟灰烧出的小洞，更不会没有一片片的汗斑油渍，但是他在这件破旧衣裳遮盖之下优哉游哉地神游于太虚之表。《世说新语》记载着："桓车骑不好着新衣，浴后妇故进新衣与，车骑大怒，催使持去，妇更持还，传语云，'衣不经新，何由得故？'桓公大笑着之。"桓冲真是好说话，他应该说："有旧衣可着，何用新为？"也许他是为了保持间内安宁，所以才一笑置之。"杀头而便冠"的事情我还没有见过；但是"削足而适履"的行为，则颇多类似的例证。一般人穿的鞋，其制作设计很少有顾到一只脚是有五个指头的，穿这样的鞋虽然无须"削"足，但是我敢说五个脚趾绝对缺乏生存空间。有人硬是觉得，新鞋不好穿，敝屣不可弃。

"新屋落成"金圣叹列为"不亦快哉"之一，快哉尽管快哉，随后那"树小墙新"的一段暴发气象却是令人难堪。"欲存老盖千年意，为觅霜根数寸栽"，但是需要等待多久！一栋建筑要等到相当破旧，才能有"树林阴翳，鸟声上下"之趣，才能有"苔痕上阶绿，草色入帘青"之乐。西洋的庭园，不时地要剪草，要修树，要打扮得新鲜耀眼，我们的园艺的标准显然地有些不同，即使是帝王之家的园囿也要在亭阁楼台画栋雕梁之外安排一个"濠濮间""谐趣园"，表示一点点陈旧古老的萧瑟之气。至于讲学的上庠，要是墙上没有多年蔓生的常春藤，基脚上没有远年积留的苔藓，那还能算是第一流吗？

旧的事物之所以可爱，往往是因为它有内容，能唤起人的回忆。例如，阳历尽管是我们正式采用的历法，在民间则阴历仍不能废，每年要过两个新年，而且只有在旧年才肯"新桃换旧符"。明知地处亚热带，仍然未能免俗要烟熏火燎地制造常常带有尸味的腊肉。端午节的龙舟粽子是不可少的，有几个人想到那"露才扬己，怨怼沉江"的屈大夫？还不是旧俗相因虚应故事？中秋赏月，重九登高，永远一年一度地引起人们不可磨灭的兴味。甚至腊八的那一锅粥，都有人难以忘怀。至于供个人赏玩的东西，当然是越旧越有意义。一把宜兴砂壶，上面有陈曼生制铭镌句，纵然破旧，气味自然高雅。"樗蒲锦背元人画，金粟笺装宋版书"，更是足以使人超然远举，与古人游。我有古钱一枚，"临安府行用，准三百文省"，把玩之余不能不联想到南渡诸公之观赏西湖歌舞。我有胡桃一对，祖父常常放在手里揉动，咯咯咯咯地作响，后来又在我父亲手里揉动，也咯咯咯咯地响了几十年，圆滑红润，有如玉髓，真是先人手泽，现在轮到我手里咯咯咯咯地响了，好几次险些儿被我的儿孙辈敲碎取出桃仁来吃！每一个破落户都可以拿出几件旧东西来，这是不足为奇的事。国家亦然。多少衰败的古国都有不少的古物，可以令人惊羡、欣赏、感慨、唏嘘！

旧的东西之可留恋的地方固然很多，人生之应该日新又新的地方亦复不少。对于旧日的曲章文物我们尽管欢喜赞叹，可是我们不能永远盘桓在美好的记忆境界里，我们还是要回到这个现实的地面上来。在博物馆里我们面对商周的吉金，宋元明的书画瓷器，可是溜酸双腿走出门外便立刻要面对挤死人的公共汽车，丑恶的市招和各种饮料一律通用的玻璃杯！

旧的东西大抵可爱，唯旧病不可复发。诸如夜郎自大的脾气，奴隶制度的残余，懒惰自私的恶习，蝇营狗苟的丑态，畸形病态的审美观念，以及罄竹难书的诸般病症，皆以早去为宜。旧病才去，可能新病又来，然而总比旧疴新恙一时并发要好一些。最可怕的是，倡言守旧，其实只是迷恋骸骨；唯新是鹜，其实只是摭拾皮毛，那便是新旧之间两俱失之了。

树

北平的人家，差不多家家都有几棵相当大的树。前院一棵大槐树是很平常的。槐荫满庭，槐影临窗，到了六七月间槐黄满树使得家像一个家，虽然树上不时地由一根细丝吊下一条绿颜色的肉虫子，不当心就要粘得满头满脸。槐树寿命很长，有人说唐槐到现在还有生存在世上的，这种树的树干就有一种纠绕蟠屈的姿态，自有一股老丑而并不自嫌的神气，有这样一棵矗立在前庭，至少可以把"树小墙新画不古"的讥诮免除三分之一。后院照例应该有一棵榆树，榆与余同音，示有余之意，否则榆树没有什么特别值得人喜爱的地方，成年地往下撒落五颜六色的毛毛虫，榆钱做糕也并不好吃。至于边旁跨院里，则只有枣树的份，"叶小如鼠耳"，到处生些怪模怪样的能刺伤人的小毛虫。枣实只合做枣泥馅子，生吃在肚里就要拉枣酱，所以左邻右舍的孩子老妪任意扑打也就算了。院子中央的四盆石榴树，那是给天棚鱼缸做陪衬的。

我家里还有些别的树。东院里有一棵柿子树，每年结一二百个高庄柿子，还有一棵黑枣。垂花门前有四棵西府海棠，艳丽到极点。西院有四棵紫丁香，占了半个院子。后院有一棵香椿和一棵胡椒，椿芽椒芽成了烧黄鱼和拌豆腐最好的作料。榆树底下有一个葡萄架，年年在树根左近要埋一只死猫（如果有死猫可得）。在从前的一处家园里，还有更多的树，桃、李、胡桃、杏、梨、藤萝、松、柳，无不具备。因此，我从小就对于树存有偏爱。我尝面对着树生出许多非非之想，觉得树虽不能言，不解语，可是它也有生老病死，它也有荣枯，它也晓得传宗接代，它也应该算是"有情"。

树的姿态各个不同。亭亭玉立者有之；矮墩墩的有之；有张牙舞爪者；有佝偻其背者；有戟剑森森者；有摇曳生姿者；各极其致。我想树沐浴在熏风之中，抽芽放蕊，它必有一番愉快的心情。等到花簇簇，锦簇簇，满枝头红红绿绿的时候，招蜂引蝶，自又有一番得意。落英缤纷的时候可能有一点伤感，结实累累的时候又会有一点迟暮之思。我又揣想，蚂蚁在树干上爬，可能会觉得痒痒出溜的；蝉在枝叶间高歌，也可能会觉得聒噪不堪。总之，树是活的，只是不会走路，根扎在哪里便住在哪里，永远没有颠沛流离之苦。

小时候听"名人演讲"，有一次是一位什么"都督"之类的角色讲演"人生哲学"，我只记得其中一点点，他说："植物的根是向下伸，兽畜的头是和身躯平的，人是立起来的，他的头是在最上端。"我当时觉得这是一大发现，也许是生物进化论又一崭新的说法。怪不得人为万物之灵，原来他和树比较起来是本来倒置的。人的头高高在上，所以"清气上升，浊气下降"。有道行的人，有坐禅，有立禅，不肯倒头大睡，最后还要讲究坐化。

可是历来有不少诗人并不这样想，他们一点也不鄙视树。美国的弗罗斯特有一首诗，名《我的窗前树》，他说他看出树与人早晚是同一命运的，都要倒下去，只有一点不同，树担心的是外在的险厄，人烦虑的是内心的风波。又有一位诗人名Kilmer，他有一首著名的小诗——《树》，有人批评说那首诗是"坏诗"，我倒不觉得怎样坏，相反地，"诗是像我这样的傻瓜做的，只有上帝才能造出一棵树"，这两行诗颇有一点意思。人没有什么了不起，侈言创造，你能造出一棵树来吗？树和人，都是上帝的创造。最近我到阿里山去游玩，路边见到那株"神木"，据说有三千年了，比起庄子所说的"以八千岁为春，以八千岁为秋"的上古大椿还差一大截子，总算有一把年纪，可是看那一副形容枯槁的样子，只是一具枯骸，何神之有！我不相信"枯树生华"那一套。我只能生出"树犹如此，人何以堪"的感想。

我看见阿里山上的原始森林，一片片，黑压压，全是参天大树，郁郁葱葱。但与我从前在别处所见的树木气象不同。北平公园大庙里的柏，以及梓橦道上的所谓张飞柏，号称"翠云廊"，都没有这里的树那么直那么高。像黄山的迎客松，屈铁交柯，就更不用提，那简直是放大了的盆景。这里的树大部分是桧木，全是笔直的，上好的电线杆子材料。姿态是谈不到，可是自有一种棒莽来除入眼荒寒的原始山林的意境。局促在城市里的人走到原始森林里来，可以嗅到"高贵的野蛮人"的味道，令人精神上得到解放。